AGATHA CHRISTIE
POR SOPHIE HANNAH

OS CRIMES DO MONOGRAMA

Tradução
Alyne Azuma

O NOVO MISTÉRIO DO DETETIVE POIROT

Os crimes do monograma © 2014, Agatha Christie Limited. Todos os direitos reservados.
AGATHA CHRISTIE® [POIROT®] é uma marca registrada de Agatha Christie Limited no Reino Unido e/ou em outros locais. Todos os direitos reservados.

Direitos de edição da obra em língua portuguesa no Brasil adquiridos pela EDITORA NOVA FRONTEIRA PARTICIPAÇÕES S.A. Todos os direitos reservados. Nenhuma parte desta obra pode ser apropriada e estocada em sistema de banco de dados ou processo similar, em qualquer forma ou meio, seja eletrônico, de fotocópia, gravação etc., sem a permissão do detentor do copirraite.

EDITORA NOVA FRONTEIRA PARTICIPAÇÕES S.A.
Rua Nova Jerusalém, 345 – Bonsucesso – 21042-235
Rio de Janeiro – RJ – Brasil
Tel.: (21) 3882-8200 – Fax: (21)3882-8212/8313

O Soneto 70 de William Shakespeare que aparece na página 104 foi traduzido por Thereza Christina Rocque da Motta (Ibis Libris, 2009).

CIP-BRASIL. CATALOGAÇÃO NA PUBLICAÇÃO
SINDICATO NACIONAL DOS EDITORES DE LIVROS, RJ

H219c

Hannah, Sophie
    Os crimes do monograma / Sophie Hannah ; tradução Alyne Azuma. - 1. ed. - Rio de Janeiro : Nova Fronteira, 2014.
23 cm.
   Tradução de: The Monogram Murders
   ISBN 9788520939253
    1. Romance inglês. I. Azuma, Alyne. II. Título.

14-14586   CDD: 823
                             CDU: 821.111-3

para Agatha Christie

Sumário

1. Jennie em fuga 09
2. Assassinato em três quartos 20
3. No Bloxham Hotel 31
4. O escopo aumenta 45
5. Pergunte a cem pessoas 55
6. O enigma do xerez 63
7. Duas chaves 69
8. Organizando os pensamentos 81
9. Uma visita a Great Holling 89
10. A marca da calúnia 99
11. Duas lembranças 113
12. Uma ferida dolorosa 120
13. Nancy Ducane 141
14. A mente no espelho 158
15. A quarta abotoadura 166
16. Uma mentira por outra mentira 173
17. A mulher mais velha e o homem mais novo 184
18. Bata e veja quem abre a porta 188
19. Finalmente a verdade 198
20. Como tudo deu errado 209
21. Todos os demônios estão aqui 214
22. Os crimes do monograma 231
23. A verdadeira Ida Gransbury 240
24. O jarro e a bacia azuis 246
25. Se execução começasse com D 262
Epílogo 281
Agradecimentos 285

Capítulo 1
Jennie em fuga

— O que estou dizendo é que não gosto dela — sussurrou a garçonete de cabelo esvoaçante. Foi um sussurro alto, facilmente entreouvido pelo cliente solitário que estava no Pleasant's Coffee House, que se perguntou se esse "ela" em questão seria outra garçonete ou uma cliente regular como ele.

— Não sou obrigada a gostar dela, sou? Se pensa diferente, é você quem sabe.

— Ela me pareceu até simpática — comentou a garçonete mais baixa, de rosto redondo, parecendo menos convicta do que alguns minutos antes.

— É o que ela faz quando fica com o orgulho ferido. Assim que se recupera, sua língua começa a destilar veneno de novo. Devia ser o contrário. Conheço muita gente assim... Nunca confie nesse tipo.

— Como assim "o contrário"? — perguntou a garçonete de rosto redondo.

Hercule Poirot, o único cliente no café às sete e meia naquela noite de quinta em fevereiro, sabia o que a garçonete de cabelo esvoaçante queria dizer. E sorriu para si mesmo. Não era a primeira vez que ela fazia um comentário sagaz.

— É perdoável alguém dizer uma indelicadeza num momento difícil; eu mesma já fiz isso, não me importo em admitir. E, quando estou feliz, quero que os outros fiquem felizes. É assim que deve ser. Mas existem pessoas, como *ela*, que tratam os outros pior quando as coisas vão bem. É com elas que você precisa se preocupar.

"Bien vu", pensou Hercule Poirot. *"De la vraie sagesse populaire."*

A porta do café se abriu de repente e bateu na parede. Uma mulher, usando casaco marrom-claro e chapéu de um tom mais escuro, parou no batente. Tinha cabelos louros. Poirot não conseguiu ver o rosto. Ela estava com o rosto virado, olhando por sobre o ombro, como se esperasse alguém.

Alguns segundos de porta aberta foram suficientes para que o ar frio da noite acabasse com todo o aquecimento do pequeno recinto. Normalmente isso teria enfurecido Poirot, mas ele estava interessado na recém-chegada, que havia feito uma entrada tão dramática e nem parecia se importar com a impressão causada.

Ele cobriu a xícara com a mão na esperança de preservar a temperatura de seu café. Esse pequeno estabelecimento de paredes encurvadas da St. Gregory's Alley, em uma parte de Londres que estava longe de ser a mais distinta, preparava o melhor café que Poirot já tinha tomado no mundo inteiro. Em geral ele não bebia café antes do jantar, nem depois — aliás, essa ideia o deixaria horrorizado em circunstâncias normais —, mas toda quinta-feira, quando ia ao Pleasant's às sete e meia em ponto, abria uma exceção à regra. A essa altura, ele considerava a exceção semanal uma singela tradição.

Poirot gostava bem menos das outras tradições relacionadas àquele café: ter de posicionar os talheres, o guardanapo e o copo d'água corretamente na mesa, ao chegar e se deparar com tudo desalinhado. Era evidente que, para aquelas garçonetes, bastava que os itens estivessem em algum lugar — qualquer lugar — da mesa. Poirot discordava e fazia questão de impor a ordem assim que chegava.

— Com licença, a senhorita se importa de fechar a porta se for entrar? — pediu a Cabelo Esvoaçante à mulher de chapéu e casaco marrons, que continuava olhando para a rua com uma das mãos apoiada no batente. — Ou mesmo que não vá entrar. Nós, que estamos aqui dentro, não queremos congelar.

A mulher deu um passo e entrou. Fechou a porta, mas não se desculpou por tê-la mantido aberta por tanto tempo. Sua respiração irregular era audível mesmo do outro lado do salão. Ela parecia não notar que havia outras pessoas presentes. Poirot a cumprimentou com um discreto boanoite. A mulher virou de leve o rosto para ele, sem esboçar uma resposta. Seus olhos estavam arregalados, com um temor incomum — poderoso o bastante para paralisar qualquer incauto, com uma força quase física.

Poirot não estava mais sentindo a calma e o contentamento de quando chegara. Seu plácido estado de espírito tinha sido perturbado.

A mulher correu para a janela e olhou para fora. Ela não vai encontrar o que quer que esteja procurando, pensou Poirot. Quando se olha para a escuridão da noite de dentro de um lugar bem-iluminado, o vidro reflete a imagem de onde se está e fica difícil ver muito além. No entanto, ela continuou olhando nessa direção por algum tempo, parecendo determinada a observar a rua.

— Ah, é *você* — disse a Cabelo Esvoaçante um tanto impaciente. — O que foi? Aconteceu alguma coisa?

A mulher de casaco e chapéu marrons se virou.

— Não, eu... — As palavras saíram como um soluço. Então conseguiu se recompor. — Não. Posso ficar na mesa do canto? — Ela apontou para a mesa mais distante da porta de entrada.

— Você pode ficar em qualquer mesa, fora a que aquele senhor está ocupando. Estão todas postas. — Ao se lembrar de Poirot, Cabelo Esvoaçante acrescentou: — Seu jantar está quase pronto, senhor.

Poirot ficou feliz com a notícia. A comida do Pleasant's era quase tão boa quanto o café. Aliás, quando pensava nos dois juntos, Poirot achava difícil acreditar no que sabia ser verdade: todos os que trabalhavam na cozinha ali eram ingleses. *"Incroyable."*

Cabelo Esvoaçante se voltou para a mulher aflita.

— Tem certeza de que não aconteceu nada, Jennie? Parece que você ficou frente a frente com o diabo.

— Estou bem, obrigada. Uma xícara de chá quente e forte é tudo de que preciso. O de sempre, por favor.

Jennie correu para a mesa mais distante, passando por Poirot sem olhar para ele, o qual virou um pouco a cadeira para poder observá-la. Com certeza quase absoluta alguma coisa tinha acontecido; algo que ela não queria comentar com as garçonetes do café, obviamente.

Sem tirar o chapéu nem o casaco, ela ocupou uma cadeira de costas para a porta de entrada, mas, assim que se sentou, virou-se de novo para olhar por sobre o ombro. Poirot pôde assim examinar o rosto da mulher, e deduziu que ela tinha cerca de quarenta anos. Seus grandes olhos azuis estavam arregalados e não piscavam. Parecia, Poirot refletiu, que estavam vendo uma imagem chocante — "frente a frente com o diabo", como Cabelo Esvoaçante tinha comentado. Mas, até onde Poirot podia ver, não havia nenhuma imagem assim diante de Jennie, apenas o salão quadrangulado com mesas, cadeiras, o cabideiro de madeira para chapéus e casacos no canto e as prateleiras envergadas, suportando o peso de chaleiras de diferentes cores, estampas e tamanhos.

Aquelas prateleiras eram o suficiente para deixar alguém com calafrios! Poirot não entendia por que uma prateleira encurvada não podia ser simplesmente substituída por uma reta, assim como não compreendia por que alguém colocaria um garfo em uma mesa quadrada sem se certificar de que ele ficasse paralelo à borda lateral. No entanto, nem todos pensavam como Hercule Poirot; fazia tempo que ele havia aceitado o fato — tanto as vantagens quanto as desvantagens que isso lhe trazia.

Virada na cadeira, a mulher — Jennie — olhava aterrorizada para a porta, como se esperasse que alguém fosse surgir a qualquer momento. Estava tremendo, talvez em parte por causa do frio.

Não — Poirot mudou de ideia —, não tinha nada a ver com o frio. O local já estava aquecido de novo. E, como Jennie estava decidida a olhar para a porta e, mesmo assim, ficar sentada de costas e o mais longe possível da entrada, só era possível chegar a uma conclusão.

Pegando sua xícara de café, Poirot se levantou e foi até onde ela estava sentada. Notou que a mulher não usava aliança.

— Poderia me sentar um pouco, Mademoiselle? — Poirot teria gostado de arrumar os talheres, o guardanapo e o copo d'água daquela mesa, como havia feito na sua, mas se conteve.

— Como? Sim, acho que sim. — O tom revelava que ela não se importava nem um pouco. Só estava preocupada com a porta do estabelecimento. Continuava olhando avidamente para a entrada, ainda virada na cadeira.

— Deixe que eu me apresente. Meu nome é... hum... — Poirot se deteve. Se dissesse seu nome, Cabelo Esvoaçante e a outra garçonete ouviriam, e ele não seria mais o "senhor francês", o policial aposentado. O nome Hercule Poirot tinha um efeito poderoso em algumas pessoas. Nas últimas semanas, desde que havia entrado em um agradável estado de hibernação, Poirot tinha sentido pela primeira vez em muito tempo o alívio de não ser ninguém específico.

Não poderia estar mais claro que Jennie não estava interessada em seu nome nem em sua presença. Uma lágrima que havia escapado do canto do olho dela escorria pelo rosto.

— Mademoiselle Jennie — disse Poirot, esperando que, ao usar o primeiro nome, tivesse mais sucesso em chamar sua atenção. — Eu era policial. Estou aposentado agora, mas, antes disso, vi em meu trabalho muitas pessoas em estados de agitação semelhantes ao que a senhorita se encontra agora. Não me refiro àqueles que estão infelizes, ainda que sejam abundantes em qualquer país. Não, estou falando de pessoas que acreditavam estar em perigo.

Finalmente surtiu efeito. Jennie fixou os olhos assustados e arregalados nele.

— Um... Um policial?

— *Oui*. Eu me aposentei muitos anos atrás, mas...

— Então o senhor não pode fazer nada em Londres? Não pode... quero dizer, não tem *poder* aqui? De prender criminosos ou coisas assim?

— Exato. — Poirot sorriu para ela. — Em Londres, sou apenas um idoso, desfrutando sua aposentadoria.

Ela não olhava para a porta fazia quase dez segundos.

— Estou certo, Mademoiselle? A senhorita acredita estar em perigo? Está olhando por sobre o ombro porque desconfia que a pessoa de quem tem medo a seguiu até aqui e vai entrar por aquela porta a qualquer momento?

— Ah, estou em perigo, sim! — Ela parecia querer dizer mais. — Tem *certeza* de que o senhor não pode atuar como policial ou algo do gênero?

— Não posso de modo algum — garantiu ele. Sem querer que a mulher achasse que ele não tinha nenhuma influência, Poirot acrescentou: — Tenho um amigo que é detetive da Scotland Yard, se precisar da ajuda da polícia. Ele é bastante jovem, trinta e poucos anos, mas acredito que tem futuro. E ficaria feliz em falar com a senhorita, tenho certeza. De minha parte, posso oferecer... — Poirot parou de falar quando a garçonete de rosto redondo se aproximou com uma xícara de chá.

Depois de servi-la a Jennie, ela foi para a cozinha. Cabelo Esvoaçante também tinha se retirado para o mesmo lugar. Sabendo que a garçonete gostava de comentar o comportamento dos clientes regulares, Poirot imaginou que, naquele momento, estivesse tentando promover uma discussão acalorada sobre o Senhor Estrangeiro e sua inesperada visita à mesa de Jennie. Ele não costumava falar mais do que o necessário com nenhum dos clientes do Pleasant's. Com exceção de quando jantava lá com seu amigo Edward Catchpool — o detetive da Scotland Yard com quem temporariamente estava morando numa pensão —, Poirot se confinava à sua própria companhia, no espírito de *la hibernation*.

As fofocas das garçonetes do café não lhe interessavam; estava grato pela conveniente ausência delas. E esperava que isso deixasse Jennie mais disposta a falar com franqueza.

— Eu ficaria feliz em oferecer meu aconselhamento, Mademoiselle.

— O senhor é muito gentil, mas ninguém pode me ajudar. — Jennie enxugou os olhos. — Eu gostaria de ser ajudada... mais do que qualquer coisa! Mas é tarde demais. Já estou morta, entende, ou logo vou estar. Não posso me esconder para sempre.

Já estou morta... As palavras dela trouxeram uma nova onda de frio ao lugar.

— Então, veja, não há como ajudar — continuou —, e, mesmo que houvesse, eu não mereceria. Mas... me sinto um pouco melhor com o senhor aqui. — Ela colocou os braços em volta do corpo para se reconfortar, ou como uma tentativa vã de parar de tremer. Não tinha tomado uma gota do chá. — Por favor, fique. Nada vai acontecer enquanto eu estiver conversando com o senhor. É um consolo, pelo menos.

— Mademoiselle, isso é muito preocupante. A senhorita está viva agora, e precisamos fazer o que for necessário para mantê-la assim. Por favor, me diga...

— Não! — Ela arregalou os olhos e se encolheu na cadeira. — Não, o senhor não pode! *Nada* deve ser feito para impedir isso. Não há como impedir, é impossível. Irremediável. Quando eu estiver morta, a justiça será feita, finalmente. — Ela olhou por sobre o ombro em direção à porta novamente.

Poirot franziu o cenho. Talvez Jennie estivesse se sentindo melhor depois que ele se sentou à sua mesa, mas, sem dúvida, ele se sentia pior.

— Estou entendendo direito? A senhorita está sugerindo que quem a está perseguindo pretende assassiná-la?

Jennie fixou seus olhos azuis lacrimejantes nele.

— É assassinato se você desiste e deixa acontecer? Estou tão cansada de fugir, de me esconder, de sentir tanto *medo*. Quero que acabe logo, se vai acontecer, e *vai*, porque precisa acontecer. É a única maneira de acertar as coisas. É o que eu mereço.

— Não pode ser — disse Poirot. — Sem saber os detalhes do seu problema, discordo da senhorita. Um assassinato nunca pode estar certo. Meu amigo, o policial... A senhorita precisa deixar que ele a ajude.

— Não! O senhor não pode contar palavra alguma disso a ele, nem a ninguém. Prometa que não vai contar!

Hercule Poirot não tinha o hábito de fazer promessas que não podia cumprir.

— O que a senhorita poderia ter feito que merecesse a punição na forma de um assassinato? A senhorita tirou a vida de alguém?

— Não faria diferença se fosse o caso! O assassinato não é a única coisa imperdoável, sabia? Não imagino que o senhor já tenha feito algo realmente imperdoável, não é?

— E a senhorita fez? E acredita que precisa pagar com a própria vida? *Non*. Isso não está certo. Se eu pudesse convencê-la a me acompanhar à minha pensão... fica bem perto daqui. Meu amigo da Scotland Yard, o sr. Catchpool...

— Não! — Jennie levantou da cadeira de um salto.

— Por favor, sente-se, Mademoiselle.

— Não. Ah, eu falei demais! Como sou idiota! Só contei porque o senhor parece tão gentil, e achei que não pudesse *fazer* nada. Se não tivesse contado que estava aposentado e era de outro país, eu nunca teria dito nada! Prometa: se eu for encontrada morta, o senhor vai pedir ao seu amigo policial que não procure meu assassino. — Ela fechou os olhos com força e juntou as mãos. — Ah, por favor, não deixe ninguém abrir as bocas! Esse crime nunca deve ser solucionado. Promete que vai dizer isso ao seu amigo policial e que vai fazê-lo concordar? Se o senhor dá valor à justiça, por favor, faça o que estou pedindo.

Ela correu até a porta. Poirot se levantou para segui-la, mas, ao notar a distância que ela havia percorrido no tempo que ele levou para se levantar, voltou a se sentar com um suspiro pesado. Era inútil. Jennie tinha ido embora, noite adentro. Ele nunca a alcançaria.

A porta da cozinha se abriu, e Cabelo Esvoaçante apareceu com o jantar. O aroma embrulhou seu estômago; Poirot tinha perdido completamente o apetite.

— Onde está Jennie? — perguntou Cabelo Esvoaçante, como se de alguma maneira ele fosse responsável pelo desaparecimento da mulher. De fato, ele se sentia responsável. Se tivesse agido mais rápido, se tivesse escolhido as palavras com mais cautela... — É o cúmulo! — Cabelo Esvoaçante largou a refeição de Poirot com força na mesa e voltou para a cozinha. Em seguida, escancarou a porta e gritou: — Aquela Jennie foi embora sem pagar.

— Mas pelo que ela deveria ter pagado? — murmurou Hercule Poirot para si mesmo.

★

No minuto seguinte, depois de uma breve e malsucedida tentativa de se animar com seu prato de filê com suflê de aletria, Poirot bateu à porta da cozinha do Pleasant's. Cabelo Esvoaçante abriu uma fresta, para que nada ficasse visível para além de sua forma esguia no batente.

— Algo errado com seu jantar, senhor?

— Por favor, permita-me pagar pelo chá que Mademoiselle Jennie abandonou — ofereceu Poirot. — Em troca, a senhorita faria a gentileza de responder uma ou duas perguntas?

— Então o senhor conhece Jennie? Nunca vi os senhores juntos antes.

— *Non*. Eu não a conheço. Por isso quero fazer algumas perguntas.

— Por que então foi se sentar com ela?

— Ela estava com medo e muito aflita. Fiquei incomodado. Achei que talvez pudesse oferecer ajuda.

— Gente como Jennie não pode ser ajudada — disse Cabelo Esvoaçante. — Certo, vou responder suas perguntas, mas antes quero perguntar uma coisa: onde o senhor era policial?

Poirot não comentou que ela já havia feito três perguntas. Essa era a quarta.

A garçonete o observava com os olhos bem apertados.

— Em um lugar onde se fala francês, mas não a França, certo? — quis saber. — Já reparei na cara que o senhor faz quando as meninas daqui dizem "o senhor francês".

Poirot sorriu. Talvez não fizesse mal à garçonete saber seu nome.

— Meu nome é Hercule Poirot, Mademoiselle. Da Bélgica. É um prazer conhecê-la. — E estendeu a mão.

Cabelo Esvoaçante apertou a mão dele.

— Fee Spring. Euphemia, na verdade, mas todo mundo me chama de Fee. Se me chamassem pelo nome completo, ninguém conseguiria terminar a frase, não é? Não que eu fosse me importar muito.

— A senhorita sabe o nome completo de Mademoiselle Jennie?

Fee assentiu na direção da mesa de Poirot, de onde ainda saía o vapor do prato intocado.

— Coma. Vou sair já, já. — E se afastou de repente, fechando a porta no rosto dele.

Poirot voltou à sua mesa. Talvez ele seguisse o conselho de Fee Spring e fizesse outra tentativa de comer o filé. Que estimulante falar com alguém atento a detalhes. Hercule Poirot não encontrava muitas pessoas assim.

Fee ressurgiu logo com uma xícara na mão, sem pires. Deu um gole ao sentar na cadeira que Jennie havia deixado vaga. Poirot conseguiu não estremecer diante do som.

— Não sei muito sobre Jennie — começou ela. — Só o que notei das coisas estranhas que ela já disse. Ela trabalha para uma senhora, dona de um casarão. E mora lá. Por isso vem aqui com tanta frequência, para pegar o café e os bolos de sua senhoria, para os jantares, as festas chiques e coisas assim. Ela comentou uma vez que vem do outro lado da cidade. Muitos clientes regulares vêm de longe. Jennie sempre fica para tomar algo. "O de sempre, por favor", ela diz ao chegar, como se fosse a patroa. E faz uma voz fingindo ser importante, acho. Não é a voz que nasceu com ela. Deve ser por isso que não fala muito, porque sabe que não conseguiria mantê-la por muito tempo.

— Perdoe-me — interrompeu Poirot —, mas como sabe que Mademoiselle Jennie nem sempre falou assim?

— O senhor já ouviu uma conversa informal tão correta assim? Eu nunca ouvi.

— *Oui, mais...* Então é apenas especulação?

Fee Spring admitiu com relutância que não tinha certeza. Desde que a conhecera, Jennie sempre falou como "uma verdadeira dama".

— De uma coisa eu sei a favor de Jennie: é uma garota do chá, então pelo menos tem um pouco de bom senso.

— Uma garota do chá?

— Isso mesmo. — Fee cheirou a xícara de café de Poirot. — Todos vocês que bebem café quando poderiam beber chá precisam ir ao médico, se quiser a minha opinião.

— A senhorita não sabe o nome da mulher para quem Jennie trabalha, ou o endereço da casa? — perguntou Poirot.

— Não. Também não sei o sobrenome dela. Sei que ela sofreu uma terrível decepção amorosa muitos anos atrás. Ela comentou uma vez.

— Decepção amorosa? Ela disse de que tipo?

— Só existe um — respondeu Fee, resoluta. — Do tipo que parte o coração.

— O que quis dizer foi que existem muitos *motivos* para uma decepção amorosa: o amor não correspondido, a perda trágica de alguém amado na juventude...

— Ah, eu nunca soube da história — disse Fee, com um toque de amargura na voz. — Nem vou saber. Duas palavras, "coração partido", foi tudo o que ela disse. Sabe, Jennie é assim, ela não fala. O senhor não poderia ajudá-la mesmo que ela ainda estivesse sentada nesta cadeira, assim como não pode ajudá-la agora que ela foi embora. Ela é totalmente fechada em si mesma, esse é o problema dela. Gostar de chafurdar nisso, no que quer que seja.

Fechada em si mesma... As palavras ativaram a memória de Poirot: uma noite de quinta-feira muitas semanas atrás, e Fee falando de uma cliente.

Ele disse:

— Ela não faz perguntas, *n'est-ce pas*? Não está interessada em bater papo. Não quer saber o que tem acontecido na vida dos outros.

— Exatamente! — Fee parecia impressionada. — Não há nem um pingo de curiosidade nela. Nunca conheci alguém tão autocentrado. Que simplesmente não vê o mundo nem nós, que estamos nele. Ela nunca pergunta como você está, ou que tem feito. — Fee inclinou a cabeça para o lado. — O senhor pega as coisas rápido, não é?

— Sei o que sei apenas por ouvi-la conversar com as outras garçonetes, Mademoiselle.

O rosto de Fee ficou vermelho.

— Estou surpresa que o senhor tenha se dado ao trabalho de ouvir.

Como não desejava constrangê-la mais, Poirot não comentou que esperava ansiosamente as descrições dela dos indivíduos que ele passara a chamar coletivamente de "Personagens do Café" — o sr. Não Exatamente, por exemplo, que toda vez fazia um pedido e então o cancelava no minuto seguinte, pois havia decidido que não era exatamente o que queria.

Aquele não era o momento apropriado para perguntar se Fee tinha um apelido desse tipo para Hercule Poirot, usado em sua ausência — fazendo talvez uma menção ao distinto bigode.

— Então Mademoiselle Jennie não gosta de saber da vida dos outros — recapitulou Poirot, pensativo —, mas, ao contrário de tantas pessoas que não têm interesse na vida e nas ideias dos que estão à sua volta e só falam de si mesmas sem parar, ela também não faz isso, correto?

Fee levantou as sobrancelhas.

— Bela memória, a do senhor. Está certo de novo. Não, Jennie não é do tipo que fala de si mesma. Ela responde perguntas, mas não se demora. Não quer ficar muito tempo longe do que está em sua cabeça, seja lá o que for. Seu tesouro particular... Só que isso não a faz feliz, o que quer que esteja remoendo. Há tempos desisti de tentar entender.

— Ela fica remoendo o coração partido — murmurou Poirot. — E o perigo.

— Ela disse que estava em perigo?

— *Oui,* Mademoiselle. Lamento não ter sido rápido o bastante para impedi-la de sair. Se alguma coisa lhe acontecer... — Poirot balançou a cabeça e desejou poder recuperar a sensação de tranquilidade que sentia quando chegara. Ele deu um tapa na mesa quando tomou sua decisão. — Vou voltar aqui *demain matin.* Você disse que ela vem sempre aqui, *n'est-ce pas?* Vou encontrá-la antes do perigo. Dessa vez, Hercule Poirot, ele vai ser mais rápido!

— Rápido ou devagar, não importa — disse Fee. — Ninguém consegue encontrar Jennie, mesmo que ela esteja diante do seu nariz, e ninguém pode ajudá-la. — Ela se levantou e recolheu o prato de Poirot. — Não faz sentido deixar um belo prato esfriar por conta disso.

Capítulo 2
Assassinato em três quartos

Foi assim que tudo começou, na noite de quinta-feira, 7 de fevereiro de 1929, com Hercule Poirot, Jennie e Fee Spring; em meio às prateleiras envergadas e cheias de chaleiras do Pleasant's Coffee House.

Ou, devo dizer, foi assim que tudo pareceu começar. Não estou convencido de que histórias da vida real têm começos e fins, na verdade. Experimente abordá-las de uma perspectiva mais ampla, e você vai ver que elas se estendem infinitamente pelo passado e se propagam inexoravelmente pelo futuro. É impossível dizer "Então foi isso" e passar a régua.

Por sorte, histórias reais de fato têm heróis e heroínas. Mesmo não sendo um herói, nem tendo a pretensão de um dia me tornar um, tenho plena consciência de que eles existem.

Eu não estava presente naquela quinta à noite no café. Meu nome foi mencionado — Edward Catchpool, o amigo policial da Scotland Yard, de trinta e poucos anos (32, para ser exato) —, mas eu não estava lá. No entanto, decidi preencher as lacunas da minha experiência para fazer um registro escrito da história de Jennie. Felizmente conto com o depoimento de Hercule Poirot para me ajudar, e ele é a melhor testemunha de que eu poderia dispor.

Escrevo isto em benefício de ninguém mais além de mim mesmo. Quando meu relato estiver completo, vou ler e reler tudo até conseguir pôr os olhos nestas palavras sem sentir o choque que sinto agora ao escrevê-las — até "Como isso pôde acontecer?" dar lugar a "Sim, foi isso que aconteceu".

Em algum momento, precisarei pensar em algo melhor do que "A história de Jennie". Não é um bom título.

Conheci Hercule Poirot seis semanas antes daquela quinta à noite em questão, quando ele alugou um quarto em uma pensão de Londres que pertence à sra. Blanche Unsworth. É uma casa espaçosa, e impecavelmente limpa, com uma fachada quadrangular austera e um interior que não poderia ser mais feminino — babados, franjas e bordados por toda a parte. Às vezes tenho medo de sair para trabalhar um dia e descobrir que, de algum modo, o babado cor de lavanda de um objeto qualquer da sala veio parar no meu cotovelo ou no meu sapato.

Ao contrário de mim, Poirot não é um item permanente da casa, e sim um visitante temporário. "Vou desfrutar de pelo menos um mês de inatividade e descanso", declarou, em sua primeira noite. E disse isso com bastante convicção, como se imaginasse que eu fosse tentar impedi-lo. "Minha mente, ela fica muito agitada", explicou. "Pensamentos velozes demais... Aqui, acredito que vão desacelerar."

Perguntei onde ele vivia; esperando ouvir "França", descobri pouco depois que Poirot é belga, não francês. Em resposta à minha pergunta, Poirot foi até a janela, colocou a cortina para o lado e apontou para um prédio grande e elegante, a pouco mais de 250 metros de distância.

— Você mora *ali*? — perguntei. Achei que fosse uma piada.

— *Oui*. Não quero ficar longe de casa — explicou. — É muito bom que eu possa vê-la: que linda vista! — Ele olhou para a mansão que ocupava um quarteirão inteiro com orgulho, e por alguns instantes achei que ele houvesse esquecido que eu estava ali. Então Poirot disse: — Viajar é maravilhoso. É estimulante, mas não relaxante. No entanto, se não for para algum lugar, não vai haver *vacances* para a mente de Poirot! A perturbação vai chegar de uma maneira ou de outra. Em casa, é fácil demais encontrar alguém. Um amigo ou um estranho vai aparecer com um assunto de grande importância *comme toujours*, é sempre da maior importância!, e as pequenas células cinzentas mais uma vez vão se ocupar e se tornar incapazes de conservar sua energia. Então, Poirot, diz-se que ele deixou Londres por um tempo, enquanto descansa em um lugar que conhece bem, a salvo de interrupções.

Ele contou tudo isso enquanto eu assentia, como se fizesse todo o sentido, e me perguntava se as pessoas se tornam ainda mais peculiares conforme envelhecem.

A sra. Unsworth nunca prepara o jantar nas noites de quinta — é a noite em que ela visita a irmã de seu finado marido —, e foi assim que Poirot veio a descobrir o Pleasant's Coffee House. Ele contou que não poderia correr o risco de ser visto em seus lugares habituais, já que supostamente estava fora da cidade, e perguntou se eu podia recomendar "um lugar onde uma pessoa como você iria, *mon ami* — mas onde a comida é excelente". Mencionei o Pleasant's: apertado, um pouco excêntrico, mas a maioria das pessoas que experimentaram uma vez volta sempre.

Naquela noite de quinta especificamente — a noite do encontro de Poirot com Jennie —, ele chegou em casa às 22h10, muito mais tarde do que o habitual. Eu estava na sala, sentado perto do fogo, sem no entanto conseguir me aquecer. Ouvi Blanche Unsworth sussurrar para Poirot segundos depois de ouvir a porta se abrir e fechar. Ela devia estar esperando por ele no hall.

Não consegui escutar o que ela estava dizendo, mas dava para imaginar: estava ansiosa, e eu era o motivo de sua ansiedade. Ela retornara da casa da cunhada às nove e meia e decidira que havia algo de errado comigo. Eu estava um trapo — como se não conseguisse comer nem dormir. Foi o que ela me disse. Não sei como uma pessoa consegue parecer não ter comido, a propósito. Talvez eu estivesse mais magro do que no horário do café da manhã.

Ela me inspecionou de diversos ângulos e me ofereceu tudo em que conseguiu pensar que pudesse me fazer melhorar, começando pelas soluções óbvias que são oferecidas nessas situações — comida, bebida, um ouvido amigo. Quando rejeitei todos os três com o máximo de educação possível, ela partiu para sugestões mais estranhas: um travesseiro recheado de ervas; algo de um odor repugnante, mas aparentemente benéfico, saído de um frasco azul-escuro que eu devia despejar na água do banho.

Agradeci e recusei. A sra. Unsworth esquadrinhava a sala de estar com os olhos freneticamente, à procura de um objeto improvável qualquer que pudesse me empurrar com a promessa de resolver todos os meus problemas.

Agora o mais provável era que estivesse sussurrando para Poirot que ele devia me convencer a aceitar o frasco azul fedorento ou o travesseiro de ervas.

Às nove horas de uma típica noite de quinta, Poirot já teria voltado do Pleasant's e estaria na sala, dedicando-se a alguma leitura. Às 21h15 eu retornava do Bloxham Hotel, determinado a não pensar no que havia encontrado lá e bastante ansioso por deparar com ele em sua poltrona favorita, para que pudéssemos conversar sobre trivialidades divertidas, como era nosso costume.

Ele não estava lá. Sua ausência me deixou estranhamente alheio a tudo, como se eu tivesse perdido o chão. Poirot é o tipo de pessoa que não gosta de mudar de hábitos — "É a rotina diária e imutável, Catchpool, que tranquiliza a mente", ele me disse mais de uma vez —, e ainda assim lá estava ele, atrasado há 15 longos minutos.

Quando ouvi a porta da frente às nove e meia, desejei que fosse ele, mas era Blanche Unsworth. Quase soltei um gemido. Se você está angustiado consigo mesmo, a última coisa que deseja é a companhia de alguém cujo principal passatempo é se preocupar por nada.

Tive medo de não conseguir me convencer a voltar ao Bloxham Hotel no dia seguinte, e eu sabia que precisava ir. Era nisso que estava tentando não pensar.

"E agora", concluí mentalmente, "Poirot enfim chegou e também ficará preocupado comigo, porque Blanche Unsworth lhe disse que era necessário". Decidi que ficaria melhor sem nenhum dos dois por perto. Se não havia a possibilidade de conversar sobre algo comum e divertido, eu preferia simplesmente não conversar.

Poirot apareceu na sala, ainda de chapéu e casaco, e fechou a porta. Esperei uma enxurrada de perguntas, mas, em vez disso, ele disse com um ar distraído:

— Está tarde, eu ando e ando pelas ruas, procurando, e tudo o que consigo é me atrasar.

Ele estava preocupado, sem dúvida, mas não comigo, não com o estado da minha alimentação atual ou futura. Foi um grande alívio.

— Procurando? — perguntei.

— *Oui*. Uma mulher, Jennie, que espero que ainda esteja viva e não tenha sido assassinada.

"Assassinada?" Tive a sensação de perder o chão de novo. Eu sabia que Poirot era um famoso detetive. Ele havia me contado alguns dos casos que havia solucionado. Mesmo assim, deveria estar fazendo uma pausa disso tudo, e eu não precisava dele usando essa palavra específica naquele momento, de maneira tão solene.

— Como ela é, essa Jennie? — perguntei. — Descreva. Posso tê-la visto. Especialmente se tiver sido assassinada. Na verdade, vi duas mulheres assassinadas hoje à noite, e um homem, então talvez você esteja com sorte. O homem não parecia se chamar Jennie, mas as outras duas...

— *Attendez, mon ami.* — A voz calma de Poirot interrompeu minhas divagações. Ele tirou o chapéu e começou a desabotoar o casaco. — Então, Madame Blanche, ela está certa, você está mal? Ah, mas como pude não notar isso de imediato? Você parece pálido. Meus pensamentos, eles estavam em outro lugar. Dão um jeito de fugir quando veem Madame Blanche se aproximar! Mas, por favor, conte a Poirot *immédiatement*: qual é o problema?

★

— Três assassinatos são o problema — respondi. — E os três são diferentes de tudo o que já vi. Duas mulheres e um homem. Cada um em um quarto diferente.

Claro, já vi mortes violentas antes — faço parte da Scotland Yard há quase dois anos, e sou policial há cinco —, mas a maior parte dos assassinatos segue um padrão nítido de descontrole: alguém perde as estribeiras e ataca, ou bebe demais e perde a cabeça. O caso do Bloxham era bem diferente. Quem quer que tivesse matado três pessoas no hotel planejara com antecedência — por meses, eu diria. Cada um dos crimes era uma obra de arte macabra, com um significado oculto que eu não conseguia decifrar. Era aterrador pensar que daquela vez eu não estava enfrentando um típico facínora desajustado, mas talvez uma mente calma e meticulosa que não se deixaria derrotar.

Era sem dúvida por isso que eu estava tão melancólico, mas não conseguia me livrar do mau presságio. Três corpos na mesma situação: essa ideia me dava calafrios. Disse a mim mesmo que não podia desenvolver uma fobia; precisava tratar o caso como qualquer outro, não importa quão estranho ele parecesse a princípio.

— Cada um dos três assassinatos em um quarto diferente da mesma casa? — perguntou Poirot.
— Não, do Bloxham Hotel. Subindo a Piccadilly Circus. Imagino que você não o conheça.
— *Non*.
— Eu nunca tinha entrado lá até esta noite. Não é o tipo de lugar aonde um sujeito como eu pensaria em ir. É suntuoso.

Poirot estava sentado com as costas bem eretas.

— Três assassinatos no mesmo hotel, e cada um em um quarto diferente? — repetiu.

— Sim, e todos cometidos na mesma noite, com um pequeno intervalo de tempo entre eles.

— Hoje à noite? E, no entanto, aqui está você. Por que não está no hotel? O assassino, ele já foi preso?

— Não tivemos essa sorte, infelizmente. Não, eu... — Parei e limpei a garganta. Relatar fatos do caso era bem objetivo, mas eu não queria explicar a Poirot como meu estado de espírito tinha sido afetado pelo que vi, nem revelar que eu tinha ficado no Bloxham por não mais de cinco minutos antes de me render a um forte desejo de ir embora.

O jeito tão formal como os três foram deitados de costas: braços junto ao corpo, a palma das mãos tocando o chão, as pernas unidas...

Deitados, mortos. A frase se impunha na minha cabeça, acompanhada de uma imagem de um quarto escuro de muitos anos atrás — um quarto onde fui obrigado a entrar quando era criança, e onde, na minha imaginação, me recusava a entrar desde então. E pretendia me manter assim pelo resto da vida.

Mãos sem vida, palmas para baixo.

"*Segure a mão dele, Edward.*"

— Não se preocupe, muitos policiais estão vasculhando o local — respondi rápido e alto, para afastar a imagem indesejada. — Voltar amanhã pela manhã é o suficiente. — Vendo que ele esperava uma resposta completa, prossegui: — Eu precisava esfriar a cabeça. Para ser sincero, nunca vi nada tão peculiar quanto esses três assassinatos.

— Peculiar como?

— Havia algo na boca de cada um: a mesma coisa.

— *Non*. — Poirot balançou o dedo para mim. — Isso não é possível, *mon ami*. A mesma coisa não pode estar dentro de três bocas diferentes ao mesmo tempo.

— Três coisas distintas, idênticas — esclareci. — Três abotoaduras de ouro puro, ao que parecia. Com um monograma. As mesmas iniciais: PIJ. Poirot? Você está bem? Você parece...

— *Mon Dieu!* — Ele havia se levantado e começado a andar pela sala. — Você não está vendo o que isso significa, *mon ami*? Não, não está vendo, porque não ouviu a história do meu encontro com Mademoiselle Jennie. Preciso contar rapidamente o que aconteceu para que você entenda.

O modo como Poirot conta uma história rapidamente é um tanto distinto do da maioria das pessoas. Todo detalhe tem igual importância, seja um incêndio no qual trezentas pessoas morreram ou uma pequena covinha no queixo de uma criança. Não se pode induzi-lo a chegar logo ao ponto crucial da questão, então me acomodei na poltrona e o deixei contar a história à sua maneira. Quando terminou, parecia que eu tinha acompanhado os eventos em primeira mão — com mais abrangência, aliás, do que vivencio muitas cenas da vida que presencio.

— Que acontecimento extraordinário — disse eu. — E na mesma noite em que três assassinatos acontecem no Bloxham. Que coincidência.

Poirot suspirou.

— Não acho que seja uma coincidência, meu amigo. É preciso aceitar que coincidências acontecem de tempos em tempos, mas aqui claramente existe uma conexão.

— Você quer dizer, assassinato de um lado, e o medo de ser assassinado do outro?

— *Non*. Essa é uma conexão, sim, mas estou falando de outra coisa. — Poirot parou de andar pela sala e se voltou para mim. — Você disse que na boca das três vítimas foram encontradas abotoaduras de ouro com o monograma "PIJ"?

— Isso mesmo.

— Mademoiselle Jennie me disse claramente: "Prometa: se eu for encontrada morta, o senhor vai pedir ao seu amigo policial que não procure meu assassino. *Ah, por favor, não deixe ninguém abrir as bocas!* Esse crime nunca deve ser solucionado." O que você acha que ela quis dizer com "por favor, não deixe ninguém abrir as bocas"?

Ele estava brincando? Pelo jeito, não.

— Bom — respondi —, está claro, não está? Ela temia ser assassinada, não queria que o assassino fosse punido e esperava que ninguém dissesse nada que levasse a ele. A mulher acredita que é *ela* quem merece ser punida.

—Você escolheu um sentido que, a princípio, parece óbvio — disse Poirot. Ele pareceu desapontado comigo. — Pergunte a si mesmo se existe outro significado possível para estas palavras: "Por favor, não deixe ninguém abrir as bocas." Reflita sobre as suas três abotoaduras de ouro.

— Não são minhas — observei, enfático, desejando naquele momento estar bem longe daquele caso. — Certo, entendi aonde está tentando chegar, mas...

— O que você entendeu? *Je conduis ma voiture à quoi?*

— Bem... "Por favor, não deixe ninguém abrir as bocas" pode, se você pensar bem, significar, "Por favor, não deixe ninguém abrir a boca das três vítimas do Bloxham Hotel". — Eu me senti um completo idiota ao dar voz a essa teoria absurda.

— *Exactement!* "Por favor, não deixe ninguém abrir a boca dos mortos e encontrar as abotoaduras de ouro com as iniciais PIJ." Não é possível que tenha sido isso o que Jennie quis dizer? Que ela sabia das três vítimas no hotel, e que sabia que quem quer que as tivesse matado também pretendia tirar sua vida?

Sem esperar minha resposta, Poirot continuou suas deduções.

— E as letras PIJ, a pessoa com essas iniciais, ela é muito importante para a história, *n'est-ce pas?* Jennie sabe disso. Sabe que, se você encontrar essas três letras, estará no rumo para encontrar o assassino, e quer impedir isso. *Alors*, você precisa pegá-lo, antes que seja tarde demais para Jennie, ou então Hercule Poirot, ele não vai se perdoar!

Fiquei alarmado ao ouvir isso. Senti a pressão da responsabilidade de apanhar o culpado naquele momento, e também de não querer ser responsável por Poirot nunca se perdoar. Será que ele de fato olhou para mim e viu um homem capaz de prender um assassino com uma mente dessas — uma mente que pensaria em inserir abotoaduras monogramadas na boca dos mortos? Sempre fui uma pessoa objetiva e trabalho melhor com coisas objetivas.

— Acho que você precisa voltar para o hotel — disse Poirot. Ele quis dizer imediatamente.

Senti um calafrio ao me lembrar dos três quartos.

— Amanhã cedo será o suficiente — disse eu, tomando o cuidado de evitar aqueles olhos brilhantes. — E, devo dizer, não vou fazer papel de idiota se mencionar essa tal de Jennie. Só confundiria a todos. Você pensou em um sentido possível para o que ela disse, e eu pensei em outro. O seu é mais interessante, mas o meu tem vinte vezes mais chance de ser o correto.

— Não é — veio a oposição.

— Vamos discordar sobre isso — disse eu, com firmeza. — Se perguntássemos a cem pessoas, desconfio que todas concordariam comigo, e não com você.

— Eu também desconfio disso. — Poirot suspirou. — Permita que eu tente convencê-lo, se puder. Alguns instantes atrás, você me contou sobre os assassinatos no hotel, que "havia algo *na boca* de cada um", não foi?

Concordei.

— Você não disse "nas bocas deles", disse "na boca de cada um", porque é um homem culto e usa o singular ao se referir a partes unitárias do corpo: "na boca de cada um" respeita a gramática, é o correto. Mademoiselle Jennie, ela é uma empregada doméstica, mas fala como uma mulher culta, com um vocabulário sofisticado. Ela usou a palavra "irremediável" ao falar da própria morte, do próprio assassinato. E depois me disse: "Então, veja, não há como ajudar, *e, mesmo que houvesse, eu não mereceria*." É uma mulher que conhece a língua. Assim sendo, *mon ami...* — Poirot se levantou de novo. — Assim sendo! Se você estiver certo, e Jennie quis dizer "Por favor, não deixe ninguém abrir as bocas" no sentido de "Por favor, não deixe ninguém dar nenhuma informação à polícia", por que não disse "Por favor, não deixe ninguém abrir a boca"? A palavra "ninguém" exige concordância no singular, não no plural!

Fiquei olhando para ele sentindo uma dor no pescoço, desnorteado e exausto demais para responder. Ele mesmo não dissera que Jennie estava apavorada? Em minha experiência profissional, pessoas tomadas pelo pânico tendem a não se preocupar muito com a gramática.

Sempre considerei Poirot um dos homens mais inteligentes de nosso tempo, mas talvez estivesse enganado. Se esse era o tipo de devaneio a que estava propenso, não surpreende que tenha cogitado dar à sua mente um pouco de descanso, afinal.

— Naturalmente, agora você dirá que Jennie estava aflita e que, por isso, não estava preocupada com a concordância — continuou Poirot. — No entanto, ela falava de maneira correta até o momento dessa ocorrência; a menos que eu esteja certo, e você, errado, e nesse caso Jennie não cometeu equívoco algum.

Ele juntou as mãos e pareceu tão satisfeito com a própria declaração que fui compelido a dizer, de maneira um tanto dura:

— Que maravilha, Poirot. Um homem e duas mulheres são assassinados, e é meu trabalho desvendar o caso, mas estou muito feliz que Jennie, seja ela quem for, tenha se dado ao trabalho de falar corretamente.

— E Poirot também está *muito feliz* — disse meu incansável amigo —, porque foi feito um pequeno progresso, uma pequena descoberta. *Non*. — Seu sorriso desapareceu, e sua expressão se tornou mais severa. — Mademoiselle Jennie não cometeu qualquer erro gramatical. O que ela quis dizer foi: "Por favor, não deixe ninguém abrir a boca das três vítimas, a boca de cada uma *delas*."

— Se você insiste — murmurei.

— Amanhã, após o café, você retornará ao Bloxham Hotel — disse Poirot. — Encontrarei você mais tarde, depois de procurar por Jennie.

— Você? — exclamei, um tanto perturbado. Palavras de protesto surgiram em minha mente, mas eu sabia que jamais chegariam aos ouvidos de Poirot. Detetive famoso ou não, suas ideias sobre o caso eram, sinceramente, ridículas, mas, se estava me oferecendo companhia, eu não recusaria. Ele estava muito seguro de si, e eu não: a questão era essa. Eu já me sentia revigorado por seu mero interesse.

— *Oui* — respondeu ele. — Houve três assassinatos que partilham uma característica bastante incomum: na boca de cada vítima, uma abotoadura monogramada. Irei ao Bloxham Hotel com toda a certeza.

— Você não devia estar evitando os estímulos e descansando o cérebro? — perguntei.

— *Oui. Précisément.* — Poirot olhou para mim. — Não é relaxante para mim ficar sentado nesta poltrona o dia inteiro enquanto você omite meu encontro com a Mademoiselle Jennie para alguém, um detalhe da mais alta importância! Não é relaxante imaginar que Jennie anda por Londres dando ao assassino todas as oportunidades de matá-la e colocar a quarta abotoadura em sua boca.

Poirot se inclinou para a frente na poltrona.

— Por favor, diga ao menos que isto lhe ocorreu: abotoaduras costumam vir em pares. Há três na boca dos seus mortos do Bloxham Hotel. Onde está a quarta, se não no bolso do assassino, esperando para ser deixada na boca da Mademoiselle Jennie depois de morta?

Devo ter rido.

— Poirot, isso é uma bobagem. Sim, em geral abotoaduras vêm em pares, mas a verdade é bem simples: ele queria matar três pessoas, então só usou três abotoaduras. Você não pode usar a ideia de uma quarta abotoadura imaginária para provar nada... com certeza não para relacionar os assassinatos do hotel a essa tal de Jennie.

O rosto de Poirot ganhou uma expressão de teimosia.

— Quando se trata de um assassino que decide usar abotoaduras dessa forma, *mon ami*, você induz ao pensamento em pares. Foi o criminoso quem colocou diante de nós a possibilidade da quarta abotoadura e da quarta vítima, não Hercule Poirot!

— Mas então como sabemos que ele não tem seis vítimas em mente, ou oito? Quem garante que no bolso do assassino não existam mais *cinco* abotoaduras com o monograma PIJ?

Para minha surpresa, Poirot assentiu e disse:

— Faz sentido.

— Não, Poirot, não faz — respondi, desanimado. — Eu inventei isso do nada. Você pode apreciar minhas loucuras, mas garanto que meus chefes na Scotland Yard não as apreciarão.

— Seus chefes, eles não apreciam que você considere todas as possibilidades? Não, claro que não — respondeu Poirot, sem me deixar falar. — E são as pessoas responsáveis por pegar esse assassino. Eles e você. *Bon.* Por isso Hercule Poirot precisa ir ao Bloxham Hotel amanhã.

Capítulo 3
No Bloxham Hotel

Na manhã seguinte, no Bloxham, não consegui me sentir de outra forma senão inquieto, sabendo que Poirot poderia chegar a qualquer momento para explicar a nós, reles policiais, como estávamos lidando de maneira errada com a investigação dos três assassinatos. Eu era o único que sabia que ele estava a caminho, o que me deixava um tanto aflito. A presença de Poirot seria minha responsabilidade, e eu temia que ele desmoralizasse a equipe. Verdade seja dita, eu temia que ele *me* desmoralizasse. À luz otimista de um dia de fevereiro estranhamente claro, e depois de uma noite de sono — por incrível que pareça — muito satisfatória, eu não conseguia entender por que eu não proibira o detetive de se aproximar do Bloxham.

No fundo, não acho que faria diferença; ele não teria me dado ouvidos.

Eu estava no opulento lobby do hotel conversando com o sr. Luca Lazzari, o gerente, quando Poirot chegou. Lazzari era simpático, solícito, assustadoramente entusiasmado, e tinha cabelos pretos encaracolados, uma maneira musical de falar e um bigode que de maneira alguma se comparava ao de Poirot. Lazzari parecia determinado a que meus colegas policiais e eu tivéssemos o máximo de conforto durante nossa temporada no Bloxham, tanto quanto qualquer um dos hóspedes pagantes — isto é, aqueles que não tinham sido assassinados.

Eu o apresentei a Poirot, que assentiu secamente. Ele parecia irritado, e logo descobri por quê.

— Não encontrei Jennie — explicou. — Passei boa parte da manhã esperando no café! Mas ela não apareceu.

— Não pode ter sido "boa parte da manhã", Poirot — retruquei, visto que ele tinha um pendor para o exagero.

— Mademoiselle Fee também não estava lá. As outras garçonetes não souberam me dizer nada.

— Que azar — comentei, nada surpreso com as notícias. Em nenhum momento imaginei que Jennie fosse voltar ao café, e me senti culpado. Talvez eu devesse ter me esforçado mais para incutir algum juízo em Poirot: ela fugira dele e do Pleasant's, após afirmar que fazer aquelas confidências tinha sido um erro. Por que diabos retornaria no dia seguinte, permitindo que ele assumisse a tarefa de protegê-la?

— E então? — Poirot olhou para mim cheio de expectativa. — O que você tem para me dizer?

— Também estou aqui para fornecer as informações de que precisarem — anunciou Lazzari, radiante. — Luca Lazzari, ao seu dispor. O senhor já esteve no Bloxham Hotel antes, Monsieur Poirot?

— *Non*.

— Não é maravilhoso? Como um palácio da *belle époque*, não? Suntuoso! Espero que o senhor admire as obras-primas que nos cercam!

— *Oui*. É superior à pensão da sra. Blanche Unsworth, ainda que aquela casa tenha uma vista melhor da janela — declarou Poirot bruscamente. Sem dúvida seu mau humor tinha vindo para ficar.

— Ah, a vista do meu charmoso hotel. — Lazzari juntou as mãos, satisfeito. — Dos quartos que dão para os jardins do hotel, a vista é de grande beleza, e do outro lado fica a esplêndida Londres; outro cenário deslumbrante! Mais tarde mostro aos senhores.

— Eu preferiria ver os três quartos onde os assassinatos ocorreram — disse Poirot.

Isso provocou uma rachadura momentânea no sorriso de Lazzari.

— Monsieur Poirot, o senhor pode ter certeza de que esse crime terrível, três assassinatos em uma noite, mal posso crer!, *nunca* mais vai se repetir no mundialmente famoso Bloxham Hotel.

Poirot e eu olhamos um para o outro. A questão não era tanto impedir que isso voltasse a acontecer, mas lidar com o fato de que havia então acontecido.

Decidi que era melhor assumir as rédeas e não dar a Lazzari a chance de falar mais. O bigode de Poirot já se contorcia de raiva reprimida.

— As vítimas foram a sra. Harriet Sippel, a srta. Ida Gransbury e o sr. Richard Negus — relatei a Poirot. — Os três eram hóspedes do hotel, e eram os únicos ocupantes dos quartos.

— Dos quartos deles? De cada um, então? — Poirot sorriu com a piadinha. Eu atribuí a rápida melhora de humor ao fato de Lazzari ter se calado. — Eu não quis interrompê-lo, Catchpool. Continue.

— Todas as três vítimas chegaram ao hotel na quarta, um dia antes de serem assassinadas.

— Elas chegaram juntas?

— Não.

— Com toda certeza, não — disse Lazzari. — Chegaram separadas, uma por uma, e fizeram o check-in uma por uma.

— E foram assassinadas uma por uma — disse Poirot, e era precisamente no que eu estava pensando. — Tem certeza disso? — perguntou a Lazzari.

— Eu não poderia ter mais certeza. Tenho a palavra do meu recepcionista, o sr. John Goode, o homem mais confiável que conheço. Vocês vão conhecê-lo. Temos apenas os profissionais mais impecáveis trabalhando aqui no Bloxham Hotel, Monsieur Poirot, e, quando meu funcionário me diz alguma coisa, sei que é verdade. As pessoas cruzam o país e o mundo para perguntar se podem trabalhar no Bloxham Hotel. Só aceito os melhores.

É engraçado, mas eu não tinha percebido quão bem passara a conhecer Poirot até aquele momento — até ver como Lazzari simplesmente não sabia lidar com ele. O gerente não teria deixado Poirot mais desconfiado nem se tivesse escrito "Este homem é suspeito de assassinato" em uma placa e pendurado no pescoço do sr. John Goode. Hercule Poirot não permite que ninguém lhe diga qual deve ser sua opinião; ele fica, na verdade, determinado a acreditar no oposto, sendo tão antagônico como é.

— Então — disse ele —, é uma coincidência extraordinária, não é? Nossas três vítimas de assassinato, a sra. Harriet Sippel, a srta. Ida Gransbury e o sr. Richard Negus, chegaram separadas e pareciam não possuir nenhuma relação entre si. E, no entanto, as três partilham não apenas a data da morte, ocorrida ontem, como também a data de chegada ao Bloxham Hotel: quarta-feira.

— O que há de extraordinário nisso? — perguntei. — Muitos outros hóspedes também devem ter chegado na quarta, em um hotel desse porte. Quero dizer, hóspedes que não foram mortos.

Os olhos de Poirot pareciam prestes a explodir na cabeça. Eu não conseguia ver nada particularmente chocante no que tinha dito, então fingi não notar sua consternação e continuei a relatar os fatos do caso.

— As vítimas foram encontradas no quarto delas, que estava trancado — disse, um pouco constrangido sobre a parte do "delas". — O assassino trancou todos os três quartos e levou as chaves...

— *Attendez* — interrompeu Poirot. — Você está dizendo que as chaves desapareceram. Não há como saber se o assassino as levou ou se está com elas neste momento.

Respirei fundo.

— Nós *suspeitamos* de que o assassino tenha levado as chaves. Fizemos uma revista meticulosa, e com certeza elas não estão dentro dos quartos nem em nenhum outro lugar deste hotel.

— Minha excelente equipe chegou e confirmou a veracidade desse fato — disse Lazzari.

Poirot disse que gostaria de fazer sua própria revista meticulosa dos três quartos. Lazzari concordou alegremente, como se Poirot tivesse proposto um chá da tarde seguido de uma festa.

— Faça a busca que quiser, mas não vai encontrar as três chaves — disse eu. — Estou dizendo, o assassino as levou. Não sei o que fez com elas, mas...

— Talvez ele as tenha guardado no bolso do casaco, com uma, três ou cinco abotoaduras monogramadas — respondeu Poirot tranquilamente.

— Ah, agora entendo por que o consideram o detetive mais magnífico, Monsieur Poirot! — exclamou Lazzari, ainda que não tenha entendido o comentário de Poirot. — O senhor tem uma mente magnífica, dizem!

— A *causa mortis* está parecendo muito com envenenamento — disse eu, pouco propenso a me demorar nas descrições da genialidade de Poirot. — Pensamos em cianureto, que age com muita rapidez se as quantidades forem suficientes. A investigação vai confirmar... mas com quase absoluta certeza as bebidas das vítimas foram envenenadas. No caso de Harriet Sippel e Ida Gransbury, era uma xícara de chá. No caso de Richard Negus, xerez.

— Como descobriram? — perguntou Poirot. — As bebidas ainda estão nos quartos?

— As xícaras, sim, e a taça de xerez de Negus também. Apenas algumas gotas das bebidas em si, mas é bem fácil distinguir chá de café. Vamos encontrar cianureto nessas gotas, aposto.

— E o horário de óbito?

— De acordo com o médico legista, os três foram assassinados entre quatro da tarde e oito e meia da noite. Por sorte, conseguimos restringir mais: entre 19h15 e 20h10.

— Um golpe de sorte, sem dúvida! — concordou Lazzari. — Todos os... hum... hóspedes falecidos foram vistos vivos às 19h15, por três funcionários inquestionavelmente confiáveis deste hotel, então sabemos que deve ser verdade! Eu mesmo encontrei os falecidos, que horrível, que tragédia!, entre 20h15 ou 20h20.

— Mas eles deviam estar mortos às 20h10 — disse eu a Poirot. — Foi quando o bilhete anunciando os assassinatos foi encontrado na recepção.

— Espere, por favor — pediu Poirot. — Vamos chegar a esse bilhete no devido tempo. Monsieur Lazzari, certamente não é possível que cada uma das vítimas tenha sido vista pela última vez por um funcionário do hotel *exatamente* às *19h15*.

— Sim. — Lazzari assentiu com tanta veemência que temi que sua cabeça caísse do pescoço. — É verdade, a mais pura verdade. Os três pediram que o jantar fosse servido no quarto às 19h15, e as três entregas foram extremamente ágeis. É assim que funciona no Bloxham Hotel.

Poirot voltou-se para mim.

— Essa é outra coincidência *énorme* — disse. — Harriet Sippel, Ida Gransbury e Richard Negus chegaram ao hotel no mesmo dia, um dia antes do assassinato. Então, no dia do crime, *todos pedem que o jantar seja servido no quarto exatamente às 19h15*? Não me parece muito provável.

— Poirot, não há por que debater a probabilidade de algo que sabemos ter acontecido.

— *Non*. Mas existe razão para se certificar de que algo aconteceu da maneira que nos contam. Monsieur Lazzari, não tenho dúvidas de que o seu hotel possui pelo menos um salão. Por favor, reúna os funcionários nesse salão, e vou conversar com todos assim que for possível para eles, e para o senhor. Enquanto faz isso, o sr. Catchpool e eu daremos início à inspeção do quarto de cada vítima.

— Sim, e vamos fazer isso rápido, antes que venham buscar os corpos — observei. — Em circunstâncias normais, já teriam sido removidos a esta altura.

Não mencionei que o atraso nesse caso foi causado pela minha negligência. Na minha pressa de me afastar do Bloxham Hotel ontem à noite, para pensar em alguma coisa — qualquer coisa — mais agradável do que nesses três assassinatos, deixei de tomar as providências necessárias.

★

Eu esperava que Poirot ficasse mais amistoso quando Lazzari nos deixasse em paz, mas não houve nenhuma mudança em seu comportamento inflexível, e percebi que ele provavelmente era sempre assim "durante o expediente" — o que parecia um tanto curioso, considerando que esse era o meu trabalho, não o dele, e Poirot não estava fazendo nada para me animar.

Eu dispunha de uma chave mestra, e visitaríamos os três quartos, um por um. Enquanto esperávamos as elaboradas portas douradas do elevador se abrirem, Poirot disse:

— Sobre uma coisa devemos concordar, espero: não se pode confiar na palavra do Monsieur Lazzari a respeito de quem trabalha neste hotel. Ele fala dos funcionários como se estivessem acima de qualquer suspeita, o que não pode ser o caso se eles estavam aqui ontem, quando os crimes foram cometidos. A lealdade do Monsieur Lazzari é louvável, mas ele é um tolo se acredita que todos os funcionários do Bloxham Hotel sejam *des anges*.

Algo estava me incomodando, então fui franco:

— Espero que você também não me veja como um tolo. O que eu disse antes sobre diversos hóspedes também terem chegado na quarta--feira... Foi bobagem ter dito. Qualquer hóspede que tenha chegado na quarta e *não* tenha sido assassinado na quinta é irrelevante, não é?

Quero dizer, só é uma coincidência digna de nota que três, ou seja lá quantos hóspedes aparentemente não relacionados tenham chegado no mesmo dia se eles também foram assassinados na mesma noite.

— *Oui*. — Poirot sorriu para mim com afeto genuíno quando entramos no elevador. — Você restaurou minha fé na sua acuidade mental, meu amigo. E acertou em cheio quando disse "aparentemente não relacionados". Há uma conexão entre as três vítimas. Eu juro. Elas não foram escolhidas entre os hóspedes do hotel de maneira aleatória. As três foram mortas por *uma* razão; uma razão relacionada às iniciais PIJ. Foi pelo mesmo motivo que as três vieram para o hotel no mesmo dia.

— É quase como se tivessem recebido um convite para se apresentar para a morte — comentei, em tom arrogante. — O convite diz: "Por favor, chegue um dia antes para que a quinta-feira possa ser totalmente dedicada ao seu assassinato."

Talvez tenha sido desrespeitoso fazer piada com o caso, mas, infelizmente, é o que faço quando estou desanimado. Às vezes consigo me enganar e fingir que está tudo bem. Não funcionou nesse momento.

— Totalmente dedicada — murmurou Poirot. — Sim, é uma ideia, *mon ami*. Você não estava falando sério, pelo que entendi. Ainda assim, seu argumento é bastante interessante.

Não achei que fosse. Foi uma piada idiota e nada mais. Poirot parecia decidido a me congratular por meus pensamentos mais absurdos.

— Um, dois, três — contou Poirot, enquanto subíamos de elevador. — Harriet Sippel, quarto 121. Richard Negus, quarto 238. Ida Gransbury, quarto 317. O hotel também tem um quarto e um quinto andares, mas nossas três vítimas se hospedaram nos andares consecutivos 1, 2 e 3. É muito organizado. — Poirot em geral aprovava coisas organizadas, mas parecia preocupado com essa em particular.

Examinamos os três quartos, idênticos em quase todos os aspectos. Todos tinham uma cama, armários, uma bacia de pia com um copo virado para baixo a um canto, diversas poltronas, uma mesa, uma escrivaninha, uma lareira azulejada, um aquecedor, uma mesa maior junto à janela, uma mala, roupas, objetos pessoais e um cadáver.

A porta de cada quarto se fechou fazendo barulho, me prendendo lá dentro...

"*Segure a mão dele, Edward.*"

Não consegui me aproximar muito dos cadáveres para olhar. Os três estavam deitados de costas, totalmente retos, com os braços junto ao corpo e os pés virados para a porta. Dispostos de maneira formal.

(Mesmo escrever estas palavras, detalhando a postura dos corpos, produz em mim uma sensação intolerável. É de surpreender que eu não consiga olhar os corpos de perto por mais do que alguns segundos por vez? O tom azulado da pele; as línguas pesadas e imóveis; os lábios ressecados? Ainda que eu devesse estudar os rostos minuciosamente, em vez de olhar para as mãos sem vida, e que eu preferisse fazer qualquer coisa a fazer a pergunta que não parava de me atormentar: se Harriet Sippel, Ida Gransbury e Richard Negus desejariam que alguém lhes segurasse a mão na morte, ou se teriam ficado horrorizados com a ideia. Infelizmente, a mente humana é um órgão perverso e incontrolável, e considerar essa questão me causou muita dor.)

Dispostos de maneira formal...

Um pensamento me atingiu com força. O que era tão grotesco naquelas três cenas do crime, eu me dei conta, era isto: os corpos foram deitados como um médico deitaria um paciente morto, após tratar sua doença por tantos meses. Os corpos de Harriet Sippel, Ida Gransbury e Richard Negus foram dispostos com uma atenção meticulosa — ou assim parecia. O assassino havia cuidado deles depois da morte, o que tornava ainda mais sombrios aqueles assassinatos a sangue-frio.

Assim que esse pensamento me ocorreu, eu disse a mim mesmo que estava errado. Não era cuidado o que tinha acontecido ali; longe disso. Eu estava confundindo o passado com o presente, misturando essa situação do Bloxham com as minhas memórias mais infelizes de infância. Eu me forcei a só pensar no que estava diante de mim e nada mais. Tentei ver tudo pelos olhos de Poirot, sem a distorção das minhas experiências.

Cada uma das vítimas estava entre uma poltrona *bergère* e uma mesinha. Nas três mesas havia duas xícaras de chá com pires (nos casos de Harriet Sippel e na de Ida Gransbury) e uma taça de xerez (no de Richard Negus). No quarto de Ida Gransbury, o 317, havia uma bandeja na mesa maior perto da janela, cheia de pratos vazios e mais uma xícara de chá com pires. Essa xícara também estava vazia. Não havia nada nos pratos além de migalhas.

— Arrá — exclamou Poirot. — Neste quarto temos então duas xícaras de chá e muitos pratos. Certamente a srta. Ida Gransbury teve companhia durante sua refeição noturna. Talvez estivesse acompanhada do assassino. Mas por que a bandeja ainda está aqui, quando as outras foram retiradas dos quartos de Harriet Sippel e Richard Negus?

— Eles podem não ter solicitado a comida — sugeri. — Talvez só quisessem as bebidas, o chá e o xerez, e nenhuma bandeja tenha sido deixada nos quartos. Ida Gransbury também trouxe duas vezes mais roupas dos que os outros dois. — Fiz um gesto para os armários, que continham uma quantidade impressionante de vestidos. — Dê uma olhada ali: não tem espaço nem para mais uma anágua, com tantas roupas que ela trouxe. Ela queria ter certeza de que estaria muito bem-vestida, não resta dúvida.

— Você tem razão — disse Poirot. — Lazzari disse que todos pediram o jantar, mas vamos checar exatamente o que foi encaminhado para cada quarto. — Poirot não cometeria o erro de presumir isso se não fosse pelo destino de Jennie estar pesando em sua mente. Jennie, cujo paradeiro ele desconhece! Jennie, que possui aproximadamente a mesma idade dos três aqui: entre quarenta e 45 anos, me parece.

Virei-me enquanto Poirot fazia o que quer que estivesse fazendo com as três bocas e as abotoaduras. Enquanto ele realizava suas incursões e emitia uma série de exclamações, fiquei olhando para as lareiras e pelas janelas, evitando pensar nas mãos que ninguém nunca mais seguraria, e analisando minhas palavras cruzadas, pensando onde eu poderia estar errando. Por algumas semanas eu vinha tentando montar uma que fosse boa o bastante para ser enviada para um jornal e considerada para publicação, mas não estava tendo muito sucesso.

Depois de olharmos os três quartos, Poirot insistiu que voltássemos para o do segundo andar — o de Richard Negus, número 238. Fiquei me perguntando se, quanto mais eu entrasse nesses quartos, mais fácil se tornaria. Até o momento a resposta era não. Entrar de novo no quarto de Negus foi como forçar meu coração a escalar a montanha mais perigosa, com a certeza de que ficaria preso assim que chegasse ao topo.

Poirot — sem saber da minha angústia, que eu escondia muito bem, espero — parou no meio do quarto e disse:

— *Bon.* Este é o mais diferente dos demais, *n'est-ce pas*? Ida Gransbury tem a bandeja e a xícara adicional do quarto, é verdade, mas aqui temos a taça de xerez em vez da xícara, e uma janela totalmente aberta, enquanto nos outros dois quartos todas as janelas estavam fechadas. O quarto do sr. Negus está insuportavelmente frio.

— Era assim que estava quando o sr. Lazzari entrou e encontrou Negus morto — comentei. — Nada foi alterado, em nenhum aspecto.

Poirot foi até a janela aberta.

— Aqui está a maravilhosa vista que Monsieur Lazzari se ofereceu para me mostrar: a dos jardins do hotel. Tanto Harriet Sippel quanto Ida Gransbury tinham quartos do lado oposto, com vista para a "esplêndida Londres". Está vendo essas árvores, Catchpool?

Eu disse que sim, perguntando-me se ele me considerava um completo idiota. Como eu podia não ver as árvores que estavam exatamente do outro lado da janela?

— Outra diferença aqui é a posição da abotoadura — disse Poirot. — Você reparou? Na boca de Harriet Sippel e na de Ida Gransbury, a abotoadura está levemente aparente entre os lábios. Ao passo que, em Richard Negus, a abotoadura estava mais ao fundo, quase na entrada da garganta.

Abri a boca para fazer uma objeção, em seguida mudei de ideia, mas era tarde demais. Poirot captou a questão em meus olhos.

— O que foi?

— Acho que você está sendo um pouco pedante — respondi. — As três vítimas têm na boca abotoaduras monogramadas com as mesmas letras: PIJ. É algo que têm em comum. Não é uma diferença. Não importa perto de quais dentes elas estivessem.

— Mas é uma grande diferença! Os lábios, a entrada da garganta: não são o mesmo lugar, de jeito algum. — Poirot se aproximou até parar bem diante de mim. — Catchpool, por favor, lembre-se do que vou dizer. Quando três assassinatos são quase idênticos, os menores detalhes divergentes são da maior importância.

Eu devia me lembrar dessas palavras mesmo que delas discordasse? Poirot não precisava se preocupar. Eu me recordava de quase todas as palavras que ele dissera em minha presença, e as que mais me enfureciam eram as de que eu mais me lembrava.

— As três abotoaduras estavam na boca das três vítimas — repeti, com uma obstinação determinada. — É o suficiente para mim.

— Estou vendo — disse Poirot, com um ar de tristeza. — É o suficiente para você, e também é o suficiente para as cem pessoas para quem você possa perguntar, e também, não tenho dúvidas, para os seus chefes da Scotland Yard. Mas não é o suficiente para Hercule Poirot!

Precisei me lembrar de que ele estava falando de definições de semelhança e diferença, não de mim pessoalmente.

— E a janela aberta, quando todas as janelas do outros quartos estão fechadas? — perguntou ele. — É uma diferença digna de nota?

— É improvável que seja relevante — respondi. — Richard Negus pode tê-la aberto ele mesmo. Não haveria motivo para o assassino fechá-la. Você mesmo costuma dizê-lo, Poirot: nós, ingleses, abrimos janelas no auge do inverno porque achamos que é bom para o caráter.

— *Mon ami* — disse Poirot pacientemente. — Considere o seguinte: essas três pessoas não foram envenenadas, caíram da poltrona e com toda a naturalidade terminaram deitadas de costas com os braços junto ao corpo e os pés virados para a porta. É impossível. Por que nenhum deles cambalearia até o meio do quarto? Por que nenhum deles cairia para o outro lado da poltrona? O assassino, ele *arrumou* os corpos para que ficassem na mesma posição, à mesma distância da poltrona e da mesinha. *Eh bien*, se ele se deu ao trabalho de montar as três cenas do crime para ficarem exatamente iguais, por que não fecharia a janela que, sim, talvez o sr. Richard Negus tivesse aberto; mas não foi fechada para ficar de acordo com as janelas dos dois outros quartos?

Precisei pensar no assunto. Poirot tinha razão: os corpos foram deixados assim de propósito. O assassino teria desejado que todos parecessem idênticos.

Dispondo os mortos...

— Creio que dependa de que área você decide delimitar como sendo a cena do crime — respondi apressadamente, enquanto minha mente tentava me arrastar de volta ao quarto escuro de minha infância.

— Depende de você desejar expandir o escopo até a janela.

— O escopo?

— Sim. Não um escopo real, mas um teórico. Talvez o escopo do nosso assassino para suas criações não seja maior do que um retângulo como este. — Contornei o corpo de Richard Negus, virando-me quando necessário. — Está vendo? Acabei de determinar um escopo pequeno ao redor de Negus, e a janela fica fora dele.

Poirot tentou disfarçar o sorriso por trás do bigode.

— Um escopo teórico ao redor do assassinato. Sim, estou vendo. Onde uma cena do crime começa e onde termina? Essa é a questão. Ela pode ser menor que o quarto que a abrigou? É uma questão fascinante para os filósofos.

— Obrigado.

— *Pas du tout*. Catchpool, você poderia, por favor, me dizer o que acha que aconteceu ontem à noite aqui, no Bloxham Hotel? Vamos deixar o motivo de lado por um momento. Diga o que você acha que o assassino fez. Primeiro, segundo, depois etc.

— Não faço ideia.

— Tente imaginar, Catchpool.

— Bom... creio que ele veio ao hotel, com as abotoaduras no bolso, e visitou um quarto por vez. Provavelmente começou onde nós começamos, no quarto de Ida Gransbury, número 317, e foi descendo até conseguir deixar o hotel com relativa rapidez, depois de matar sua vítima final: Harriet Sippel, no quarto 121, no primeiro andar. Bastava descer um andar, ele conseguiu escapar.

— E o que fez nos três quartos?

Suspirei.

— Você sabe a resposta. Ele cometeu o assassinato e dispôs o corpo em linha reta. Colocou uma abotoadura na boca de cada vítima. Depois fechou a porta, trancou e partiu.

— E as pessoas deixaram que ele entrasse em todos os quartos sem fazer perguntas? Em cada quarto, sua vítima o aguarda com uma bebida conveniente para ele envenenar; bebidas que foram entregues pela equipe do hotel exatamente às 19h15? Ele para ao lado da vítima, observa a bebida ser consumida e então fica mais um tempo, esperando que ela morra? Ele para e janta com uma delas, Ida Gransbury, que também pediu uma xícara de chá para ele? Todas essas visitas aos quartos, todos esses assassinatos e abotoaduras nas bocas, e o posicionamento um tanto formal dos corpos em linha reta, com os pés virados para a porta, ele consegue fazer tudo isso entre 19h15 e 20h10? Parece bastante improvável, meu amigo. De fato bastante improvável.

— Sim, parece. Você tem uma ideia melhor, Poirot? É por isso que está aqui: para ter ideias melhores que as minhas. Por favor, comece quando quiser. — Eu já havia me arrependido de minha explosão ao terminar a frase.

— Comecei há muito tempo — retrucou Poirot, que, ainda bem, não tinha se ressentido. —Você disse que o assassino deixou um bilhete na recepção, informando seus crimes. Deixe-me ver.

Tirei o bilhete do bolso e o entreguei a Poirot. John Goode, que Lazzari considerava a perfeição em forma de recepcionista de hotel, encontrou-o na recepção às 20h10. Lia-se: "Nunca descansem em paz. 121.238.317."

— Então o assassino, ou um cúmplice, foi insolente o bastante para se aproximar do balcão... da recepção do lobby do hotel... com um bilhete que o incriminaria se alguém o visse deixando-o ali — disse Poirot. — Ele é audacioso. Confiante. E não desapareceu em meio às sombras, pela porta dos fundos.

— Depois que Lazzari leu o bilhete, verificou os três quartos e encontrou os corpos — acrescentei. — Depois, checou todos os outros quartos do hotel, como ficou muito orgulhoso em me relatar. Felizmente, nenhum outro hóspede foi encontrado morto.

Sei que eu não devia dizer coisas vulgares, mas por algum motivo isso fazia com que me sentisse melhor. Se Poirot fosse inglês, eu provavelmente faria um esforço maior para me controlar.

— E será que ocorreu a Monsieur Lazzari que um dos hóspedes ainda vivos possa ser o assassino? *Non*. Não ocorreu. Qualquer um que decida se hospedar no Bloxham Hotel deve ter um caráter da mais alta virtude e integridade!

Tossi e inclinei a cabeça em direção à porta. Poirot se virou. Lazzari tinha surgido no quarto e estava parado na entrada. Ele não poderia parecer mais satisfeito.

— É verdade, é bem verdade, Monsieur Poirot — disse ele.

— Todas as pessoas que estavam neste hotel na quinta-feira precisam falar com o sr. Catchpool e prestar contas de seu paradeiro — declarou Poirot, austero. — Cada hóspede, cada funcionário. Todos.

— Com o maior prazer, o senhor pode falar com quem desejar, sr. Catchpool. — Lazzari fez uma mesura em sinal de respeito. — E nosso salão de jantar logo estará à sua disposição, assim que retirarmos a... ah, como vocês chamam?... *paraphernalia* do café da manhã e reunirmos todo mundo.

— *Merci*. Enquanto isso, quero fazer um exame meticuloso dos três quartos — anunciou Poirot. Foi uma surpresa para mim. Achei que tínhamos acabado de fazer isso. — Catchpool, descubra o endereço de Harriet Sippel, Ida Gransbury e Richard Negus. Descubra quem fez as reservas aqui no hotel, que comidas e bebidas foram solicitadas ao serviço de quarto, e quando. E a quem.

Comecei a andar em direção à porta, temendo que Poirot nunca parasse de inventar novas tarefas para acrescentar à lista.

Ele me chamou:

— Descubra se alguém chamada Jennie está hospedada ou trabalha aqui.

— Não existe nenhuma Jennie trabalhando no Bloxham, Monsieur Poirot — informou Lazzari. — Em vez de perguntar ao sr. Catchpool, o senhor devia perguntar a *mim*. Conheço todo mundo aqui muito bem. Somos uma grande família feliz, aqui no Bloxham Hotel!

Capítulo 4
O escopo aumenta

Por vezes, lembrar algo que alguém disse meses ou até anos atrás faz você rir. Para mim, uma coisa que Poirot falou mais tarde naquele mesmo dia é um exemplo disso: "É difícil até para o detetive mais habilidoso saber o que fazer se o desejo é se ver livre do Signor Lazzari. Se os elogios de alguém a este hotel são insuficientes, ele fica por perto para complementá-los; se os elogios são excessivos e longos, ele fica para ouvir."

Seus esforços acabaram dando certo, e Poirot finalmente conseguiu persuadir Lazzari a deixá-lo sozinho com seus afazeres no quarto 238. Dirigiu-se até a porta que o gerente do hotel tinha deixado aberta, fechou-a e suspirou aliviado. Era tão mais fácil pensar com clareza quando não havia uma profusão de vozes.

Poirot foi direto para a janela. Uma janela aberta, ele pensou, enquanto olhava para fora. O assassino deve tê-la aberto para fugir, depois de matar Richard Negus. Ele pode ter descido por uma das árvores.

Mas por que fugir? Por que não simplesmente sair do quarto da maneira esperada, pelo corredor? Talvez o assassino tivesse ouvido vozes do lado de fora do quarto de Negus e preferisse não correr o risco de ser visto. Sim, era uma possibilidade. No entanto, quando foi até a recepção para deixar o bilhete anunciando os três assassinatos, ele correu tal risco. Mais do que visto — ele arriscou ser apanhado no ato de deixar uma evidência criminal.

Poirot olhou para o cadáver no chão. Nenhum brilho de metal entre os lábios. Das três vítimas, apenas Richard Negus tinha a abotoadura bem no fundo da boca. Era uma anomalia. Coisas demais nesse quarto eram anômalas. Foi por isso que Poirot decidira checar o quarto 238 primeiro. Ele tinha... sim, não havia por que negar — ele tinha *suspeitas* em relação a esse quarto. Dos três, era do que menos gostava. Havia algo de desorganizado nele, algo um tanto fora de ordem.

Poirot parou ao lado do corpo de Negus e franziu a testa. Mesmo para os seus padrões de exigência, uma janela aberta não era o suficiente para tornar um quarto caótico... então o que estava causando essa impressão? Ele olhou em volta, desenhando um círculo devagar. Não, ele devia estar enganado. Hercule Poirot não costumava cometer erros, coisa que acontecia muito de vez em quando, e aquela devia ser uma das ocasiões, porque o 238 era um quarto inegavelmente bem-arrumado. Não havia bagunça nem desorganização. Estava tão em ordem quanto os quartos de Harriet Sippel e Ida Gransbury.

— Vou fechar a janela e ver se faz diferença — disse Poirot para si mesmo. Ele a fechou e analisou o local de novo. Ainda havia algo errado. Não gostou do quarto 238. Ele não teria ficado confortável se tivesse chegado ao Bloxham Hotel e visto isso...

De repente o problema surgiu diante dele, dando fim às suas reflexões. A lareira! Um dos ladrilhos não estava alinhado. Sua beirada torta se destacava. Um ladrilho solto; Poirot não conseguiria dormir em um quarto assim. Ele olhou para o corpo de Richard Negus.

— Se eu estivesse na mesma situação que você, *oui*, mas, caso contrário, não — comentou.

Sua única intenção quando se abaixou para tocar o ladrilho era ajeitá-lo e empurrá-lo de volta para que ficasse alinhado aos demais. Para poupar hóspedes futuros do tormento de saber que havia algo errado no quarto e não conseguir descobrir o que era... Que favor seria! E para o Signor Lazzari também!

Quando Poirot o tocou, o ladrilho caiu, trazendo algo junto. Uma chave com um número: 238.

— *Sacre tonnerre* — sussurrou Poirot. — Então a busca meticulosa não foi tão meticulosa assim.

Poirot colocou a chave de volta onde a tinha encontrado e então começou a inspecionar o restante do quarto, centímetro por centímetro. Ele não encontrou mais nada de interessante, então foi para o quarto 317 e depois para o quarto 121, que foi onde o encontrei quando retornei de minhas tarefas com notícias animadoras.

Poirot, sendo Poirot, insistiu em me contar suas notícias primeiro, sobre a descoberta da chave. Tudo o que posso dizer é que, aparentemente, na Bélgica não é considerado falta de educação se vangloriar. Ele estava explodindo de orgulho.

—Vê o que isso significa, *mon ami*? A janela não foi aberta por Richard Negus; isso se deu após sua morte! Ao trancar a porta do quarto 238 por *dentro*, o assassino precisava fugir de outro modo. Ele fez isso usando a árvore próxima à janela do sr. Negus, depois de esconder a chave atrás de um ladrilho solto na lareira. Talvez ele mesmo o tenha desprendido.

— Por que não escondê-la nas roupas, levá-la consigo e sair do quarto da maneira tradicional?

— É uma pergunta que tenho feito a mim mesmo, uma que, por enquanto, sou incapaz de responder — confessou Poirot. — Estou satisfeito por saber que não existe uma chave escondida aqui no quarto 121. Assim como a chave do 317 também não está em parte alguma do quarto 317. O assassino deve ter levado ambas ao deixar o Bloxham Hotel. Mas por que não a terceira? Por que o tratamento com Richard Negus foi diferenciado?

— Não faço a menor ideia. Ouça, conversei com John Goode, o recepcionista...

— O recepcionista mais confiável — corrigiu-me Poirot, com um brilho nos olhos.

— Sim, bem... Confiável ou não, ele sem dúvida foi muito útil no front das informações. Você estava certo: as três vítimas *estão* conectadas. Vi o endereço delas. Tanto Harriet Sippel quanto Ida Gransbury moravam em um lugar chamado Great Holling, no Culver Valley.

— *Bon*. E Richard Negus?

— Não, ele morava em Devon, num lugar chamado Beaworthy. Mas ele também tem uma ligação com elas. Foi Negus que reservou os três quartos: o de Ida, o de Harriet e o dele próprio, e pagou adiantado.

— Ah, é? Isso é muito interessante... — murmurou Poirot, cofiando o bigode.

— Um tanto enigmático, se deseja a minha opinião — comentei.

— O grande enigma é: por que, se vinham da mesma cidadezinha no mesmo dia, Harriet Sippel e Ida Gransbury não viajaram juntas? Por que não chegaram juntas? Repassei isso diversas vezes com John

Goode, e ele me garantiu: Harriet chegou duas horas antes de Ida na quarta-feira; duas horas inteiras.

— E Richard Negus?

Decidi dali em diante incluir cada detalhe relacionado a Negus à frente das demais vítimas, só para não precisar ouvir Poirot perguntar "E Richard Negus?" o tempo inteiro.

— Ele chegou uma hora *antes* de Harriet Sippel. Foi o primeiro dos três a chegar, mas não foi John Goode quem o atendeu. Foi um recepcionista júnior, um tal de sr. Thomas Brignell. Também descobri que nossas três vítimas viajaram para Londres de trem, e não de carro. Não sei ao certo se lhe interessava saber disso, mas...

— Preciso saber de tudo — disse Poirot.

Seu desejo óbvio de estar no controle e tomar as rédeas da investigação ao mesmo tempo me irritava e reconfortava.

— O Bloxham dispõe de alguns carros para buscar os hóspedes na estação. Não é barato, mas para o hotel é um prazer cuidar de seus clientes. Três semanas atrás, Richard Negus tratou com John Goode para que esses carros fossem buscar a ele, a Harriet Sippel e a Ida Gransbury. Separadamente, um veículo para cada. Tudo, os quartos e os carros, foi tudo pago com antecedência, por Negus.

— Será que ele era um homem rico? — refletiu Poirot em voz alta. — É tão frequente que assassinatos aconteçam por questões de dinheiro. O que você acha, Catchpool, agora que sabemos um pouco mais?

— Bem... — Decidi me arriscar, já que ele perguntou. Imaginar o que era possível era uma coisa boa na opinião de Poirot, então me permiti formular uma teoria, usando os fatos como ponto de partida. — Richard Negus devia saber das três chegadas, uma vez que reservou e pagou pelos quartos, mas talvez Harriet Sippel desconhecesse que Ida Gransbury também estivesse vindo para o Bloxham. E talvez Ida não soubesse de Harriet.

— *Oui, c'est possible.*

Encorajado, continuei:

— Talvez fosse essencial para os planos do assassino que uma não soubesse da presença da outra. Mas, se for esse o caso, e se Richard Negus, enquanto isso, sabia que ele e as duas mulheres seriam hóspedes do Bloxham... — Meu poço de ideias se esgotou nesse ponto.

Poirot assumiu:

— Nossas linhas de raciocínio percorrem caminhos semelhantes, meu amigo. Richard Negus foi um cúmplice involuntário do próprio assassinato? Talvez o criminoso o tenha convencido a atrair as vítimas para o Bloxham Hotel supostamente por outro motivo, quando, o tempo todo, planejava matar os três. A pergunta é: *por alguma razão, seria vital que Ida e Harriet não soubessem da presença uma da outra no hotel?* E, em caso afirmativo, seria importante para Richard Negus, para o assassino ou para ambos?

— Talvez Richard Negus tivesse um plano, enquanto o assassino tinha outro.

— Exatamente. O próximo passo é descobrir tudo o que pudermos a respeito de Harriet Sippel, Richard Negus e Ida Gransbury. Quem eram eles? Quais eram seus anseios, suas insatisfações, seus segredos? A cidadezinha de Great Holling: é lá que devemos procurar nossas respostas. Talvez também encontremos Jennie lá, e PIJ, *le mystérieux*!

— Não há aqui nenhuma hóspede chamada Jennie, nem agora, nem na noite passada. Eu verifiquei.

— Não, não achei que fosse haver. Fee Spring, a garçonete, contou que Jennie mora em uma casa do outro lado da cidade, tomando como referência o Pleasant's Coffee House. Isso ainda significa Londres, não em Devon nem em Culver Valley. Jennie não tem necessidade de um quarto no Bloxham Hotel, porque mora apenas "do outro lado da cidade".

— Por falar nisso, Henry Negus, irmão de Richard, virá de Devon para cá. Richard Negus vivia com Henry e a família dele. E tenho alguns dos meus melhores homens preparados para interrogar todos os hóspedes do hotel.

— Você está sendo muito eficiente, Catchpool. — Poirot deu um tapinha em meu braço.

Eu me senti compelido a relatar a Poirot meu único deslize.

— Essa história dos jantares nos quartos tem se mostrado difícil de investigar — expliquei. — Não consigo encontrar ninguém que estivesse declaradamente envolvido em anotar o pedido ou realizar o serviço de quarto. Parece haver alguma confusão.

— Não se preocupe — disse Poirot. — Farei a investigação necessária quando nos reunirmos no salão de jantar. Enquanto isso, vamos dar uma volta pelos jardins do hotel. Às vezes um passeio tranquilo faz uma nova ideia vir à tona.

★

Assim que saímos, Poirot começou a reclamar do tempo, que parecia ter piorado.

— Devemos voltar para dentro? — sugeri.

— Não, não. Ainda não. A mudança de ambiente é boa para as células cinzentas, e talvez as árvores ofereçam um abrigo ao vento. Não me importo com o frio, mas existe o tipo bom e o tipo ruim, e hoje temos o pior tipo.

Paramos ao chegar à entrada dos jardins do Bloxham. Luca Lazzari não havia exagerado sobre a beleza do lugar, admiti, enquanto observava as sebes de limeiras e, na outra extremidade, a topiaria mais engenhosa que já vi em toda Londres. Não era simplesmente a natureza sendo domada, e sim forçada à mais maravilhosa submissão. Mesmo com um vento cortante, era excepcionalmente agradável de se ver.

— E então? — perguntei a Poirot. — Vamos entrar ou não? — Seria delicioso, pensei, passear pelas trilhas verdejantes, retas como estradas romanas, entre as árvores.

— Não sei. — Poirot franziu a testa. — Esse tempo... — Ele estremeceu.

— ...será idêntico nos jardins, inevitavelmente — completei a frase um tanto impaciente. — Existem dois lugares onde podemos ficar, Poirot: dentro do hotel ou fora dele. O que você prefere?

— Tenho uma ideia melhor! — anunciou ele, triunfante. — Vamos pegar um ônibus!

— Um ônibus? Para onde?

— Para lugar nenhum, ou para algum lugar! Não importa. Logo desembarcamos e voltamos em outro ônibus. Isso nos trará uma mudança de cenário, sem o frio! Venha. Vejamos a cidade pelas janelas. Quem sabe o que vamos observar? — Ele começou a andar com determinação.

Eu o acompanhei, balançando a cabeça em reprovação.

— Você está pensando em Jennie, não está? — perguntei. — É bastante improvável que a encontremos...

— É mais provável do que se ficarmos aqui, parados, olhando para gravetos e grama! — retrucou Poirot, resoluto.

Dez minutos depois estávamos em um ônibus com janelas tão embaçadas que era impossível ver qualquer coisa pelo vidro. Limpar a vidraça com um lenço não ajudou.

Tentei convencer Poirot a ser razoável.

— Sobre Jennie... — comecei.

— *Oui?*

— Ela pode muito bem estar em perigo, mas, na realidade, não possui qualquer relação com o caso do Bloxham. Não há nenhuma evidência de conexão entre os dois. Nenhuma.

— Eu discordo, meu amigo — disse Poirot com tristeza. — Estou mais convencido do que nunca da conexão.

— Está? Vamos lá, Poirot: por quê?

— Por causa das duas características mais incomuns que as... situações têm em comum.

— E quais seriam elas?

— Elas virão até você, Catchpool. De verdade, elas irão surgir se você abrir a mente e refletir sobre o que já sabe.

Nos assentos atrás de nós, uma mãe mais idosa e sua filha de meia-idade discutiam a diferença entre um doce apenas bom e um doce excelente.

— Está ouvindo, Catchpool? — sussurrou Poirot. — *La différence!* Vamos nos concentrar não nas semelhanças, mas nas diferenças. É isso que nos levará a nosso assassino.

— Que tipo de diferenças?

— Entre dois dos assassinatos do hotel e o terceiro. Por que os detalhes circunstanciais são tão peculiares no caso de Richard Negus? Por que o assassino trancou a porta do quarto *por dentro* e não por fora? Por que escondeu a chave atrás de um ladrilho solto na lareira, em vez de levá-la com ele? Por que saiu pela janela, por uma árvore, em vez de pelo corredor, como esperado? No começo, imaginei que talvez ele tivesse ouvido vozes no corredor e não desejasse o risco de ser visto saindo do quarto do sr. Negus.

— Parece razoável — comentei.

— *Non*. Agora, não acho que essa tenha sido a razão.

— Ah. Por que não?

— Por causa do posicionamento da abotoadura na boca de Richard Negus, que também era diferente nesse caso: bem dentro da boca, perto da garganta, em vez de entre os lábios.

Soltei um gemido.

— Isso de novo, não. Eu realmente não creio...

— Ah! Espere, Catchpool. Vejamos...

O ônibus havia parado. Poirot esticou o pescoço para examinar os passageiros que embarcavam e suspirou quando o último — um homem magro com terno de tweed e mais cabelo saindo das orelhas do que na cabeça — entrou.

— Você está desapontado porque nenhum deles é Jennie — comentei. Eu precisava dizer aquilo em voz alta para acreditar, acho.

— *Non, mon ami.* Você está correto em relação ao sentimento, mas não em relação à causa. Fico desapontado toda vez que penso que, em uma cidade tão *énorme* quanto Londres, é improvável que eu torne a ver Jennie. E, no entanto... tenho esperança.

— Com toda a sua conversa de método científico, você é um tanto sonhador, não é?

— Você acredita que a esperança é inimiga da ciência, e não sua força motriz? Se for esse o caso, eu discordo, assim como discordo sobre a abotoadura. Há uma diferença significativa entre o caso de Richard Negus e os outros dois, das mulheres. A posição diferenciada da abotoadura na boca do sr. Negus não pode ser explicada pela hipótese de o criminoso ter ouvido vozes no corredor e desejado evitá-las. — Poirot não me permitiu interrompê-lo. — Portanto, deve haver outra explicação. Até descobrirmos o motivo, não podemos ter certeza de que isso também não se aplica à janela aberta, à chave escondida no quarto e à porta trancada por dentro.

Chega um momento na maioria dos casos — e de maneira alguma apenas naqueles em que Hercule Poirot esteve pessoalmente envolvido — em que você começa a sentir que seria um grande conforto — e, na verdade, bastante útil — não falar com ninguém além de si mesmo e dispensar todas as tentativas de comunicação com o mundo externo.

Em meus pensamentos, dirigindo-me a uma plateia sensata e compreensiva de uma única pessoa, fiz a seguinte e silenciosa argumentação: a abotoadura estar em uma parte um pouco diferente da boca de Richard Negus não tinha absolutamente nenhuma relevância. Boca é boca, e ponto final. Na mente do assassino, ele fizera o mesmo com todas as vítimas: tinha-lhes aberto a boca e colocado uma abotoadura de ouro monogramada em cada uma.

Não consegui pensar em nenhuma explicação para a chave escondida atrás do ladrilho solto na lareira. Teria sido mais rápido e mais fácil para o assassino levá-la consigo, ou deixá-la no tapete depois de limpar as impressões digitais.

Atrás de nós, mãe e filha haviam esgotado o tópico dos doces e começado a falar sobre gordura animal.

— Devemos pensar em voltar para o hotel — disse Poirot.

— Mas acabamos de entrar no ônibus — protestei.

— *Oui, c'est vrai*, mas não queremos nos afastar demais do Bloxham. Logo vão precisar de nós no salão de jantar.

Respirei fundo, devagar, ciente de que seria inútil perguntar por que, nesse caso, víramos a necessidade de sair do hotel, para começo de conversa.

— Precisamos descer do ônibus e pegar outro — disse ele. — Talvez a vista seja melhor no próximo.

E era. Poirot não viu nem sinal de Jennie, para sua grande consternação, mas eu vi coisas interessantes que me fizeram constatar de novo por que amo Londres: um homem vestido de palhaço, fazendo o pior malabarismo que eu já vi alguém fazer. Mesmo assim, os transeuntes jogavam moedas no chapéu a seus pés. Outros destaques foram um poodle idêntico a um político famoso e um vagabundo sentado na calçada com uma mala aberta ao seu lado, comendo algo que tirava dela como se a bolsa fosse sua loja móvel de guloseimas.

— Veja, Poirot — comentei —, aquele sujeito não se importa com o frio: ele parece feliz como uma criança. Feliz como um vagabundo, eu deveria dizer. Poirot, veja o poodle: ele não lembra alguém? Alguém famoso? Vamos, olhe, é impossível não notar.

— Catchpool — disse Poirot, sério. — Levante-se, ou vamos perder nosso ponto. Você sempre perde o foco, em busca de distração.

Fiquei de pé. Assim que desembarcamos, eu disse:

— Foi você quem me trouxe para fazer um passeio inútil por Londres. Não pode me culpar por meu interesse nas atrações.

Poirot parou de andar.

— Diga-me o seguinte: por que você não olha para os três corpos no hotel? O que você não suporta ver?

— Nada. Olhei para os corpos tanto quanto você. Tive a ocasião de observá-los antes de você aparecer, na verdade.

— Se não quiser conversar sobre isso comigo, é só dizer, *mon ami*.

— Não há o que conversar. Não conheço ninguém que olharia para um cadáver por mais tempo do que o necessário. É só isso.

— *Non* — disse Poirot, em voz baixa. — Não é só isso.

Eu me atrevo a dizer que deveria ter lhe contado, e ainda não sei por que não o fiz. Meu avô morreu quando eu tinha cinco anos. Ele estava definhando fazia bastante tempo, em um quarto de nossa casa. Eu não gostava de visitá-lo em seu quarto todo dia, mas meus pais insistiam que era importante para ele, então eu ia para agradá-los, e também pelo meu avô. Vi sua pele ficar cada vez mais amarelada, e ouvi sua respiração cada vez mais curta, seus olhos perdendo o foco. Não pensava na época como sendo medo, mas me lembro de todo dia contar os segundos que eu precisava passar naquele quarto, sabendo que em algum momento poderia sair, fechar a porta e parar de contar.

Quando ele morreu, senti como se estivesse livre daquela prisão e pudesse viver plenamente de novo. Ele seria levado, e não haveria mais morte na casa. E então minha mãe disse que eu deveria ir ver meu avô uma última vez, em seu quarto. Ela viria comigo, disse minha mãe. Ficaria tudo bem.

O médico o deixara na cama. Minha mãe me explicou sobre deitar um morto. Contei os segundos em silêncio. Mais segundos que o comum. Cento e trinta, pelo menos, parado ao lado de minha mãe, olhando para o corpo imóvel e enrugado de meu avô. "Segure a mão dele, Edward", pediu minha mãe. Quando eu disse que não queria, ela começou a chorar como se nunca mais fosse parar.

Então apanhei a mão ossuda e morta do meu avô. Mais do que tudo, eu queria soltá-la e fugir, mas continuei segurando aquela mão até minha mãe parar de chorar e dizer que podíamos voltar para o andar de baixo.

Segure a mão dele, Edward. Segure a mão dele.

Capítulo 5
Pergunte a cem pessoas

Eu mal tinha notado a grande multidão reunida no salão de jantar do Bloxham Hotel quando Poirot e eu entramos. O salão em si era tão impressionante que era impossível não ser distraído por sua beleza. Parei na entrada e olhei para o teto ornamentado com inúmeros emblemas e entalhes extravagantes. Era estranho pensar nas pessoas comendo coisas banais como torrada com geleia nas mesas sob uma obra de arte como aquela — sem sequer olhar para cima, talvez, enquanto quebravam a casca de seus ovos cozidos.

Eu tentava absorver o desenho completo, e como as diferentes partes do teto se relacionavam entre si, quando Luca Lazzari veio desconsolado até mim, interrompendo a observação admirada da simetria artística acima da minha cabeça com um sonoro lamento.

— Sr. Catchpool, Monsieur Poirot, devo profusas desculpas! Eu me apressei em ajudá-los em seu importante trabalho e, ao fazê-lo, cometi um erro! Foi apenas que, como os senhores sabem, eu tinha ouvido muitos relatos, e minha primeira tentativa de organizá-los não foi bem-sucedida. Minha própria tolice foi a responsável! Não é culpa de mais ninguém. Ah...

Lazzari se interrompeu e olhou por sobre o ombro para a centena de homens e mulheres na sala. Então foi para a esquerda, parando na frente de Poirot com o peito estufado de maneira curiosa e as mãos nos quadris. Creio que pretendia esconder sua equipe inteira do olhar de desaprovação de Poirot, imaginando que, se não pudessem ser vistos, não seriam culpados por nada.

— Qual foi o seu erro, Signor Lazzari? — perguntou Poirot.

— Foi um erro grave! O senhor observou que não era possível e estava certo. Mas quero que entenda que minha excelente equipe, aqui diante do senhor, me disse a verdade sobre o que aconteceu, e fui eu que distorci a verdade em uma falsidade... mas eu não fiz isso de propósito!

— *Je comprends*. Agora, para corrigir o erro...? — perguntou Poirot, esperançoso.

Enquanto isso, a "excelente" equipe estava sentada em silêncio ao redor de grandes mesas redondas, ouvindo cada palavra com atenção. O clima era soturno. Passei os olhos rapidamente pelo rosto das pessoas e não vi um único sorriso.

— Eu disse aos senhores que os três hóspedes falecidos tinham pedido que o jantar fosse servido no quarto às 19h15 ontem à noite separadamente — disse Lazzari. — Não é verdade! Os três estavam juntos! Eles jantaram juntos! Todos em um quarto, o de Ida Gransbury, número 317. *Um* garçom, não três, os viu vivos e bem às 19h15. Entendeu, Monsieur Poirot? Não houve a grande coincidência que eu transmiti ao senhor; na verdade, foi um evento corriqueiro: três hóspedes jantando juntos no quarto de um deles!

— *Bon.* — Poirot pareceu satisfeito. — Faz sentido. E quem foi esse garçom?

Um homem robusto e careca em uma das mesas se levantou. Ele parecia estar na casa dos cinquenta e tinha o começo de uma papada e os olhos tristes de um basset hound.

— Fui eu, senhor.

— Qual é o seu nome, Monsieur?

— Rafal Bobak, senhor.

— O senhor serviu o jantar a Harriet Sippel, Ida Gransbury e Richard Negus no quarto 317, às 19h15 da noite de ontem? — perguntou Poirot.

— Não o jantar, senhor — explicou Bobak. — O chá da tarde, que foi o que o sr. Negus pediu. O chá da tarde na hora do jantar. Ele perguntou se não teria problema, ou se eu iria forçá-los a comer o que chamou de "um jantar de fato". E disse que ele e suas amigas tinham certeza de que não ansiavam por um jantar de fato. Disse que preferiam o chá da tarde. Eu lhe disse que poderia pedir o que quisesse, senhor. Ele pediu sanduíches: presunto, queijo, salmão e pepino, e alguns bolos. E biscoitos, senhor, com geleia e creme inglês.

— E bebidas? — perguntou Poirot.
— Chá, senhor. Para os três.
— *D'accord*. E o xerez de Richard Negus?
Rafal Bobak balançou a cabeça.
— Não, senhor. Nada de xerez. O sr. Negus não me pediu isso. Não levei nenhuma taça de xerez ao quarto 317.
— Tem certeza disso?
— Absoluta, senhor.

Ficar ali, diante de todos aqueles olhares, estava me deixando um tanto desconfortável. Eu tinha plena consciência de que ainda não havia feito nenhuma pergunta. Tudo bem deixar Poirot comandar o espetáculo, mas, se eu não tivesse participação alguma, pareceria fraco. Limpei a garganta e me dirigi à sala:

— Algum de vocês levou uma xícara de chá para o quarto de Harriet Sippel, número 121, em algum momento? Ou uma dose de xerez para o quarto de Richard Negus? Ontem ou no dia anterior, quarta-feira?

As pessoas começaram a balançar a cabeça. A menos que alguém estivesse mentindo, parecia que a única entrega para os quartos das vítimas tinha sido o chá da tarde na hora do jantar, feita por Rafal Bobak no quarto 317, às 19h15 de quinta.

Tentei organizar meus pensamentos: a xícara de chá no quarto de Harriet Sippel não era um problema. Devia ser uma das três levadas por Bobak, uma vez que apenas duas xícaras foram encontradas no quarto de Ida Gransbury depois dos assassinatos. Mas como a taça de xerez chegou ao quarto de Richard Negus, se garçom algum a entregara?

Teria o assassino chegado ao Bloxham com uma taça de Harvey's Bristol Cream na mão e o bolso cheio de abotoaduras monogramadas e veneno? Parecia implausível.

Poirot parecia estar absorto no mesmo problema.

— Para ser perfeitamente claro: nenhum de vocês levou uma taça de xerez ao sr. Richard Negus, seja ao quarto dele ou a qualquer outro lugar deste hotel?

De novo as cabeças balançaram.

— Signor Lazzari, o senhor pode me dizer, por favor, se a taça que foi encontrada no quarto do sr. Negus pertence ao Bloxham Hotel?

— Pertence, sim, Monsieur Poirot. Tudo isso é muito desconcertante. Eu poderia sugerir que talvez algum garçom ausente hoje tivesse levado a taça de xerez para o sr. Negus na quinta-feira ou na quarta, mas todos aqui estavam presentes nessas ocasiões.

— De fato, é, como o senhor diz, desconcertante — concordou Poirot. — Sr. Bobak, talvez o senhor possa nos contar o que aconteceu quando levou o chá da tarde à noite para o quarto de Ida Gransbury.

— Deixei tudo na mesa e saí, senhor.

— Todos os três estavam no quarto? A sra. Sippel, a srta. Gransbury e o sr. Negus?

— Estavam, sim, senhor.

— Descreva a cena para nós.

— A cena, senhor?

Vendo que Rafal Bobak não havia entendido, intervim:

— Qual deles abriu a porta?

— O sr. Negus abriu a porta, senhor.

— E onde estavam as duas mulheres? — perguntei.

— Ah, elas estavam nas duas cadeiras perto da lareira. Conversando. Não me dirigi a elas. Falei apenas com o sr. Negus. Deixei tudo na mesa perto da janela e então saí, senhor.

— O senhor se lembra sobre o que as duas conversavam? — perguntou Poirot.

Bobak olhou para baixo.

— Bem, senhor...

— É importante, Monsieur. Cada detalhe que o senhor puder nos contar sobre essas três pessoas é relevante.

— Bem... Elas estavam sendo um pouco maliciosas, senhor. E rindo também.

— Quer dizer que estavam falando mal de alguém? Como assim?

— Uma delas, sim. E o sr. Negus parecia achar divertido. Algo sobre uma mulher mais velha e um homem mais jovem. Não era da minha conta, então não prestei atenção.

— O senhor lembra exatamente o que foi dito? E de quem falavam?

— Não sei dizer, senhor. Sinto muito. Uma mulher mais velha que estava sofrendo de amores por um rapaz, foi o que entendi. Parecia fofoca.

— Monsieur — disse Poirot em seu tom mais autoritário. — Se lembrar mais algum detalhe dessa conversa, qualquer que seja, por favor, venha até mim imediatamente.

— Sim, senhor. Agora, pensando no assunto, o homem mais jovem talvez tenha deixado a mulher mais velha e fugido para se casar com outra mulher. Fofoca à toa, era apenas isso.

— Então... — Poirot começou a andar pelo salão. Foi estranho ver mais de cem cabeças virando devagar e em seguida voltando, quando ele refez seus passos. — Temos Richard Negus, Harriet Sippel e Ida Gransbury, um homem e duas mulheres, no quarto 317, falando mal de um homem e duas mulheres!

— Mas qual a importância disso, Poirot? — perguntei.

— Pode não ser importante. Mas é interessante. E a fofoca à toa, as risadas, o chá da tarde no jantar... Isso nos diz que nossas três vítimas não eram estranhas, que se conheciam e tinham uma relação amigável, e estavam alheias ao destino que logo sucederia a elas.

Um movimento súbito me assustou. Na mesa imediatamente em frente a onde Poirot e eu estávamos parados, um jovem de cabelo preto e rosto pálido pulou de sua cadeira como se tivesse molas nos pés. Eu diria que ele estava ávido para dizer alguma coisa, se não fosse pela expressão de terror em seu rosto.

— Esse é um dos atendentes juniores, o sr. Thomas Brignell — apresentou Lazzari com um gesto exagerado na direção do homem.

— Eles tinham mais do que uma relação amigável, senhor. — Brignell respirou depois de um longo silêncio. Ninguém atrás dele conseguia ouvir o que o rapaz dizia, tão baixa sua voz estava. — Eram bons amigos e se conheciam bem.

— Claro que eram bons amigos! — anunciou Lazzari para o salão inteiro. — Eles fizeram uma refeição juntos!

— Muitas pessoas fazem refeições todos os dias com quem detestam profundamente — disse Poirot. — Por favor, continue, sr. Brignell.

— Quando encontrei o sr. Negus ontem à noite, ele estava preocupado com as duas senhoras como apenas um amigo próximo ficaria — sussurrou Thomas Brignell para nós.

— O senhor o encontrou? — perguntei. — Quando? Onde?

— Às sete e meia, senhor. — Ele apontou para as portas duplas do salão de jantar. Percebi que seu braço tremia. — Bem ali fora. Eu saía e vi que ele avançava na direção do elevador. Ele me avistou, parou e me chamou. Achei que estivesse voltando para o quarto.

— O que ele lhe disse? — perguntou Poirot.

— Ele... Ele me pediu que cuidasse para que a refeição fosse cobrada dele, e não de nenhuma das duas senhoras. Disse que tinha condições de pagar, mas que a sra. Sippel e a srta. Gransbury, não.

— Foi só o que ele disse, Monsieur?

— Sim. — Parecia que Brignell desmaiaria se alguém lhe pedisse mais uma palavra que fosse.

— Obrigado, sr. Brignell — agradeci, com o máximo de gentileza que consegui. — O senhor nos ajudou muito. — Imediatamente eu me culpei por não ter agradecido a Rafal Bobak da mesma forma, de modo que acrescentei: — Assim como o sr. Bobak. Assim como todos os presentes.

— Catchpool — murmurou Poirot. — A maioria das pessoas nesta sala não disse nada.

— Elas ouviram com atenção e pararam para pensar nos problemas que foram apresentados. Acho que merecem crédito por isso.

— Você tem fé na mente delas, certo? Talvez essas sejam as cem pessoas de quem você sempre fala quando discordamos. *Bien*, se fôssemos perguntar a *essas* cem pessoas... — Poirot se voltou para a multidão. — Senhoras e senhores, ouvimos que Richard Negus, Harriet Sippel e Ida Gransbury eram amigos e que a refeição foi servida a eles no quarto 317, às 19h15. No entanto, às sete e meia, o sr. Brignell viu Richard Negus *neste* andar do hotel, indo em direção ao elevador. O sr. Negus devia estar voltando, *n'est-ce pas*? Ou para o próprio quarto, o 238, ou para o quarto 317, para se juntar às duas amigas. Mas voltando de onde? Os sanduíches e os bolos foram servidos apenas 15 minutos antes! Ele as deixou imediatamente e foi a algum lugar? Ou comeu em apenas três ou quatro minutos antes de sair às pressas? E para onde ele foi com tanta pressa? Qual foi a importante tarefa que o fez deixar o quarto 317? Foi se certificar de que a refeição não fosse cobrada na conta de Harriet Sippel ou Ida Gransbury? Ele não podia esperar vinte ou trinta minutos, ou uma hora, antes de sair para cuidar dessa questão?

Uma mulher de constituição robusta, cabelo castanho cacheado e sobrancelhas grossas levantou-se no fundo da sala.

— Os senhores ficam fazendo todas essas perguntas como se eu soubesse a resposta, como se todo mundo aqui soubesse a resposta, e não sabemos de nada! — Os olhos dela percorriam a sala enquanto falava, parando em uma pessoa por vez, apesar de suas palavras se dirigirem a Poirot. — Quero ir para casa, sr. Lazzari — choramingou ela. — Quero encontrar meus filhos, ver se estão bem!

Uma mulher mais jovem sentada ao seu lado lhe tocou o braço e tentou acalmá-la:

— Sente, Tessie. O cavalheiro só está tentando ajudar. Nada terá acontecido às suas crianças, desde que não tenham se aproximado do Bloxham.

Diante desse comentário, cujo objetivo era apenas confortar, tanto Luca Lazzari quanto a robusta Tessie emitiram sons de angústia.

— Não vamos segurar a senhora por muito mais tempo — garanti. — E tenho certeza de que o sr. Lazzari permitirá que a senhora veja seus filhos em seguida, se é o que precisa fazer.

Lazzari indicou que isso seria permitido, e Tessie se sentou, um pouco mais tranquila.

Voltei-me para Poirot e disse:

— Richard Negus não saiu do quarto 317 para resolver a questão da conta. Ele encontrou Thomas Brignell quando *voltava* de algum lugar, de modo que já havia feito o que quer que fosse. Ele então viu o sr. Brignell e decidiu tratar da questão da conta. — Eu esperava, com esse pequeno discurso, demonstrar a todos os presentes que não tínhamos apenas perguntas, mas também respostas. Talvez não *todas* as respostas, mas algumas, e isso já era melhor do que nada.

— Monsieur Brignell, o senhor teve a impressão de que o sr. Negus o viu *por acaso* e se aproveitou da ocasião, tal como o sr. Catchpool descreveu? Ele não o procurava? Foi o senhor que o atendeu quando ele chegou ao hotel na quarta-feira, não foi?

— Isso mesmo, senhor. Não, ele não estava à minha procura. — Brignell parecia mais feliz em falar sentado. — Ele me encontrou por acaso e pensou, "Ah, aqui está aquele rapaz de novo", entende?

— Sim, com certeza. Senhoras e senhores. — Poirot levantou a voz. — Após cometer três assassinatos neste hotel ontem à noite, o criminoso, ou alguém que conhecia a identidade do criminoso e conspirou com ele, deixou um bilhete na recepção: "Nunca descansem em paz. 121.238.317." Alguém viu este bilhete em minhas mãos sendo deixado no local? — Poirot tirou o pequeno pedaço de papel do bolso e o ergueu no ar. — Ele foi encontrado pelo recepcionista, o sr. John Goode, às 20h10. Algum de vocês, por acaso, notou um ou mais indivíduos que parecessem agir de maneira estranha perto da recepção? Pensem bem! Alguém deve ter visto alguma coisa!

A robusta Tessie tinha fechado os olhos com força e se recostava junto à amiga. O quarto se encheu de sussurros e suspiros, mas era apenas o choque e a agitação de ver a caligrafia de um assassino — um suvenir que tornava as três mortes ainda mais nitidamente reais.

Ninguém tinha mais nada para nos dizer. Ao fim e ao cabo, se você perguntar a cem pessoas, provavelmente acabará desapontado.

Capítulo 6
O enigma do xerez

Meia hora depois, Poirot e eu estávamos tomando café sentados diante de uma lareira crepitante, no que Lazzari havia chamado de "nosso lounge secreto", uma sala que ficava atrás do salão de jantar e não era acessível por nenhum corredor público. As paredes estavam cobertas de retratos que tentei ignorar. Sempre prefiro uma paisagem ensolarada, ou mesmo uma cena de céu nublado. São os olhos que me incomodam nos retratos, não importa o artista. Estou para encontrar um que me convença de que a pessoa registrada não está olhando para mim com um profundo desprezo.

Depois de sua performance exuberante como mestre de cerimônias no salão de jantar, Poirot voltara à melancolia silenciosa.

— Você está novamente aflito por Jennie, não está? — perguntei.

Ele admitiu que sim.

— Não quero descobrir que ela foi encontrada com uma abotoadura na boca, com o monograma PIJ gravado. É essa notícia que tenho medo de receber.

— Como não há nada que você possa fazer por Jennie nesse momento, sugiro que pense em outra coisa — aconselhei.

— Como você é prático, Catchpool. Muito bem. Vamos pensar em xícaras de chá.

— Xícaras de chá?

— Sim. O que acha delas?

Após refletir um pouco, eu disse:

— Creio que não tenho opinião alguma sobre o tópico das xícaras de chá.

Poirot emitiu um barulho de impaciência.

— Três xícaras de chá são levadas para o quarto de Ida Gransbury pelo garçom Rafal Bobak. Três xícaras de chá para três pessoas, como seria de se esperar. Mas, quando os corpos são encontrados, só há duas xícaras no quarto.

— A outra está no quarto de Harriet Sippel, com o respectivo cadáver — concluí.

— *Exactement*. E isso é muito curioso, não é? Teria a sra. Sippel levado a xícara e o pires para o próprio quarto antes ou depois de o veneno ser administrado? Seja como for, quem levaria uma xícara de chá pelo corredor do hotel para pegar o elevador ou descer dois lances de escadas? Ou a xícara estaria cheia, correndo o risco de derramar o líquido, ou estaria pela metade ou no fim, quase não valendo a pena ser transportada. Em geral, uma pessoa toma uma xícara de chá no quarto onde o chá é servido, *n'est-ce pas?*

— Em geral, sim. O assassino me parece tão longe do normal quanto é possível ser — declarei, com alguma veemência.

— E as vítimas? Eram pessoas comuns? E quanto ao comportamento delas? Você quer que eu acredite que Harriet Sippel levou o chá ao seu quarto, sentou-se na poltrona para tomá-lo, e quase imediatamente o assassino bateu à porta e encontrou uma oportunidade de colocar cianureto em sua bebida? E Richard Negus, lembre-se, também deixou o quarto de Ida Gransbury por alguma razão desconhecida, retornando ao próprio quarto pouco depois, com uma taça de xerez que ninguém no hotel serviu.

— Colocando dessa forma, imagino que... — comentei.

Poirot continuou a falar como se eu não tivesse concordado com ele.

— Ah, sim, Richard Negus também está sentado sozinho com sua bebida quando o assassino faz uma visita. Também ele diz: "Claro, coloque seu veneno no meu xerez." E Ida Gransbury? Ficou o tempo todo esperando pacientemente no quarto 317, sozinha, até o assassino aparecer? Tomando seu chá *bem devagar*... Seria falta de consideração de sua parte terminar de beber antes que o assassino chegasse, claro... Como então ele a envenenaria? Onde colocaria o cianureto?

— Raios, Poirot! O que quer que eu diga? Faz tão pouco sentido para mim quanto para você! Sabe, me parece que as três vítimas devem ter se desentendido de algum modo. Por que outro motivo planejariam jantar juntas e depois se separariam?

— Não acho que uma mulher que sai de um quarto com raiva leva uma xícara de chá pela metade. De toda forma, o chá não estaria frio quando ela chegasse ao quarto 121?

— Eu costumo tomar chá frio — argumentei. — E gosto bastante.

Poirot levantou as sobrancelhas.

— Se eu não soubesse que você é um homem honesto, não acreditaria ser possível. Chá frio! *Dégueulasse*!

— Bom, devo dizer que *aprendi* a gostar — acrescentei em minha defesa. — Não há pressa com o chá frio. Pode-se tomá-lo quando quiser, e nada de mau acontecerá caso você demore. Não há restrição de tempo nem pressão. Isso conta muito para mim.

Alguém bateu à porta.

— Deve ser Lazzari, vindo ver se alguém nos importunou durante nossa importante conversa — comentei.

— Entre — disse alto Poirot.

Não era Luca Lazzari, e sim Thomas Brignell, o atendente que declarara ter visto Richard Negus perto do elevador às sete e meia.

— Ah, Monsieur Brignell — cumprimentou Poirot. — Por favor, junte-se a nós. Seu relato de ontem à noite foi muito útil. O sr. Catchpool e eu somos gratos.

— Sim, muito — concordei com sinceridade. Eu teria dito quase qualquer coisa para facilitar que Brignell soltasse o que quer que o estivesse incomodando. Era óbvio que havia algo. O pobre sujeito não parecia mais confiante do que estava no salão de jantar. Ele esfregava a palma das mãos, movendo-as para cima e para baixo. Podia-se ver o suor na testa, e ele estava mais pálido do que antes.

— Eu decepcionei os senhores — disse ele. — Decepcionei o sr. Lazzari, e ele tem sido tão bom para mim, de verdade. Eu não... antes, no salão de jantar, eu não... — Ele parou se falar e esfregou as mãos mais um pouco.

— Você não falou a verdade? — insinuou Poirot.

— Cada palavra que eu disse era verdade, senhor! — exclamou Thomas Brignell, indignado. — Eu não seria melhor do que o assassino se mentisse para a polícia sobre uma questão de tamanha importância.

— Não acho que o senhor seria tão culpado quanto ele, Monsieur.

— Há duas coisas que deixei de mencionar. Não posso dizer o quanto eu sinto, senhor. Sabe, falar diante de uma sala cheia de gente não é algo que eu faço com naturalidade. Sempre fui assim. E o que tornou as coisas mais difíceis ali, antes... — ele meneou a cabeça na direção do salão de jantar — ... foi que eu estava relutante em contar a outra coisa que o sr. Negus me disse, porque ele me fez um elogio.

— Que elogio?

— Não foi nada que eu tenha feito por merecer, senhor, tenho certeza. Sou apenas um homem comum. Não há nada de notável em mim. Faço o meu trabalho, como sou pago para fazer, e tento dar meu melhor, mas não há nenhum motivo para alguém me destacar com um elogio especial.

— E o sr. Negus fez isso? — perguntou Poirot. — Ele destacou o senhor com um elogio especial?

Brignell se encolheu.

— Sim, senhor. Como eu disse: não pedi por isso, e tenho certeza de que nada fiz para merecê-lo. Mas, quando o vi, e ele me viu, o sr. Negus me disse: "Ah, sr. Brignell, você parece um rapaz muito eficiente. Sei que posso confiar em você a esse respeito." E então começou a discutir a questão que mencionei antes, senhor... sobre a conta, e sobre querer pagá-la.

— E você não quis repetir o elogio que recebeu na frente de todos, certo? — indaguei. — Teve medo de soar presunçoso?

— Tive, sim, senhor. De fato, tive. Também tem mais uma coisa. Quando acertamos a questão da conta, o sr. Negus me pediu uma dose de xerez. Fui eu quem o serviu. Eu me ofereci para levar a bebida ao seu quarto, mas ele disse que esperaria ali mesmo. Servi a bebida a ele, que foi embora com a taça pelo elevador.

Poirot se inclinou na poltrona.

— Mas o senhor ainda assim não disse nada quando perguntei se alguém tinha servido uma taça de xerez a Richard Negus.

Brignell parecia confuso e frustrado — como se a resposta certa estivesse na ponta da língua, mas, de alguma maneira, lhe tivesse escapado.

— Eu devia ter contado, senhor. Devia ter feito um relato completo do incidente tão logo o senhor pediu. Estou muito arrependido de ter falhado em meu dever para com os senhores e os três falecidos, que

Deus tenha piedade deles. Só posso esperar que ter vindo falar com vocês possa remediar um pouco a situação.

— De fato, de fato. Mas, Monsieur, estou curioso, por que o senhor não falou nada no salão de jantar? Quando perguntei "Quem aqui serviu uma taça de xerez a Richard Negus?", o que o fez silenciar?

O pobre recepcionista tinha começado a tremer.

— Juro pelo túmulo da minha finada mãe, sr. Poirot, que agora contei todos os detalhes do meu encontro com o sr. Negus ontem à noite. Até o último detalhe. Os senhores não poderiam ter informações mais completas do que se passou. Sobre isso, podem ter certeza.

Poirot abriu a boca para fazer outra pergunta, mas me antecipei a ele e disse:

— Muito obrigado, sr. Brignell. Por favor, não se preocupe por não ter contado tudo antes. Entendo como é difícil se levantar e falar diante de uma multidão. Também eu não fico muito confortável.

Quando foi dispensado, Brignell correu para a porta como uma raposa fugindo dos cães.

— Eu acredito nele — disse eu quando o rapaz saiu. — Ele nos contou tudo o que sabe.

— Sobre seu encontro com Richard Negus perto do elevador do hotel, sim. O detalhe que o sr. Brignell esconde diz respeito a si mesmo. Por que ele não falou sobre o xerez no salão de jantar? Perguntei duas vezes, e mesmo assim ele não respondeu. Em vez disso, explicou seu remorso, que foi sincero. Ele não mentiu, mas não conseguiu dizer a verdade. Ah, como ele se conteve! É um jeito de mentir... muito eficiente, porque não há uma mentira dita para ser contestada.

Poirot riu de repente.

— E você, Catchpool, quer protegê-lo de Hercule Poirot, que continuaria pressionando-o sem parar até obter a informação?

— Ele parecia ter alcançado o limite. E, para ser franco, se está guardando alguma coisa, é algo que acredita não ter relevância para nós e, no entanto, é motivo de grande constrangimento para ele. É um tipo aflito, consciencioso. Sua noção de dever o obrigaria a nos contar se achasse que era importante.

— E, como você o dispensou, não tive a chance de explicar a ele que a informação que ele omitiu pode ser *vital*. — Depois de elevar a voz, Poirot me olhou fixamente, para certificar-se de que eu notava seu incômodo. — Até eu, Hercule Poirot, ainda não sei o que importa e o que é irrelevante. É por isso que preciso saber tudo. — Ele se levantou. — E agora, vou voltar ao Pleasant's — anunciou ele de repente. — O café lá é muito melhor do que o do Signor Lazzari.

— Mas o irmão de Richard Negus, Henry, está a caminho — protestei. — Achei que você quisesse falar com ele.

— Preciso mudar de ares, Catchpool. Preciso revitalizar minhas células cinzentas. Elas vão começar a parar se eu não as levar a outra parte.

— Bobagem! Você espera encontrar Jennie ou ter notícias dela — disse eu. — Poirot, acho que você está procurando agulha em palheiro com a história dessa moça. Você também sabe disso, ou admitiria que vai ao Pleasant's com a esperança de encontrá-la.

— Talvez, sim. Mas se temos um assassino à solta no palheiro, o que mais há para se fazer? Leve Henry Negus ao Pleasant's. Conversarei com ele lá.

— O quê? Ele está vindo de Devon. Não vai querer sair pouco depois de ter chegado para...

— Mas ele quer encontrar o culpado? — quis saber Poirot. — Pergunte isso a ele!

Resolvi não perguntar nada disso a Henry Negus, temendo que ele desse meia-volta e tomasse o caminho por onde veio, achando que a Scotland Yard era conduzida por um lunático.

Capítulo 7
Duas chaves

Poirot chegou ao café e o encontrou muito movimentado, cheirando a uma mistura de fumaça e algo doce, como calda para panqueca.

— Necessito de uma mesa, mas todas estão ocupadas — queixou-se para Fee Spring, que tinha acabado de chegar e estava parada ao lado do cabideiro de madeira, com o casaco no braço. Quando ela retirou o chapéu, seu cabelo esvoaçante crepitou e pairou no ar antes de se render à gravidade. O efeito foi bastante cômico, pensou Poirot.

— Então sua necessidade vai ter que esperar, não é? — comentou ela alegremente. — Não posso espantar clientes que pagam, nem mesmo por um famoso detetive. — Ela baixou a voz até sussurrar. — O sr. e a sra. Assessil irão embora muito em breve. O senhor poderá se sentar onde eles estão.

— Sr. e sra. Assessil? Que nome incomum.

Fee riu e sussurrou de novo:

— "Ah, Cecil" é o que a esposa diz o dia todo. O marido, pobre coitado, não consegue soltar duas palavras sem que ela o corrija. Ele diz que gosta de ovos mexidos com torrada? Imediatamente ela emenda: "Ah, Cecil, ovos com torrada, não!", e não pense que ele precisa falar para irritá-la! Ele senta à primeira mesa que vê, e ela diz: "Ah, Cecil, essa mesa, não!" Claro, ele poderia argumentar que quer o que não quer, e que não quer o que quer. É o que eu faria. Fico esperando que o homem se dê conta, mas ele é um traste velho e inútil, verdade seja dita. Um cérebro que mais parece um repolho mofado. É o que explicaria ela ter começado com essa coisa de "Ah, Cecil".

— Se não partirem logo, eu mesmo direi "Ah, Cecil" a ele — comentou Poirot, cujas pernas já doíam por causa longo tempo de pé e o desejo contrariado de se sentar.

— Eles vão sair antes que o seu café fique pronto — tranquilizou Fee. — Ela terminou o prato, viu? Não passa nem um minuto e ela vai começar o "Ah, Cecil" para ir embora. Mas, afinal, o que o senhor faz aqui na hora do almoço? Espere, eu sei o que o senhor procura! Está atrás de Jennie, não está? Ouvi dizer que o senhor veio aqui hoje bem cedo também.

— Como ficou sabendo? — perguntou Poirot. — A senhorita acabou de chegar, *n'est-ce pas?*

— Nunca estou longe — respondeu Fee enigmaticamente. — Ninguém viu nem sinal de Jennie, mas, sabe, sr. Poirot, tenho pensado nela tanto quanto o senhor.

— A senhorita também está preocupada?

— Ah, não sobre ela estar em perigo. Não cabe a mim salvá-la.

— *Non.*

— Assim como não cabe ao senhor.

— Ah, mas Hercule Poirot, ele salva vidas. Já salvou inocentes da forca.

— Metade deles provavelmente é culpada — disse Fee, animada, como se a ideia fosse engraçada.

— *Non*, Mademoiselle. *Vous êtes misanthrope.*

— Se o senhor diz. Tudo o que sei é que, se eu me preocupasse com todos que vêm aqui precisando de alguém que se importe, não teria um momento de paz. É um apuro após o outro, e a maioria vem da cabeça das pessoas, não são problemas reais.

— Se alguma coisa está na cabeça de alguém, então é real — disse Poirot.

— Não se é algum absurdo idiota vindo do nada, o que muitas vezes é — devolveu Fee. — Não, o que quero dizer sobre Jennie é que reparei numa coisa ontem à noite... só que não sei dizer o que pode ser. Lembro de pensar: "É engraçado Jennie fazer isso, ou dizer isso..." O único problema é que não sei o que me fez pensar nisso, o que ela fez ou o que disse. Vasculhei tanto a memória que fiz minha cabeça entrar em parafuso! Ah, veja só, eles estão indo embora, o sr. e a sra. "Ah, Cecil". Vá se sentar. Café?

— Sim, por favor. Mademoiselle, por favor, continue seus esforços para lembrar o que Jennie disse ou fez. É mais importante do que consigo explicar.

— Mais do que prateleiras retas? — perguntou Fee com uma veemência súbita. — Mais do que os talheres dispostos corretamente sobre a mesa?

—Ah, a senhorita crê que essas coisas sejam bobagens? — perguntou Poirot.

O rosto de Fee ficou vermelho.

— Desculpe se falei o que não devia. É só que... Bom, o senhor ficaria bem mais feliz, não ficaria?, se parasse de se preocupar com o jeito como um garfo está em cima da toalha de mesa?

Poirot ofereceu à garçonete seu melhor sorriso educado.

— Eu ficaria muito mais feliz se a senhorita lembrasse o que Jennie fez para chamar sua atenção. — Com isso, ele encerrou a conversa de maneira respeitosa e sentou-se à mesa.

Ele esperou uma hora e meia, durante a qual almoçou muito bem, mas não viu nem sinal de Jennie.

Eram quase duas horas quando cheguei ao Pleasant's com um homem a tiracolo que a princípio Poirot pensou ser Henry Negus, irmão de Richard. Houve uma pequena confusão quando expliquei que tinha deixado o policial Stanley Beer esperando por Negus para trazê-lo quando chegasse, e o fiz porque a única pessoa em quem conseguia pensar naquele momento era o homem ao meu lado.

Eu o apresentei — sr. Samuel Kidd, um caldeireiro — e achei graça ao ver Poirot recuar diante da camisa com marcas de sujeira e um botão faltando e do rosto malbarbeado. O sr. Kidd não ostentava nada tão comum quanto uma barba ou um bigode, mas basicamente tinha dificuldade em usar a lâmina. As evidências sugeriam que ele tinha começado a se barbear, se machucara e abandonara a tarefa. Como consequência, um lado do rosto estava barbeado, sem pelos, mas ferido, enquanto o outro estava livre de cortes, mas coberto de fios escuros de barba. Que lado estava pior não era fácil de responder.

— O sr. Kidd tem uma história muito interessante para nos contar — expliquei. — Eu estava parado do lado de fora do Bloxham, esperando Negus, quando...

— Ah! — interrompeu Poirot. — Você e o sr. Kidd vieram do Bloxham Hotel?

— Sim. — De onde ele pensou que eu tinha vindo? Tombuctu?

— E como vieram?

— Lazzari me deixou usar um dos carros do hotel.

— Quanto tempo levaram no trajeto?

— Exatos trinta minutos.

— Como estava o trânsito? Muitos carros nas ruas?

— Não. Quase ninguém, para falar a verdade.

— Você crê que, em uma situação diferente, poderia ter feito a viagem em menos tempo? — perguntou Poirot.

— Só se eu ganhasse asas. Trinta minutos foi um tempo muito bom, eu diria.

— *Bon.* Sr. Kidd, por favor, sente-se e conte a Poirot sua história tão interessante.

Para meu espanto, em lugar de se sentar, Samuel Kidd riu e repetiu as mesmas palavras que Poirot dissera, usando um sotaque francês exagerado, ou belga, ou seja como for que Poirot fala:

— *Senhorr Kiidd, porr favorr, sente-se e conte a Po-ar-rô sua histórria tão interesââante.*

Poirot pareceu afrontado com a brincadeira. Senti uma pontada de solidariedade, até que ele disse:

— O sr. Kidd pronuncia meu nome melhor do que você, Catchpool.

— *Senhorr Kiidd.* — O homem desgrenhado soltou uma gargalhada. — Ah, não se importe comigo, senhor. Estou só me divertindo. *Senhorr Kiidd!*

— Não estamos aqui por diversão — falei a ele, cansado da gozação. — Por favor, repita o que me contou do lado de fora do hotel.

Kidd levou dez minutos para contar uma história que poderia ser relatada em três, mas valeu a pena. Ao passar pelo Bloxham pouco depois das oito horas na noite anterior, ele viu uma mulher sair correndo do hotel, descer as escadas e ir para a rua. Ela estava ofegante e parecia aterrorizada. O caldeireiro começara a se aproximar para saber se ela precisava de ajuda, mas a moça foi mais rápida e correu antes que ele conseguisse chegar perto. Em sua fuga, ela deixou cair algo: duas chaves douradas. Ao perceber o fato, ela se virou e correu para recuperá-las. Depois, com as chaves bem seguras na mão enluvada, a mulher desapareceu noite adentro.

— Eu disse a mim mesmo, que estranho, sabe, ela fazer isso — refletiu Samuel Kidd. — E então hoje pela manhã vi policiais por toda a parte e perguntei a um deles o que tinha acontecido. Quando fiquei sabendo desses assassinatos, pensei comigo mesmo: "Aquela que você viu pode ter sido a assassina, Sammy." Ela parecia aterrorizada, a moça... Aterrorizada!

Poirot observava atentamente uma das muitas manchas na camisa do sujeito.

— Aterrorizada — murmurou. — Sua história é muito intrigante, sr. Kidd. Duas chaves, o senhor disse?

— Isso mesmo, senhor. Duas chaves douradas.

— O senhor chegou perto o bastante para ver, certo?

— Ah, sim, senhor. A rua é bem-iluminada do lado de fora do Bloxham. Não foi nada difícil ver.

— O senhor pode me dizer algo mais sobre essas chaves além do fato de serem douradas?

— Sim. Elas tinham números.

— Números? — repeti. Esse era um detalhe que Samuel Kidd não havia me revelado quando contou a história pela primeira vez, do lado de fora do hotel, nem da segunda, no carro a caminho do café. E... diabo!, eu deveria ter pensado em perguntar. Eu vira a chave de Richard Negus, que Poirot encontrou atrás do ladrilho solto da lareira, e ela trazia o número 238 gravado.

— Sim, senhor, números. Como, sabe, cem, duzentos...

— Eu sei o que são números — falei bruscamente.

— A propósito, foram esses os números que o senhor viu nas chaves, sr. Kidd? — perguntou Poirot. — Cem e duzentos?

— Não, senhor. Em uma delas era cento e alguma coisa, se não me engano. A outra... — Kidd coçou a cabeça com vontade. Poirot desviou o olhar. — Era trezentos e alguma coisa, acho, senhor. Mas não posso jurar, sabe? Mas é isso que vejo agora em minha cabeça: cento e alguma coisa, trezentos e alguma coisa.

Quarto 121, de Harriet Sippel. E o de Ida Gransbury, quarto 317.

Senti um vazio abrir-se em meu estômago. Reconheci a sensação: foi como me senti quando vi os três cadáveres pela primeira vez, e o médico-legista relatou que uma abotoadura monogramada tinha sido encontrada na boca de cada um dos três.

Agora parecia provável que Samuel Kidd tivesse ficado a poucos centímetros do assassino ontem à noite. *Uma mulher asssustada.* Senti um calafrio.

— Essa mulher que você viu — disse Poirot —, ela tinha cabelos louros e um casaco e um chapéu marrons?

Ele estava, claro, falando de Jennie. Eu ainda achava que não havia ligação, mas conseguia entender o raciocínio de Poirot: Jennie estava correndo por Londres ontem à noite em um estado de grande agitação, assim como essa outra mulher. Era possível que fossem a mesma pessoa.

— Não, senhor. Ela estava de chapéu, mas era azul-claro, e o cabelo era escuro. Cacheado e escuro.

— Qual a idade dela?

— Eu não tentaria adivinhar, senhor. Não era nem jovem nem velha, eu diria.

— Além do chapéu azul, o que estava vestindo?

— Não reparei. Estava ocupado demais olhando para o rosto dela enquanto pude.

— Ela era bonita? — perguntei.

— Sim, mas não foi por isso que fiquei olhando, senhor. Fiquei olhando porque não me era estranha, sabe? Dei uma olhada nela e pensei comigo mesmo: "Sammy, você conhece essa mulher."

Poirot se mexeu na cadeira. Olhou para mim e então se voltou para Kidd.

— Se o senhor a conhece, sr. Kidd, por favor, diga quem é.

— Não posso, senhor. Era o que eu estava tentando organizar na minha cabeça quando ela fugiu. Não sei *como* a conheço, seu nome nem nada assim. Não é de fazer caldeiras que a conheço, disso eu sei. Ela parecia refinada. Uma dama de verdade. Não conheço ninguém assim, mas a *conheço*. Aquele rosto... Não vi aquele rosto pela primeira vez ontem à noite. Não, senhor. — Samuel Kidd balançou a cabeça. — É um enigma e tanto. Eu teria perguntado, se ela não tivesse fugido.

De todas as pessoas que já fugiram, eu me questionei quantas o faziam pelo mesmo motivo: porque preferiam que ninguém perguntasse, fosse qual fosse a pergunta.

★

Pouco depois que dispensei Samuel Kidd com ordens de se esforçar para lembrar o nome da mulher misteriosa e os detalhes de onde e quando poderia tê-la conhecido, Henry Negus chegou ao Pleasant's com o policial Stanley Beer.

O sr. Negus tinha uma aparência consideravelmente mais agradável que Samuel Kidd: um homem distinto, de cerca de cinquenta anos, com cabelo de um grisalho escuro e expressão inteligente. Vestia-se com elegância e tinha uma fala tranquila. Gostei dele na hora. Sua dor diante da perda do irmão era palpável, ainda que ele tenha sido um modelo de autocontrole durante nossa conversa.

— Meus sinceros sentimentos, sr. Negus — disse Poirot. — Sinto muitíssimo. É terrível perder alguém tão próximo quanto um irmão.

Negus assentiu em sinal de gratidão.

— Qualquer coisa que eu puder fazer para ajudar, qualquer coisa, será um prazer. O sr. Catchpool disse que o senhor tem perguntas para mim?

— Sim, Monsieur. Os nomes Harriet Sippel e Ida Gransbury soam familiares para o senhor?

— São as outras duas que... — Henry Negus parou de falar quando Fee Spring se aproximou com a xícara de chá que ele havia pedido ao chegar.

Quando ela se afastou, Poirot disse:

— Sim. Harriet Sippel e Ida Gransbury também foram assassinadas no Bloxham Hotel ontem à noite.

— O nome Harriet Sippel não me diz nada. Ida Gransbury e meu irmão foram noivos anos atrás.

— Então o senhor conhecia Mademoiselle Gransbury? — Ouvi o tom de entusiasmo na voz de Poirot.

— Não, nunca a conheci — respondeu Henry Negus. — Eu sabia o nome dela, claro, pelas cartas de Richard. Raramente nos encontrávamos na época em que ele morava em Great Holling. Então ele escrevia.

Senti outra peça do quebra-cabeça se encaixar, produzindo um som reconfortante.

— Richard morou em Great Holling? — perguntei, tentando manter o tom de voz. Se Poirot também se surpreendeu diante dessa descoberta, não o demonstrou.

Uma pequena cidade ligando todas as três vítimas. Repeti o nome mentalmente diversas vezes: *Great Holling, Great Holling, Great Holling.* Tudo parecia apontar nessa direção.

— Sim, até 1913 — contou Negus. — Ele tinha um escritório de advocacia em Culver Valley. Foi onde nós crescemos: em Silsford. E então, em 1913, ele veio morar comigo em Devon, onde está desde então. Quero dizer... onde estava — corrigiu-se. O rosto do homem de repente pareceu exausto, como se recebesse novamente o impacto da morte do irmão, ficando em pedaços.

— Richard alguma vez mencionou alguém de Culver Valley chamada Jennie? — perguntou Poirot. — Ou qualquer outra pessoa com esse nome, talvez de Great Holling?

Houve uma pausa longa. Então Henry Negus respondeu:

— Não.

— E alguém com as iniciais PIJ?

— Não. A única pessoa de lá que ele já mencionou foi Ida, sua noiva.

— Se me permite fazer uma pergunta delicada, Monsieur: por que o noivado de seu irmão não resultou em casamento?

— Infelizmente, não sei. Richard e eu éramos próximos, mas éramos mais propensos a debater ideias do que qualquer outra coisa. Filosofia, política, teologia... Em geral não fazíamos perguntas sobre a vida pessoal um do outro. Tudo o que ele me contou sobre Ida foi que estava noivo dela, e então, em 1913, não estavam mais juntos.

— *Attendez*. Em 1913, o noivado com Ida Gransbury terminou, e ele foi embora de Great Holling e para viver com o senhor em Devon?

— E com minha esposa e filhos, sim.

— Ele deixou Great Holling para se afastar da srta. Gransbury?

Henry Negus pensou na pergunta.

— Creio que em parte, mas deve haver mais por trás disso. Quando partiu de Great Holling, Richard detestava o lugar, e isso não pode ser creditado apenas a Ida Gransbury. Ele odiava cada centímetro

daquela cidadezinha, segundo me disse. Não explicou por quê, e não perguntei. Richard possuía esse jeito de deixar bem claro que já tinha dito tudo o que queria dizer. Seu veredito sobre a cidade foi muito claro e direto, se bem me lembro. Talvez se eu tivesse insistido mais...
— Negus não conseguiu terminar a frase, com uma expressão de angústia no rosto.

— Não se culpe, sr. Negus — disse Poirot. — O senhor não provocou a morte do seu irmão.

— Não consigo deixar de pensar que... Bem, que algo terrível deve ter acontecido a ele naquela cidade. E as pessoas não gostam de falar nem pensar nessas coisas, se puderem evitar. — Henry Negus suspirou. — Richard certamente não queria falar sobre isso, o que quer que fosse, então decidi que era melhor não forçar. Era ele quem detinha a autoridade, entende, como irmão mais velho. Todos o respeitavam. Ele tinha uma mente brilhante, sabe?

— É mesmo? — Poirot sorriu com gentileza.

— Ah, ninguém prestava atenção aos detalhes como Richard, antes de seu declínio. Ele era meticuloso em tudo o que fazia. Podia-se confiar o que fosse a ele; todos confiavam. E por isso ele era um advogado tão bem-sucedido, antes de as coisas darem tão errado. Sempre acreditei que ele acertaria tudo, um dia. Quando parecia estar se recuperando alguns meses atrás, pensei: "Finalmente, ele retomou o gosto pela vida." Tive esperanças de que ele estivesse pensando em trabalhar de novo, antes que seu último centavo fosse gasto...

— Sr. Negus, espere um instante, por favor — pediu Poirot, com educação, mas firme. — Seu irmão não estava trabalhando quando se mudou para sua casa?

— Não. Junto com Great Holling e Ida Gransbury, Richard deixou para trás sua profissão quando veio para Devon. Em lugar de advogar, ele se fechava em seu quarto e bebia profusamente.

— Ah. O declínio que o senhor mencionou.

— Sim — disse Negus. — O Richard que chegou a minha casa era muito diferente daquele que eu havia encontrado da última vez. Estava tão taciturno e melancólico... Era como se tivesse construído uma muralha ao seu redor. Ele nunca saía de casa, não falava com ninguém, não escrevia para ninguém, não recebia cartas. Tudo o que fazia era ler e olhar para o nada. Ele se recusava a nos acompanhar à igreja e não cedia sequer para agradar minha esposa. Um dia, um ano depois de se mudar para minha casa, encontrei uma Bíblia no chão ao lado da porta do quarto em que ele dormia. Ficava em uma gaveta do quarto que demos a ele. Tentei devolvê-la ao seu lugar, mas Richard deixou claro que desejava banir a Bíblia do quarto. Confesso que, após esse incidente, perguntei à minha esposa... Bom, se não devíamos pedir que ele encontrasse outro lugar para morar. Era bastante incômodo tê-lo por perto. Mas Clara, minha esposa, não quis saber disso. "Família é família", ela disse. "Somos tudo o que Richard tem. Não se joga a família na rua." Ela estava certa, claro.

— O senhor mencionou que seu irmão gastava dinheiro demais? — perguntei.

— Sim. Ele e eu fomos deixados em uma situação bem confortável. — Henry Negus balançou a cabeça. — Só de pensar que Richard, meu irmão mais velho, tão responsável, acabaria com sua fortuna sem se preocupar com o futuro... Mas foi o que ele fez. Parecia determinado a transformar o que nosso pai lhe deixara em bebida e vertê-la garganta abaixo. Caminhava em direção à penúria e a uma doença grave, ou era o que eu temia. Certas noites eu permanecia acordado, preocupado com o fim terrível que poderia aguardá-lo. Mas não um assassinato. Nunca pensei por um instante que Richard seria assassinado, ainda que talvez eu devesse ter imaginado.

Poirot olhou para a frente, instantaneamente alerta.

— Por que o senhor imaginaria algo assim, Monsieur? A maioria de nós não acha que as pessoas que conhecemos serão assassinadas. É uma suposição razoável, na maior parte dos casos.

Henry Negus pensou por um instante antes de responder. Por fim falou:

— Seria estranho dizer que Richard parecia saber que seria assassinado, afinal, quem imaginaria algo assim? Mas, a partir do momento em que se mudou para minha casa, agia com o pessimismo e a melancolia de um homem cuja vida já havia terminado. É a única maneira que encontro para descrever sua atitude.

— O senhor disse, no entanto, que, bem, ele *se recuperou* nos meses que antecederam sua morte?

— Sim. Minha esposa também percebeu. Ela queria que eu perguntasse a ele... As mulheres sempre querem, não é? Mas eu conhecia Richard bem o bastante para saber que ele não gostaria da intromissão.

— Ele parecia mais feliz? — perguntou Poirot.

— Eu gostaria de poder dizer que sim, Monsieur Poirot. Se eu acreditasse que Richard estava mais feliz no dia em que morreu do que em anos, seria um imenso consolo para mim. Mas, não, não era felicidade. Era mais como se ele estivesse planejando algo. Parecia ter um propósito de novo, após tantos anos. Mas essa era só a minha impressão, ainda que, como eu disse, não saiba nada sobre plano nenhum.

— Mas o senhor tem certeza de que não imaginou essa mudança?

— Tenho, sim. Ele estava diferente em vários aspectos. Richard se levantava e descia para o café da manhã com mais frequência. Tinha mais vigor e mais energia. Voltou a cuidar melhor da higiene pessoal. O mais perceptível de tudo foi que ele parou de beber. Não consigo explicar como fiquei grato apenas por isso. Minha esposa e eu rezamos para que ele tivesse sucesso em seja lá qual fosse seu projeto, e assim quem sabe a maldição de Great Holling o deixaria em paz, permitindo--lhe desfrutar uma vida produtiva.

— A maldição, Monsieur? O senhor acredita que a cidadezinha estivesse amaldiçoada?

O rosto de Henry Negus enrubesceu.

— Não exatamente, não. Claro, isso não existe, não é? É uma brincadeira da minha esposa. Sem ter nada com que se preocupar, ela inventou essa história da maldição, baseada na partida de Richard do lugar, do rompimento do noivado e do único outro fato que ela conhecia sobre Great Holling.

— Que outro fato? — perguntei.

— Ah. — Henry Negus pareceu surpreso. E então disse: — Não, acho que os senhores não saberiam disso. Como poderiam? A terrível tragédia envolvendo o jovem vigário da paróquia e sua esposa. Richard nos escreveu a esse respeito, alguns meses antes de deixar a cidade. Eles morreram com poucas horas de diferença.

— É mesmo? Qual foi a causa da morte? — perguntou Poirot.

— Não sei. Richard não incluiu esse detalhe na carta, se é que sabia de algo. Disse apenas que fora uma terrível tragédia. Em verdade, eu perguntei a ele depois, mas acho que ele só soltou uns resmungos que não explicaram nada. Ele estava absorto demais nos próprios problemas para se dar ao trabalho de se importar com os de qualquer outro indivíduo.

Capítulo 8
Organizando os pensamentos

— Ou, então — disse Poirot, enquanto saíamos apressados do Pleasant's em direção à nossa pensão, meia hora mais tarde —, todos esses infelizes eventos dos últimos 16 anos estão interligados: o destino trágico do vigário e da esposa, o rompimento repentino do noivado de Richard Negus com Ida Gransbury, o súbito ódio de Richard por Great Holling e a fuga para Devon... para se tornar um esbanjador à toa e beberrão, na casa do irmão Henry!

—Você acha que Richard Negus começou a beber porque o vigário morreu? — perguntei. — Por mais tentador que seja relacionar tudo, não é mais provável que uma coisa não tenha nada a ver com a outra?

— Não, eu diria que não. — Poirot lançou-me um olhar intenso. — Inspire o ar fresco deste belo dia de inverno, Catchpool. Talvez ajude a levar oxigênio às suas células cinzentas. Respire fundo, meu amigo.

Fiz o que ele pediu para agradá-lo. Eu já estava respirando antes, é claro, então aquilo era bobagem.

— *Bon*. Agora pense nisto: não é só que o jovem vigário tenha morrido tragicamente, *é que ele morreu com apenas horas de diferença da esposa*. Isso é muito estranho. Richard Negus menciona o incidente em uma carta para seu irmão Henry. Muitos meses depois, não está mais noivo de Ida Gransbury e foge para Devon, onde começa seu declínio. *Ele se recusa a aceitar a Bíblia em seu quarto e não vai à igreja nem para contentar a anfitriã.*

— Por que diz isso como se tivesse um significado especial?

— Ah! O oxigênio, ele leva tempo demais para alcançar as células cinzentas! Tudo bem: cedo ou tarde ele chegará aonde se faz mais necessário, nesse seu cérebro de alfinete. A igreja, Catchpool! Um vigário e a esposa morrem de maneira trágica em Great Holling. Pouco tempo depois, Richard Negus desenvolve uma aversão à pequena cidade, à igreja e à Bíblia.

— Ah, estou entendendo aonde você pretende chegar.

— *Bon. Alors*, Richard Negus vai para Devon, onde, por muitos anos, segue para a ruína, e durante esse tempo seu irmão não faz uma única intrusão indesejada que possa tirá-lo da destruição que ele está trazendo a si mesmo...

— Você acha que Henry Negus foi negligente nesse aspecto?

— Não é culpa dele — disse Poirot com um aceno. — Ele é inglês. Vocês preferem ficar sentados em um silêncio educado, enquanto todo tipo de desastre evitável acontece diante de seus olhos, a cometer a gafe de interferir!

— Não acho que isso seja muito justo. — Levantei a voz para me fazer ouvir em meio à ventania e ao vozerio na movimentada rua londrina.

Poirot ignorou meu protesto.

— Por muitos anos, Henry Negus se preocupou em silêncio com o irmão. Ele torce e sem dúvida reza e, quando está a ponto de perder as esperanças, parece que suas preces são atendidas: Richard Negus tem uma *recuperação* visível alguns meses atrás. Ele parece tramar algo. Talvez o plano envolva reservar três quartos no Bloxham Hotel em Londres para si e para duas mulheres que ele conhecia de seus tempos em Great Holling, e sabemos que foi precisamente o que ele fez. E então, ontem à noite, ele é encontrado morto no Bloxham Hotel com uma abotoadura com um monograma na boca, bem próximo de sua ex-noiva, Ida Gransbury, e de Harriet Sippel, outra mulher que um dia foi sua vizinha na cidade. Ambas são assassinadas da mesma maneira.

Poirot parou. Ele caminhava rápido demais e ficou sem fôlego.

— Catchpool — disse ele, ofegante, secando a sobrancelha com um lenço muito bem-dobrado tirado do bolso do colete. — Pergunte a si mesmo qual foi o primeiro fato dessa cadeia de eventos que lhe apresentei. Não foi a morte trágica do vigário e da esposa?

— Bem, sim, mas apenas se aceitarmos que ela pertence à mesma história dos três assassinatos do Bloxham. Não existe qualquer evidência,

Poirot. Continuo defendendo que o pobre vigário pode não ter relação com nada disso.

— Assim como *la pauvre* Jennie pode não ter relação com nada disso?

— Exato.

Voltamos a andar.

— Já tentou fazer palavras cruzadas, Poirot? Porque... bem, você sabia que venho tentando criar uma, por conta própria?

— Seria impossível morar tão perto de você e não saber, *mon ami*.

— Sim. Certo. Bem, reparei em uma coisa que acontece quando você tenta entender a dica de uma palavra. É interessante. Digamos que a dica seja "Utensílio de cozinha, seis letras", e você tenha a letra "C" no primeiro espaço. É muito fácil pensar, "Bem, deve ser 'colher' porque tem seis letras e começa com 'C', e colher é um utensílio de cozinha". Então você convence a si mesmo de que acertou, quando, na verdade, a resposta certa é "caneca", que também tem seis letras e também é um utensílio de cozinha que começa com "C". Está me acompanhando?

— Esse exemplo não funciona bem para você, Catchpool. Na situação que você descreve, eu acharia que tanto "colher" quanto "caneca" têm a mesma probabilidade de serem a resposta certa. Apenas um tolo consideraria uma, e não a outra, quando ambas se encaixam perfeitamente.

— Certo, se você quer algo com a mesma probabilidade de acerto, que tal esta teoria: Richard Negus se recusava a ir à igreja ou a deixar a Bíblia em seu quarto porque qualquer infortúnio que o tenha acometido em Great Holling abalou um pouco sua fé. Não lhe parece uma leitura pertinente? E pode não ter nada a ver com a morte do vigário e da esposa. Richard Negus não seria o primeiro a se encontrar em apuros e magoado e se perguntar se Deus o ama tanto quanto parece amar a todos os demais! — Isso saiu com mais veemência do que eu pretendia.

— Você já se perguntou isso, Catchpool? — Poirot segurou a manga da minha camisa para me deter. Às vezes esqueço que minhas pernas são muito mais longas que as dele.

— Para ser sincero, já. Não me impediu de ir à igreja, mas entendo que seria difícil para certas pessoas. — Por exemplo, as que objetariam em vez de aquiescer em silêncio se lhe dissessem que seu cérebro é do tamanho de um alfinete, pensei. Para Poirot, eu disse: — Acho que tudo depende se você considera a si mesmo ou a Deus o responsável por seus problemas.

— Seu problema envolvia uma mulher?

— Diversos belos espécimes, todas com as quais meus pais ansiavam me casar. Permaneci firme e não condenei nenhuma delas a um marido como eu. — Comecei a andar de novo, rápido.

Poirot se apressou para me acompanhar.

— Então, de acordo com a sua sabedoria, precisamos esquecer a morte trágica do vigário e da esposa? Precisamos fingir que não sabemos desse evento, caso sejamos levados até ele por uma conclusão equivocada? E precisamos esquecer Jennie pela mesma razão?

— Bem, não, eu não diria que esse é o caminho certo. Não estou sugerindo *esquecermos* nada, apenas que...

—Vou dizer qual é o caminho certo! Você precisa ir a Great Holling. Harriet Sippel, Ida Gransbury e Richard Negus não são apenas três peças de um quebra-cabeça, míseros objetos que movemos em uma tentativa de encaixar em um padrão. Antes de morrerem, eles eram pessoas, com vidas e emoções, tolas predisposições, talvez momentos de grande sabedoria e discernimento. Você precisa ir à cidadezinha onde viviam e descobrir quem *são*, Catchpool.

— Eu? Você não quer dizer nós?

— *Non, mon ami*. Poirot, ele ficará em Londres. Só preciso mover minha mente, não meu corpo, para fazer progresso. Não, vá você e me traga o relato mais completo de sua viagem. É o suficiente. Leve duas listas de nomes: hóspedes do Bloxham Hotel nas noites de quarta e quinta-feira e funcionários do Bloxham Hotel. Descubra se alguém naquela cidade amaldiçoada reconhece algum dos nomes. Pergunte sobre Jennie e PIJ. Não volte até ter descoberto a história desse vigário, da esposa e da morte trágica dos dois em 1913.

— Poirot, você precisa vir comigo — disse eu, um tanto desesperado. — Sou incapaz de lidar com o caso do Bloxham. Estou contando com você.

— E pode continuar contando, *mon ami*. Vamos à casa da sra. Blanche Unsworth e lá organizaremos nossos pensamentos, para que você não chegue a Great Holling despreparado.

Ele sempre a chamava de "a casa da sra. Blanche Unsworth". Toda vez que o fazia, eu recordava que já havia me referido à pensão nesses termos, antes de começar a chamá-la simplesmente de "casa".

★

"Organizar os pensamentos" acabou significando que Poirot ficou de pé perto da lareira da sala de estar carregada de babados cor de lavanda, ditando para mim, enquanto eu ficava sentado em uma poltrona perto dele, anotando tudo o que dizia. Nunca ouvi, antes ou depois, alguém falar de maneira tão perfeitamente organizada. Tentei objetar que ele estava me fazendo escrever muitas coisas das quais eu já tinha pleno conhecimento, e recebi um sério discurso cujo tema era "a importância do método". Aparentemente, não se pode esperar que meu cérebro de alfinete armazene algo de útil, de modo que eu precisava de um relato por escrito para usar como referência.

Depois de ditar a lista de tudo o que sabia, Poirot repetiu o procedimento para tudo o que não sabíamos, mas esperávamos descobrir. (Considerei reproduzir as listas aqui, mas não quero entediar nem enfurecer ninguém além de mim mesmo.)

Para ser justo com Poirot, quando escrevi tudo e olhei para as anotações, senti que tinha uma imagem mais clara das coisas: nítida e extraordinariamente desencorajadora. Soltei a caneta e disse com um suspiro:

— Não sei se quero levar comigo uma lista interminável de questões que não posso responder e nem tenho a esperança de um dia poder.

— Falta-lhe confiança, Catchpool.

— Sim. O que se pode fazer a respeito?

— Não sei. Não é um problema de que eu sofra. Não me imagino deparando com um problema cuja solução eu não seja capaz de descobrir.

— Você acha que vai conseguir encontrar a solução para esse problema?

Poirot sorriu.

— Quer que eu o encoraje a ter confiança em mim porque não tem nenhuma em si mesmo? *Mon ami*, você sabe mais do que acredita saber. Você se lembra de ter feito uma piada no hotel sobre as três vítimas chegarem na quarta-feira, um dia antes do assassinato? Você dissera: "É quase como se tivessem recebido um convite para se apresentar para a morte. O convite diz: 'Por favor, chegue um dia antes, para que a quinta possa ser totalmente dedicada ao seu assassinato.'"

— Bom, e o que tem isso?

— Sua piada se baseou na ideia de que ser assassinado é uma atividade suficiente para ocupar um dia inteiro: atravessar o país de trem e ser assassinado *no mesmo dia* seria demais para qualquer um! E o assassino não quer que suas vítimas se cansem desnecessariamente! É engraçado!

Poirot cofiou o bigode, como se achasse que rir o tivesse desarrumado.

— Suas palavras me fizeram pensar, meu amigo, que ser assassinado na verdade não exige qualquer esforço por parte da vítima, e que nenhum assassino se preocupa tanto assim com aqueles que pretende envenenar. *Então por que ele não matou as três vítimas na quarta-feira à noite?*

— Ele podia estar ocupado na quarta à noite — sugeri.

— Então por que não organizar para que as três vítimas chegassem ao hotel durante a quinta-feira, em vez de durante o dia na quarta? O criminoso ainda conseguiria matá-las na mesma ocasião, *n'est-ce pas*? Na quinta à noite, entre 19h15 e 20h10?

Fiz meu melhor para parecer paciente.

— Você está complicando demais as coisas, Poirot. Se todas as vítimas se conheciam, o que já sabemos ser verdade, talvez tivessem uma razão para estar em Londres por duas noites, uma razão que não tinha qualquer relação com o assassino. Ele decidiu matá-las na quinta-feira porque lhe era mais conveniente. O criminoso não as convidou para ir ao Bloxham, apenas sabia que estariam lá e quando. Além do mais... — Parei de falar. — Não, esqueça. É bobagem.

— Diga a bobagem — pediu Poirot.

— Bom, é possível que, se o assassino for uma pessoa meticulosa por natureza, não planejasse os assassinatos para o mesmo dia em que sabia que as vítimas chegariam a Londres, para o caso de os trens atrasarem.

— Talvez o assassino também tivesse de viajar para Londres, vindo de Great Holling ou de outro lugar. É possível que ele, ou ela, porque pode ser uma mulher, não quisesse fazer uma longa e cansativa viagem e cometer três assassinatos no mesmo dia.

— Mesmo que seja esse o caso, as vítimas ainda poderiam ter chegado na quinta, não é?

— Não poderiam — disse Poirot simplesmente. — Sabemos que elas chegaram no dia anterior, na quarta-feira. Então, começo a me perguntar: algo precisou acontecer envolvendo o assassino e as três vítimas *antes que os assassinatos fossem cometidos*? Se for esse o caso, então talvez o assassino não tenha viajado até Londres, mas more na cidade.

— Pode ser. Tudo isso é uma maneira complicada de dizer que não fazemos a mínima ideia do que aconteceu nem por quê. Creio que me lembro de essa ser minha avaliação original da situação. Ah, e Poirot...?

— Sim, *mon ami*?

— Não tive coragem de dizer antes, e sei que você não vai gostar disso. As abotoaduras monogramadas...

— *Oui*?

— Você perguntou a Henry Negus sobre PIJ. Não acho que sejam as iniciais do sujeito, seja ele quem for... O dono das abotoaduras. Acho que as iniciais são PJI. Veja. — Reproduzi o monograma na parte de trás de uma das minhas folhas de anotação. Resgatando pela memória o melhor que pude, reproduzi o desenho das letras nas abotoaduras. — Está vendo que o "I" é maior, e o "P" e o "J" dos dois lados são bem menores? É um estilo popular de monograma. A inicial maior indica o sobrenome e fica no meio.

Poirot estava franzindo a testa e balançando a cabeça.

— As iniciais no monograma estão *na ordem errada* deliberadamente? Nunca ouvi falar disso. Quem teria uma ideia dessas? Não faz sentido!

— É comum, sinto dizer. Acredite em mim nesse caso. O pessoal do trabalho tem abotoaduras com monogramas gravados nesse sentido.

— *Incroyable*. Os ingleses não têm noção de ordem.

— Bem, sim, seja como for... É sobre PJI que precisamos perguntar quando formos a Great Holling, não PIJ.

Foi uma tentativa fútil, que Poirot percebeu imediatamente.

— *Você*, meu amigo, vai para Great Holling — declarou. — Poirot ficará em Londres.

Capítulo 9
Uma visita a Great Holling

Na segunda-feira pela manhã, como instruído, fui para Great Holling. Minha impressão ao chegar foi que era como muitas outras cidadezinhas inglesas que já tinha visitado, e não havia muito mais a comentar além disso. Acho que existem mais diferenças entre cidades grandes do que entre as pequenas, assim como há mais a dizer sobre metrópoles. Com certeza eu poderia falar longamente sobre as complexidades de Londres. Talvez seja apenas porque eu não seja muito afeito a lugares como Great Holling; eles me deixam desconfortável — quero dizer, se é que me sinto confortável em algum lugar. Não estou convencido disso.

Disseram que era impossível não ver o King's Head Inn, onde eu ficaria hospedado, mas foi o que aconteceu. Por sorte, um rapaz de óculos, com sardas dispersas no nariz e um jornal embaixo do braço, estava por perto para me ajudar. Ele surgiu detrás de mim, me assustando.

— Você está perdido, não está?

— Creio que sim. Procuro o King's Head.

— Ah! — Ele sorriu. — Foi o que pensei, vendo a mala e tudo o mais. Então não é daqui? O King's Head parece uma casa vista da rua, logo você não notaria, a menos que siga por aquela travessa, está vendo? Vá por ali e vire à direita. Você verá a placa e a entrada.

Agradeci, e estava prestes a seguir as orientações quando ele me chamou de volta.

— Então, de onde você é?

Respondi, e ele disse:

— Nunca fui a Londres. O que o traz a estas bandas?

— Trabalho — expliquei. — Ouça, não quero parecer rude e seria um prazer conversar com você mais tarde, mas gostaria de me instalar primeiro.

— Bom, então não se incomode comigo — disse ele. — Você trabalha com que? Ah... lá vou eu de novo, fazendo outra pergunta. Quem sabe eu não pergunto mais tarde? — Ele acenou e continuou descendo a rua.

Tentei de novo seguir caminho para o King's Head quando ele gritou:

— Pegue aquela travessa e vire à direita! — Mais alguns acenos animados se seguiram.

Ele estava tentando ser simpático e solícito, e eu deveria ficar agradecido. Normalmente eu ficaria, mas...

Bom, vou admitir: não gosto de cidades pequenas. Não contei isso a Poirot antes de partir, mas disse a mim mesmo várias vezes durante a viagem, e de novo quando desembarquei na simpática estaçãozinha de trem. Não gostei da charmosa rua estreita em que estava, que fazia uma curva formando um S perfeito e tinha dos dois lados casinhas que pareciam mais apropriadas para criaturas peludas da floresta do que para seres humanos.

Não gostei de completos estranhos me fazendo perguntas presunçosas na rua, apesar de ter plena consciência da minha própria hipocrisia, uma vez que eu mesmo estava em Great Holling para interrogar estranhos.

Quando o homem de óculos já tinha seguido seu caminho, não havia nenhum barulho além do som de um ou outro pássaro e da minha própria respiração. Depois das casas vi campos vazios e colinas a distância que, combinados com o silêncio, me trouxeram uma sensação de solidão imediata. As cidades, claro, também podem fazer uma pessoa se sentir solitária. Em Londres, é possível observar quem está passando sem ter ideia de seus pensamentos. Todos parecem inteiramente misteriosos e fechados. Nas cidadezinhas a mesma regra se aplica, mas você desconfia de que todos estão pensando a mesma coisa.

O dono do King's Head era o sr. Victor Meakin, que parecia ter entre cinquenta e sessenta anos e tinha um cabelo ralo e grisalho em meio ao qual suas orelhas rosadas surgiam dos dois lados. Ele também parecia muito interessado em falar sobre Londres.

— O senhor nasceu lá, se não se importa que eu pergunte, sr. Catchpool? Quantas pessoas moram lá hoje em dia? A cidade é muito cheia? É muito suja? Minha tia foi a Londres uma vez e disse que era muito suja. Mesmo assim, eu sempre quis ir lá um dia. Mas nunca disse isso a minha tia... Ela retrucaria, que Deus a tenha. Todo mundo em Londres tem carro?

Fiquei aliviado por a torrente de perguntas não me ter dado a chance de responder. Minha sorte acabou quando ele chegou à pergunta que realmente lhe interessava:

— O que o traz a Great Holling, sr. Catchpool? Não consigo imaginar que trabalho o senhor teria aqui.

Naquele momento ele parou de falar, e não tive escolha senão não responder.

— Sou policial — expliquei. — Da Scotland Yard.

— Policial? — Ele manteve o sorriso firme, mas passou a me olhar com olhos muito distintos: duros, inquisidores, desdenhosos; como se estivesse fazendo especulações sobre mim e tirando conclusões negativas.

— Um policial — repetiu, mais para si mesmo do que para mim. — Mas por que um policial viria para cá? E um policial importante de Londres.

— Como a pergunta não parecia ser dirigida diretamente para mim, não respondi.

Enquanto carregava minha bagagem pelas sinuosas escadas de madeira, o homem parou três vezes para olhar para mim sem motivo aparente.

O quarto onde ele me instalou era agradavelmente simples e arejado — uma mudança bem-vinda comparada à extravagância cheia de detalhes e babados de Blanche Unsworth. Aqui, ainda bem, nenhuma bolsa de água quente com capa de tricô tinha sido deixada. Eu não as suporto, fico irritado só de vê-las. A coisa mais quente em uma cama deve sempre ser uma pessoa, na minha opinião.

Meakin indicou alguns detalhes do quarto que eu poderia ter identificado sozinho, como a cama e um grande armário de madeira. Tentei responder com uma mistura apropriada de surpresa e alegria. Depois, como teria de acontecer em algum momento, expliquei a natureza da minha viagem a Great Holling, esperando que isso satisfizesse sua curiosidade e permitisse que, a partir de então, ele me olhasse de uma maneira menos penetrante. Contei a ele sobre os assassinatos do Bloxham Hotel.

Sua boca se curvou enquanto ouvia. Parecia um pouco como se estivesse tentando não rir, mas posso estar enganado.

— Assassinados, o senhor disse? Em um hotel chique de Londres? Que coisa! A sra. Sippel e a srta. Gransbury assassinadas? E o sr. Negus?

— Então o senhor os conhecia? — perguntei enquanto tirava o casaco e o pendurava no armário.

— Ah, sim, eu os conhecia.

— Mas não eram amigos seus, imagino.

— Não eram amigos nem inimigos — respondeu Meakin. — É a melhor coisa, quando você precisa cuidar de uma hospedaria. Amigos e inimigos causam problemas. Parece que causaram problemas à sra. Sippel e à srta Gransbury. Ao sr. Negus também.

O que era isso que eu estava ouvindo na voz dele — aquela ênfase estranha? Seria satisfação?

— Perdão, sr. Meakin, mas... o senhor ficou feliz em saber dessas três mortes ou estou imaginando coisas?

— Está, sr. Catchpool. Sem dúvida, está. — Ele negou com a maior confiança.

Ficamos olhando um para o outro por um ou dois instantes. Vi olhos que brilhavam de suspeita, desprovidos de qualquer afeto.

— O senhor me contou uma novidade, e eu demonstrei interesse, foi só isso — explicou Meakin. — Assim como eu me interessaria pelas histórias de qualquer visitante. É o correto e adequado, quando se tem uma hospedaria para cuidar. Mas veja só... Assassinato!

Eu me afastei dele e disse com firmeza:

— Obrigado por me trazer ao meu quarto. Foi muito solícito de sua parte.

— Imagino que o senhor vá querer me fazer algumas perguntas, não é? O King's Head's é meu desde 1911. O senhor não vai encontrar ninguém melhor para isso.

— Ah, sim, claro. Assim que desfizer as malas, comer e esticar um pouco as pernas. — Eu não estava ansioso com a perspectiva de conversar longamente com esse homem, mas fazia-se necessário. — Mais uma coisa, sr. Meakin, e isso é muito importante: por favor, faça a gentileza de não repetir para ninguém o que contei. Eu agradeço.

— É segredo?

— De jeito algum. Eu só prefiro explicar a situação às pessoas pessoalmente.

— O senhor vai fazer perguntas, não vai? Não há ninguém em Great Holling que vá dizer algo que valha a pena.

— Tenho certeza de que isso não é verdade — devolvi. — Afinal, o senhor já se ofereceu para conversar comigo.

Meakin balançou a cabeça.

— Não acho que tenha me oferecido, sr. Catchpool. Eu disse que o senhor ia querer falar comigo, não que eu ia querer responder. Mas vou dizer uma coisa... — Ele apontou o indicador ossudo e nodoso para mim. — Se o senhor se deparou com três assassinatos no seu hotel chique em Londres, e se o senhor é um policial de Londres, é melhor começar a fazer perguntas por lá, e não aqui.

— Está insinuando que gostaria que eu fosse embora, sr. Meakin?

— De jeito algum. Seu itinerário está inteiramente por sua conta. O senhor é bem-vindo neste estabelecimento pelo tempo que desejar ficar. Não é da minha conta. — Com isso, ele se virou e foi embora.

Balancei a cabeça, perplexo. Era difícil associar o Victor Meakin de agora com o homem que me recebeu quando cheguei ao King's Head, falando alegre e sem parar sobre Londres e a tia que não gosta de sujeira.

Sentei na cama e me levantei de imediato, sentindo necessidade de tomar um pouco de ar fresco. Se ao menos existisse algum outro lugar para ficar em Great Holling além do King's Head...

Vesti o casaco que havia tirado alguns minutos antes, tranquei o quarto e desci as escadas. Victor Meakin estava enxugando os copos de cerveja atrás do bar. Ele assentiu quando entrei.

No canto, sentados de cada lado de uma mesa coberta de copos cheios e vazios, havia dois homens empenhados em se embebedar o máximo que conseguissem. Ambos haviam aperfeiçoado a arte de balançar o corpo estando sentados. Um desses bebedores determinados era um velho gnomo decrépito de barba branca que mais parecia o Papai Noel. O outro era um sujeito corpulento de maxilar quadrado, que não poderia ter mais de vinte anos. Ele tentava conversar com o mais velho, mas sua boca estava tão frouxa por causa do álcool que fazia-se impossível entender o que dizia. Felizmente, seu companheiro de copo não estava em condições de ouvir, então talvez o que se perderia eram bobagens ininteligíveis, e não tiradas espirituosas.

A imagem do rapaz me perturbou. Como ele havia terminado naquele estado deplorável? Parecia que estava experimentando um rosto e que, se não mudasse de hábitos, logo estaria condenado a ficar com ele para sempre.

— Quer beber alguma coisa, sr. Catchpool? — perguntou Meakin.

— Talvez mais tarde, obrigado. — Sorri com gentileza. Faço questão de parecer o mais simpático possível com aqueles de quem não gosto ou em quem não confio. — Primeiro, preciso esticar estas velhas pernas.

O jovem embriagado se levantou com dificuldade. De repente, pareceu bravo e disse alguma coisa que começava com "não". O resto foi incompreensível. Ele passou cambaleando por mim e foi para a rua. O mais velho levantou o braço — um processo que demorou quase dez segundos — até seu dedo apontar diretamente para mim.

— Você — chamou.

Eu estava na cidade de Great Holling fazia menos de uma hora, e dois homens já tinham apontado o dedo grosseiramente para mim. Talvez entre a população local fosse um sinal de boas-vindas, mas eu duvidava.

— Como? — disse eu.

O Papai Noel emitiu sons que traduzi como: "Sim, você, companheiro. Venha sentar na cadeira, aqui. Ao meu lado, aqui. Na cadeira que aquele jovem inútil não vai mais usar, aqui."

Em circunstâncias normais a repetição seria irritante, mas como eu estava empenhado em um exercício de tradução, não me importei.

— Na verdade, eu ia dar uma volta pela cidade... — comecei a explicar, mas o velho estava convencido de que eu não deveria fazer isso.

— Você vai ter bastante tempo para isso depois — gritou ele. — Agora, venha se sentar, e vamos ter uma conversa. — Para minha surpresa, ele começou a cantar:

"Venha se sentar,
Sr. policial de Londres,

Venha se sentar."

Olhei para Meakin, cujos olhos estavam fixos nos copos de cerveja. A raiva me deu coragem, e eu disse a ele:

— Eu me lembro de ter pedido ao senhor nem dez minutos atrás para não comentar o motivo da minha vinda com ninguém.

— Eu não disse nada. — Ele não teve sequer a decência de olhar para mim.

— Sr. Meakin, como esse cavalheiro descobriu que sou um policial de Londres se o senhor não disse nada? Ninguém mais aqui sabe quem sou.

— O senhor não deveria tirar conclusões precipitadas, sr. Catchpool. Não vai levá-lo a lugar nenhum, espero. Eu não contei uma palavra a ninguém. Nenhuma palavra.

Ele estava mentindo, sabia que eu sabia e não se importava.

★

Derrotado, fui sentar com o velho gnomo no canto da hospedaria. Nas vigas escuras ao redor dele havia brasões e nichos de lúpulo típicos do interior da Inglaterra, e por um segundo o homem me pareceu uma estranha criatura de penugem branca em um ninho ainda mais estranho.

O homem começou a falar como se nossa conversa já estivesse em pleno andamento:

— ...não um cavalheiro, mas um inútil, e os pais dele são iguais. Não sabem ler, nem escrever o próprio nome, assim como ele. Nenhum latim! Vinte anos, e olhe para ele! Quando eu tinha a idade dele... Ah, mas faz muito tempo. Tempo imemorial! Mostrava o melhor de mim quando era jovem, mas alguns menosprezam as bênçãos do Senhor e desperdiçam tudo. Não percebem que a grandeza está ao alcance de todos, então não tentam fazer nada.

— Latim, hum? — foi tudo o que consegui responder. Grandeza? Eu me considerava sortudo toda vez que evitava um fracasso humilhante. Não havia nenhuma aspereza na voz do homem, apesar do nariz vermelho nodoso e da barba encharcada de cerveja. Inalterada pela bebida, a voz dele podia ser considerada agradável, pensei. — Então, o senhor realizou grandes feitos? — perguntei a ele.

— Tentei, e consegui mais do que meus maiores sonhos.

— É mesmo?

— Ah, mas faz muito tempo. Não se pode viver de sonhos, e os sonhos que mais importam nunca se realizam. Eu não sabia disso quando era jovem. Ainda bem. — Ele suspirou. — E você, meu jovem? Qual será sua grande realização? Desvendar o assassinato de Harriet Sippel, Ida Gransbury e Richard Negus?

Ele falou como se fosse uma meta indigna.

— Não conheci Negus, mas o vi uma ou duas vezes — continuou. — Ele foi embora pouco depois que cheguei à cidade. Um homem vem, outro vai, e os dois pelo mesmo motivo. Os dois com o coração pesado.

— Que motivo?

O velho gnomo verteu uma quantidade quase impossível de cerveja garganta abaixo com um único gesto ágil.

— Ela nunca superou! — disse ele.

— Quem nunca superou o quê? O senhor quer dizer que Ida Gransbury nunca superou a partida de Richard Negus de Great Holling?

— A perda do marido. Ou é o que dizem. Harriet Sippel. Dizem que foi o fato de perdê-lo tão jovem que a deixou daquele jeito. Para mim, essa é uma desculpa ruim. Não muito mais velho do que o garoto que estava sentado aí onde você está. Jovem demais para morrer. Não tiveram um fim.

— Quando o senhor diz "a deixou daquele jeito", eu me pergunto o que quis dizer com isso, sr... hum...? O senhor pode explicar?

— O quê, meu bom rapaz? Ah, sim. Nenhum homem ou mulher vive de sonhos. Fico feliz de já estar velho quando me dei conta disso.

— Com licença, mas eu gostaria de confirmar se entendi direito — insisti, desejando que ele falasse com objetividade. — Está dizendo que Harriet Sippel perdeu o marido quando jovem, e que ficar viúva a fez se tornar... o quê?

Para o meu horror, o homem começou chorar.

— Por que ela tinha que vir para cá? Ela podia ter tido um marido, filhos, um lar para chamar de seu, uma vida feliz.

— Quem poderia ter tido essas coisas? — perguntei, um pouco desesperado. — Harriet Sippel?

— Se ela não tivesse contado uma mentira imperdoável... Foi o que começou essa confusão toda. — Como se um participante invisível da conversa de repente tivesse feito outra pergunta, o velho franziu a testa e disse: — Não, não. Harriet Sippel tinha um marido. George. Ele morreu. Jovem. Uma doença terrível. Ele não era muito mais velho do que o rapaz, o inútil que estava sentado onde você está agora. Stoakley.

— O nome do inútil é Stoakley, é isso?

— Não, meu bom rapaz. *Meu* nome é Stoakley. Walter Stoakley. Não sei o nome dele. — O velho gnomo penteou a barba com os dedos e então disse: — Ela dedicou a *vida* a ele. Ah, eu sei por quê, sempre entendi por quê. Ele era um homem extraordinário, apesar de seus pecados. Ela sacrificou tudo por ele.

— Pelo... o jovem que estava aqui agora? — Não, isso parecia improvável; o inútil não parecia extraordinário.

Era uma sorte que Poirot não estivesse participando desta conversa, pensei. As divagações fora de ordem de Walter Stoakley teriam lhe provocado um ataque.

— Não, não. Ele só tem vinte anos, sabe?

— Sim, o senhor me contou agora há pouco.

— Não há motivos para devotar a vida a um vagabundo que passa os dias bebendo.

— Concordo, mas...

— Ela não podia se casar com um rapaz qualquer, não depois de se apaixonar por um homem tão extraordinário. Então ela o deixou.

Tive uma ideia, pensando no que o garçom Rafal Bobak havia contado no salão de jantar do Bloxham Hotel.

— Ela é muitos anos mais velha que ele? — perguntei.

— Quem? — Stoakley parecia confuso.

— A mulher de quem o senhor está falando. Quantos anos ela tem?

— Uns dez anos a mais que você. Quarenta e dois, 43, acho.

— Entendi. — Impossível não se impressionar com o fato de que ele tinha adivinhado minha idade com tamanha precisão. Se o homem tinha conseguido fazer isso, pensei, então com certeza eu acabaria arrancando alguma coerência dele.

De volta ao caos discursivo, me aventurei:

— Então a mulher de quem o senhor está falando é *mais velha* do que o inútil que estava sentado nesta cadeira aqui alguns minutos atrás?

Stoakley franziu a testa.

— Ora, meu bom rapaz, ela tem vinte anos a mais que ele! Vocês, policiais, fazem perguntas estranhas.

Uma mulher mais velha e um rapaz mais jovem: exatamente o par sobre o qual Harriet Sippel, Ida Gransbury e Richard Negus fofocavam no Bloxham Hotel. Sem dúvida eu estava conseguindo algo. — Então ela deveria se casar com o inútil, mas escolheu um homem mais extraordinário?

— Não, não o inútil — disse Stoakley com impaciência. E então piscou. Ele sorriu e disse: — Ah, mas Patrick! A grandeza estava ao alcance dele. Ela sabia disso. Ela entendia. Se quer que as mulheres se apaixonem por você, sr. Catchpool, mostre a elas que a grandeza está ao seu alcance.

— Não quero que as mulheres se apaixonem por mim, sr. Stoakley.

— Por que diabos não?

Respirei fundo.

— Sr. Stoakley, o senhor poderia me dizer o nome da mulher de quem está falando, a que o senhor gostaria de que não tivesse vindo para cá, que se apaixonou por um homem mais extraordinário e que contou uma mentira imperdoável?

— Imperdoável — concordou o velho gnomo.

— Quem é Patrick? Qual é o nome completo dele? Suas iniciais são PJI? E existe, ou já existiu, uma mulher de nome Jennie em Great Holling?

— Grandeza ao seu alcance — disse Stoakley com tristeza.

— Sim, exato. Mas...

— Ela sacrificou tudo por ele, e não acho que se arrependa, se perguntar a ela hoje. O que mais ela poderia fazer? Ela o amava, sabe? Não há como discutir com o amor. — Ele segurou a própria camisa e a torceu. — Seria como arrancar o próprio coração.

E era como eu estava me sentindo depois de meia hora tentando arrancar alguma lógica de Walter Stoakley. Eu me empenhei até não aguentar mais, e então desisti.

Capítulo 10
A marca da calúnia

Saí do King's Head Inn muito aliviado. Uma chuva fina tinha começado a cair. Diante de mim, um homem de casaco longo e chapéu começou a correr, sem dúvida com a esperança de chegar em casa antes de o tempo piorar. Olhei para o campo que ficava do outro lado do pub, depois de uma sebe baixa: uma considerável área verde, cercada por fileiras de árvores de três lados. De novo, aquele silêncio. Nenhum som além da chuva nas folhas; nada para ver além do verde.

Uma cidade de interior era o pior lugar para qualquer um que queria se afastar dos próprios pensamentos, sem dúvida. Em Londres sempre havia um carro, um ônibus, um rosto ou um cachorro passando à toda, provocando algum tipo de comoção. Como eu desejava uma comoção; qualquer coisa que não fosse aquela quietude.

Duas mulheres passaram por mim, pelo jeito também com pressa. Ignoraram meu cumprimento amigável e saíram às pressas sem levantar o rosto. Foi só quando ouvi logo atrás de mim as palavras "policial" e "Harriet" que me perguntei se eu havia culpado uma chuva totalmente inocente por um fenômeno de minha responsabilidade. Essas pessoas estavam correndo do mau tempo ou do policial londrino?

Enquanto dedicava minhas células cinzentas, como diria Poirot, às declarações desconexas de Walter Stoakley, teria Victor Meakin saído de sua hospedaria pela porta dos fundos e parado os transeuntes na rua para alertar sobre a minha presença, contrariando o que eu claramente havia lhe pedido? Imaginei que ele talvez achasse isso divertido. Que homem estranho e desagradável.

Continuei andando pela rua sinuosa. Adiante, um jovem saiu de uma das casas. Fiquei feliz ao ver que era o sujeito de óculos e sardas que eu tinha encontrado logo que saí do trem. Quando me viu indo em sua direção, ele parou como se a sola dos sapatos estivesse colada ao pavimento.

— Olá! — chamei. — Encontrei o King's Head, obrigado pela ajuda!

Os olhos do rapaz se arregalavam conforme eu me aproximava. Parecia que ele queria dar meia-volta, mas, evidentemente, era educado demais para fazer isso. Se não fosse pela tão característica faixa de sardas em seu nariz, talvez eu achasse que não fosse a mesma pessoa. Seu comportamento estava totalmente diferente — assim como o de Victor Meakin.

— Não sei nada sobre quem matou os três, senhor — gaguejou ele, antes que eu tivesse chance de fazer qualquer pergunta. — Não sei de nada. Nunca fui a Londres, como disse antes.

Bem, isso não deixava nenhuma dúvida: minha identidade e o motivo da minha visita a Great Holling eram de conhecimento geral. Em silêncio, amaldiçoei Meakin.

— Não estou aqui para investigar nada sobre Londres — expliquei. — Você conhecia Harriet Sippel, Ida Gransbury e Richard Negus?

— Não posso falar agora, senhor, infelizmente. Tenho uma coisa para fazer. — Ele não parava de me chamar de "senhor". Isso não acontecera da primeira vez que conversamos, antes de ele saber que eu era policial.

— Ah — disse eu. — Bom, podemos conversar mais tarde hoje?

— Não, senhor. Acho que não vou ter tempo.

— E amanhã?

— Não, senhor. — Ele mordeu o lábio inferior.

— Certo. E, se eu forçar o assunto, me atrevo a dizer que você vai se recusar a falar ou vai mentir, não é? — suspirei. — Obrigado por trocar essas poucas palavras comigo, de todo modo. A maioria das pessoas sai correndo na direção oposta na hora que me vê chegando.

— Não é por sua causa, senhor. As pessoas estão com medo.

— De quê?

— Três estão mortos. Ninguém quer ser o próximo.

Não sei que resposta eu esperava, mas não era essa. Antes que eu pudesse reagir, o rapaz passou correndo por mim e seguiu pela rua. O que, eu me perguntei, fazia-o acreditar na possibilidade de haver um "próximo"? Pensei na menção de Poirot a uma quarta abotoadura, esperando no bolso do assassino para ser colocada na boca de uma futura vítima, e minha garganta ficou apertada involuntariamente. Eu não podia conceber a chance de outro corpo estendido. *Palmas para baixo...*

Não. Definitivamente não ia acontecer. Anunciar isso para mim mesmo fez com que me sentisse melhor.

Fiquei andando pela rua por um tempo, esperando encontrar mais alguém, mas ninguém apareceu. Eu ainda não estava pronto para voltar ao King's Head, então fui até o limite da vila, onde ficava a estação de trem. Fiquei parado na plataforma dos trens de Londres, frustrado por não poder embarcar e voltar para casa naquele instante. Fiquei imaginando o que Blanche Unsworth ia preparar para o jantar, e se Poirot consideraria o prato satisfatório. Então forcei meus pensamentos a voltar em direção a Great Holling.

O que eu podia fazer se todos na cidade tinham resolvido me evitar e me ignorar?

A igreja! Eu tinha passado pelo cemitério junto a ela diversas vezes sem prestar atenção — sem pensar na trágica história do vigário e sua esposa, que tinham morrido com poucas horas de diferença. Como pude ser tão desatento?

Voltei e fui direto para a igreja. Ela se chamava Holy Saints e era uma construção pequena, feita com as mesmas pedras cor de mel da estação ferroviária. O gramado do cemitério era bem-cuidado. A maioria dos túmulos tinha flores que pareciam novas.

Atrás da igreja, do outro lado de um muro baixo com um portão, vi duas casas. A que ficava mais ao fundo parecia ser a casa paroquial. A outra, muito menor, era uma cabana longa e baixa, com a parte de trás quase encostada ao muro. Não havia porta dos fundos, mas contei quatro janelas — grandes para uma cabana — que não tinham vista para nada além de fileiras de túmulos. Era preciso ser forte para morar ali, pensei.

Abri os portões de ferro e entrei no cemitério. Muitas lápides eram tão antigas que os nomes ficaram ilegíveis. Justamente quando eu estava pensando nisso, uma lápide nova e bem bonita chamou minha atenção. Era uma das poucas onde não havia flores, e os nomes gravados me fizeram perder o ar.

Não podia ser... mas com certeza *tinha* que ser!

Patrick James Ive, o vigário dessa paróquia, e Frances Maria Ive, sua amada esposa.

PJI. Era o que eu havia explicado a Poirot: a inicial maior no meio do monograma era a primeira letra do sobrenome. E Patrick Ive tinha sido o vigário de Great Holling.

Olhei de novo para as datas de nascimento e morte para confirmar que não tinha cometido um erro. Não, tanto Patrick quanto Frances Ive tinham morrido em 1913, ele com 29 anos, ela, com 28.

O vigário e sua esposa que tinham morrido tragicamente, com horas de diferença um do outro... As iniciais dele estavam em três abotoaduras que tinham ido parar na boca de três pessoas assassinadas no Bloxham Hotel...

Meu Deus! Poirot estava certo, por mais que eu detestasse admitir. *Havia* uma conexão. Isso significava que ele também estava certo sobre a tal Jennie? Ela também tinha uma conexão com tudo isso?

Embaixo dos nomes e das datas da lápide havia um poema. Era um soneto, mas eu não o conhecia. Comecei a ler:

> *Que tuas culpas não sejam teus defeitos,*
> *Pois a marca da calúnia nunca é bela;*

Eu havia lido apenas os dois primeiros versos quando uma voz surgiu atrás de mim e me impediu de continuar.

— O autor é William Shakespeare.

Dei meia-volta e me deparei com uma mulher na casa dos cinquenta, com um rosto longo e um tanto ossudo, cabelo castanho-escuro com esparsas mechas grisalhas e olhos verde-acinzentados sábios e atentos. Puxando o casaco escuro em volta do corpo, ela disse:

— Houve muito debate sobre incluir ou não o nome de William Shakespeare.

— Como?

— Abaixo do soneto. No final, ficou decidido que apenas os nomes da lápide deveriam ser... — Ela se virou de repente, sem terminar a frase. Quando se voltou para mim, seus olhos estavam marejados. — Bem, ficou decidido que... Quero dizer que meu finado marido Charles e eu decidimos...Ah, fui *eu*, na verdade. Mas Charles era meu fiel defensor em tudo o que eu fazia. Concordamos que o nome de William Shakespeare já recebia atenção bastante de um jeito ou de outro, e não precisava ser gravado aí também. — Ela meneou a cabeça para o túmulo. — Se bem que, quando vi você olhando, me senti compelida a abordá-lo e contar quem escreveu o poema.

— Achei que estivesse sozinho — comentei, me perguntando como poderia não ter notado a chegada dela, estando virado para a rua.

— Entrei pelo outro portão — explicou ela, apontando por sobre o ombro com o polegar. — Moro na cabana. Vi você pela janela.

Meu rosto deve ter revelado meus pensamentos sobre a situação lamentável de seu lar, porque ela sorriu e disse:

— Se me importo com a vista? Nem um pouco. Vim morar na cabana para poder ver o cemitério.

Ela falou isso como se fosse algo totalmente normal. Deve ter lido minha mente, porque continuou:

— Só há um motivo para o túmulo de Patrick Ive não ter sido profanado, sr. Catchpool, e é o seguinte: todo mundo sabe que estou olhando.

Ela se aproximou de súbito e estendeu a mão. Eu a apertei.

— Margaret Ernst — apresentou-se. — Pode me chamar de Margaret.

— Quer dizer que... Está dizendo que existem pessoas na cidade que gostariam de profanar o túmulo de Patrick e Frances Ive?

— Sim. Eu costumava colocar flores, mas logo ficou claro que não fazia sentido. Flores são mais fáceis de destruir, mais fáceis do que uma lápide de pedra. Quando parei de deixar flores, não havia nada para destruir além do túmulo em si, mas a essa altura eu já estava na cabana. Vigiando.

— É horrível haver gente que faça algo assim com o local de descanso de uma pessoa — disse eu.

— Bom, as pessoas são horríveis, não são? Você leu o poema?

— Eu tinha começado quando você apareceu.

— Leia então — pediu ela.

Virei-me para a lápide e li o soneto inteiro.

Que tuas culpas não sejam teus defeitos,
Pois a marca da calúnia nunca é bela;
O adorno da beleza torna-se suspeito,
Um corvo a voar na brisa mais amena.

Se agires bem, a injúria nada faz senão
Engrandecer o teu valor com o tempo;
Os vermes refestelam-se nos doces botões,
E tua beleza se mostra imaculada.

Superaste a armadilha da juventude,
Sem assaltos, nem vitórias;
Embora o elogio não possa ser ofertado

Para impedir uma inveja ainda maior.
Se as suspeitas de erros não te mascararem,
Vencerás sozinha todos os corações.

— Bom, sr. Catchpool?
— É um poema peculiar para ser colocado em uma lápide.
— Você acha?
— Calúnia é um termo forte. O soneto sugere que... Bom, a menos que eu esteja enganado... Houve ataques ao caráter de Patrick e Frances Ive?
— Sim. Por isso o soneto. Eu escolhi. Fui informada de que seria caro demais gravar o poema inteiro, e que eu deveria me contentar com os dois primeiros versos... como se o valor fosse o mais importante a se levar em conta. As pessoas são tão grosseiras! — Margaret Ernst bufou com desprezo. Ela encostou a palma da mão na lápide, como se fosse a cabeça de uma criança querida, e não um túmulo. — Patrick e Frances Ive eram boas pessoas que nunca machucariam ninguém de propósito. De quantas pessoas se pode dizer isso, de verdade?
— Ah, bem...
— Eu não os conheci pessoalmente, Charles e eu só assumimos a paróquia depois da morte deles, mas foi o que o médico da cidade, o dr. Flowerday, disse, e ele é a única pessoa em Great Holling que vale a pena ouvir.

Para me certificar de que não tinha entendido mal, perguntei:

— Então seu marido foi o vigário daqui depois de Patrick Ive?

— Até morrer, três anos atrás, sim. Há um novo vigário agora: um sujeito sem esposa, pedante e bem reservado.

— E esse dr. Flowerday...?

— Esqueça — disse rápido Margaret Ernst, o que foi excelente para fixar por completo nome do dr. Flowerday na minha cabeça.

— Certo — menti. Conhecendo Margaret Ernst há menos de 15 minutos, suspeitei que a obediência irrestrita seria a melhor tática. — Por que você ficou incumbida pela inscrição da lápide? Os Ive não tinham família?

— Ninguém que tivesse o interesse e a capacidade, infelizmente.

— Sra. Ernst. Quero dizer, Margaret... Não sei explicar como estou me sentindo mais bem-vindo por sua causa. Está claro que você sabe quem eu sou, então deve saber por que estou aqui. Ninguém mais fala comigo, com exceção de um senhor no King's Head Inn que não dizia coisa com coisa.

— Não sei se minha intenção era fazê-lo se sentir bem-vindo, sr. Catchpool.

— Menos indesejado, então. Pelo menos você não foge de mim como se eu fosse um monstro.

Ela riu.

— Você? Monstro? Ah, céus.

Fiquei sem saber o que responder.

— Esse homem falando coisas sem sentido no King's Head, ele tinha uma barba branca?

— Tinha.

— Ele conversou com você porque não tem medo.

— Porque estava bêbado demais para ter medo de qualquer coisa?

— Não. Porque ele não... — Margaret se interrompeu e mudou a abordagem. — Ele não corre risco em relação ao assassino de Harriet, Ida e Richard.

— E você? — perguntei.

— Eu falaria com você como falei, e como estou falando, não importa o perigo.

— Entendo. Você é excepcionalmente corajosa?

— Sou excepcionalmente teimosa. Eu digo o que acredito que precisa ser dito, e faço o que acredito que precisa ser feito. E, se noto que os outros prefeririam que eu ficasse quieta, acabo fazendo o contrário.

— Isso é louvável, acho.

—Você me considera direta demais, sr. Catchpool?

— De jeito nenhum. Dizer o que se pensa torna a vida mais fácil.

— E esse é um dos motivos por que a *sua* vida nunca foi fácil? — Margaret Ernst sorriu. — Ah... estou vendo que você prefere não falar de si mesmo. Muito bem então. Qual é a sua impressão sobre o meu caráter? Se não se importa que eu pergunte.

— Acabei de conhecê-la. — *Céus!*, pensei. Despreparado como eu estava para um diálogo dessa natureza, o melhor que consegui dizer foi: — Eu diria que você parece uma pessoa boa, de modo geral.

— É uma descrição bastante abstrata, você não acha? Além de bastante breve. Além do mais, o que é bondade? Do ponto de vista moral, a melhor coisa que já fiz estava inegavelmente errada.

— É mesmo? — Que mulher extraordinária. Decidi arriscar. — O que você disse antes sobre fazer o contrário do que as pessoas gostariam que fizesse... Victor Meakin disse que ninguém conversaria comigo. Ele ficaria felicíssimo se a senhora se recusasse a me convidar para sua cabana tomar uma xícara de chá e conversar com calma, ao abrigo da chuva. Que tal?

Margaret Ernst sorriu. Ela pareceu apreciar minha ousadia, como achei que fosse acontecer. No entanto, percebi que seus olhos se tornaram mais cautelosos.

— O sr. Meakin ficaria igualmente feliz se você fizesse como a maior parte dos moradores desta cidade e se recusasse a entrar na minha casa — disse ela. — Ele se deleita com qualquer infortúnio na vida dos outros. Podemos desagradá-lo duas vezes, se estiver inclinado à insubordinação?

— Muito bem — respondi. — Acho que está decidido!

★

— Conte o que aconteceu com Patrick e Frances Ive — pedi, depois que o chá ficou pronto e estávamos sentados perto da lareira na sala de visitas longa e estreita de Margaret Ernst. Foi como ela chamou o cômodo onde estávamos, mas havia tantos livros que "biblioteca" também seria um bom nome. Em uma parede havia três retratos pendurados — duas pinturas e uma fotografia —, de um homem com uma testa alta e sobrancelhas rebeldes. Presumi que fosse o finado marido de Margaret, Charles. Era constrangedor ter os três olhando para mim, então me virei para a janela. Como minha poltrona tinha uma vista excelente do túmulo dos Ive, presumi que era onde Margaret em geral sentava para fazer sua vigília.

Daquela distância, era impossível ler o soneto. Eu tinha esquecido tudo, com exceção do verso "Pois a marca da calúnia nunca é bela", que havia se fixado na minha memória.

— Não — disse Margaret Ernst.

— Não? Você não me contará sobre Patrick e Frances Ive?

— Hoje não. Talvez amanhã. Você tem outras perguntas para mim enquanto isso?

— Sim, mas... você se importa de me dizer o que pode mudar de hoje para amanhã?

— Eu gostaria de algum tempo para pensar.

— A questão é...

— Você vai me lembrar de que é um policial e que está investigando um assassinato, e que é meu dever contar tudo o que sei. Mas o que Patrick e Frances Ive têm a ver com o caso?

Eu deveria ter esperado e pensado um pouco, mas estava ansioso para ver que reação obteria se contasse a ela algo que não dissera a Victor Meakin e que, consequentemente, ela não tinha como saber.

— Cada uma das três vítimas foi encontrada com uma abotoadura dourada na boca — revelei. — As três abotoaduras tinham as iniciais de Patrick Ive gravadas: PIJ.

Expliquei, como havia feito com Poirot, sobre a inicial do sobrenome ser a maior das três e ficar no meio. Diferente do meu amigo belga, Margaret Ernst não demonstrou nenhum sinal de achar que a civilização corria perigo por causa do arranjo das letras. Ela tampouco pareceu chocada ou surpresa com o que contei, o que achei estranho.

— Entendeu agora por que Patrick Ive me interessa? — perguntei.

— Sim.

— Então vai me contar sobre ele?
— Como eu disse: talvez amanhã. Mais chá, sr. Catchpool?

Aceitei, e Margaret se retirou. Sozinho na sala de visitas, fiquei ruminando se tinha demorado tempo demais para pedir que ela me chamasse de Edward e, se não tinha, se devia fazê-lo. Fiquei pensando nisso, sabendo que não diria nada e deixaria que ela continuasse falando "sr. Catchpool". É um dos meus hábitos mais inúteis: pensar sobre o que deveria fazer quando não há dúvida do que vou fazer.

Quando Margaret voltou com o chá, agradeci e perguntei se ela poderia me falar sobre Harriet Sippel, Ida Gransbury e Richard Negus. A transformação foi incrível. Ela não fez nenhum esforço para disfarçar e, da maneira mais eficiente, me contou o suficiente sobre duas das três vítimas para encher muitas páginas. Para minha irritação, o caderno que eu havia trazido para Great Holling estava em uma das minhas malas no quarto do King's Head Inn. Isso seria um teste para minha memória.

— Harriet tinha uma natureza doce, de acordo com os intermináveis arquivos de lendas da cidade — disse Margaret. — Gentil, generosa, sempre com um sorriso no rosto, sempre rindo e se oferecendo para ajudar amigos e vizinhos, sem nunca pensar em si mesma: uma verdadeira santa. Decidida a pensar no bem-estar de todos os que conhecia, a ver tudo pela melhor perspectiva possível. De uma confiança ingênua, alguns diziam. Não sei bem se acredito em tudo isso. Ninguém pode ser tão perfeita quanto a "Harriet antes da transformação", como ela é descrita. Fico pensando se não é o contraste com o que ela se tornou...

— Margaret franziu a testa. — Talvez não seja, a bem da verdade, o caso de ter ido de um extremo ao outro, mas quando alguém conta uma história sempre quer torná-la o mais dramática possível, não é? E acho que perder o marido tão jovem pode transformar até a pessoa mais agradável. Harriet era devotada ao seu George, pelo que dizem, e vice-versa. Ele morreu em 1911 com 27 anos: caiu duro na rua um dia, tendo sido sempre um modelo de saúde. Um coágulo de sangue no cérebro. Harriet ficou viúva aos 25 anos.

— Que golpe isso deve ter sido para ela — comentei.

— Sim — concordou Margaret. — Uma perda dessa magnitude pode ter um efeito terrível em uma pessoa. É interessante que alguns a descrevam como ingênua.

— Por que diz isso?

— "Ingênua" sugere uma visão cor-de-rosa e falsa da vida. Se alguém acredita em um mundo totalmente bom e então é acometido por uma tragédia do pior tipo, pode sentir raiva e ressentimento, além de tristeza, como se tivesse sido enganado. E, claro, quando sofremos muito, é muito mais fácil culpar e perseguir os outros.

Eu estava tentando esconder minha profunda discordância quando ela acrescentou:

— Para *alguns*, eu deveria dizer. Nem todos. Imagino que você considere mais fácil se atormentar, não é, sr. Catchpool?

— Espero não atormentar ninguém — respondi, perplexo. — Então devo acreditar que a perda do marido teve um efeito nefasto na personalidade de Harriet Sippel?

— Sim. Nunca conheci a doce e gentil Harriet. A Harriet Sippel que conheci era rancorosa e hipócrita. Ela tratava o mundo e quase todos como inimigos e dignos de sua desconfiança. Em vez de só ver a parte boa, ela via a ameaça do mal em toda a parte, e agia como se tivesse sido incumbida de detectá-lo e derrotá-lo. Se havia um recém-chegado na cidade, ela partia do pressuposto de que ele ou ela devia ser abominável em algum aspecto e contava suas suspeitas aos outros, a quem se dispusesse a ouvir, encorajando-os a procurar sinais. Era só colocar alguém diante dela, e Harriet Sippel procurava alguma maldade nela. Se nada encontrasse, inventava. Seu único prazer depois da morte de George era demonizar os outros, como se de alguma forma fazer isso a tornasse uma pessoa melhor. A maneira como os olhos dela brilhavam sempre que desconfiava de alguma transgressão...

Margaret teve um calafrio.

— Era como se, na ausência do marido, ela tivesse encontrado algo para despertar sua paixão e se apegado a isso. Mas era uma paixão obscura e destrutiva nascida do ódio, não do amor. A pior parte era que as pessoas se reuniam ao redor dela, concordando imediatamente com todas as acusações desagradáveis.

— Por que faziam isso? — perguntei.

— Ninguém queria ser o próximo. As pessoas sabiam que Harriet nunca ficava sem uma presa. Não acho que ela teria sobrevivido uma semana sem ter em quem lançar seu ódio moralista.

Pensei no rapaz de óculos que dissera: "Ninguém quer ser o próximo."

Margaret continuou:

— Todos se satisfaziam em condenar qualquer pobre alma em quem ela tivesse fixado sua atenção, contanto que isso a distraísse do restante e do que quer que as pessoas estivessem fazendo. Essa era a ideia que Harriet tinha de amigo: alguém que se unisse a ela para hostilizar aqueles que considerava culpados de um pecado, grande ou pequeno.

— Você está descrevendo, se me permite dizer, o tipo de pessoa que tem muitas chances de ser assassinada.

— Estou? Acho que gente como Harriet Sippel não é assassinada tanto quanto deveria. — Margaret levantou as sobrancelhas. — Estou vendo que o choquei de novo, sr. Catchpool. Como esposa de um vigário, eu não deveria pensar essas coisas, ouso dizer. Tento ser uma boa cristã, mas tenho minhas fraquezas, como todos nós. A minha é a incapacidade de perdoar a incapacidade de perdoar. Soa contraditório?

— Parece um trava-língua. Importa-se de eu perguntar onde você estava na quinta-feira à noite?

Margaret suspirou e olhou pela janela.

— Eu estava onde sempre estou: sentada onde você está agora, olhando o cemitério.

— Sozinha?

— Sim.

— Obrigado.

— Quer que eu fale de Ida Gransbury agora?

Assenti, com um pouco de receio. Tentei imaginar como eu me sentiria se descobrisse que as três vítimas eram monstros vingativos quando vivos. As palavras "Nunca descansem em paz" passou pela minha cabeça, seguidas pelo relato de Poirot de seu encontro com Jennie, a insistência dela de que a justiça finalmente seria feita quando estivesse morta...

— Ida era uma arrogante horrorosa — começou Margaret. — Era tão hipócrita quanto Harriet na maneira como agia, mas era movida pelo medo, pela fé nas regras a que todos acreditamos ter de obedecer, em vez do prazer da perseguição. Denunciar os pecados dos outros não era um prazer para Ida como era para Harriet. Ela via isso como a obrigação moral de uma boa cristã.

— Quando você diz "medo", seria do castigo divino?

— Ah, isso, com certeza, mas não só — respondeu Margaret. — Pessoas diferentes encaram regras de maneira diferente, não importa que regras sejam essas. Figuras rebeldes como eu sempre se ressentem das restrições, mesmo das totalmente razoáveis, mas algumas pessoas recebem sua existência e seu cumprimento de braços abertos porque isso as faz se sentir mais seguras. Protegidas.

— E Ida Gransbury era segundo tipo de pessoa?

— Sim, acho que sim. Ela diria que não. Sempre tinha o cuidado de se dizer uma mulher movida por princípios rígidos e nada mais. Nada de fraqueza humana vergonhosa para Ida! Sinto que ela esteja morta, ainda que tenha causado um mal incalculável quando viva. Ao contrário de Harriet, Ida acreditava em redenção. Ela queria salvar os pecadores, enquanto Harriet só queria ultrajá-los e se sentir superior. Acho que Ida teria perdoado um pecador que se mostrasse arrependido. Ela sentia alívio com o clássico remorso cristão. Reafirmava sua visão do mundo.

— Que mal incalculável ela causou? — perguntei. — A quem?

— Volte e me pergunte isso amanhã. — O tom dela foi gentil, mas firme.

— A Patrick e Frances Ive?

— Amanhã, sr. Catchpool.

— O que você pode me dizer sobre Richard Negus? — perguntei.

— Bem pouco, infelizmente. Ele foi embora de Great Holling logo depois que Charles e eu chegamos. Acho que era uma presença imponente na cidade, um homem que as pessoas ouviam e a quem pediam conselhos. Todo mundo fala dele com o maior respeito, com exceção de Ida Gransbury. Ela nunca falava de Richard Negus depois que ele a deixou em Great Holling.

— Foi decisão dele ou dela romper os planos de casamento?

— Dele.

— Como você sabe que Ida nunca mais falou dele depois? Talvez com os outros ela falasse, mesmo que não com você.

— Ah, Ida não teria falado comigo sobre Richard Negus nem sobre nada. Só sei o que Ambrose Flowerday, o médico daqui, me contou, mas não existe homem mais confiável no mundo. Ambrose fica sabendo da maioria das coisas que acontece, contanto que se lembre de deixar a porta da sala de espera entreaberta.

— Esse é o mesmo dr. Flowerday que devo esquecer? É melhor eu esquecer o primeiro nome dele também, ouso dizer.

Margaret ignorou meu comentário malicioso.

— Ouvi de uma fonte confiável que depois que Richard Negus a deixou, Ida decidiu nunca mais falar nem pensar nele de novo. Ela não demonstrava nenhum sinal de aborrecimento. As pessoas comentavam como Ida era forte e decidida. Ela anunciou sua intenção de reservar todo o seu amor para Deus dali em diante. Ela o considerava mais confiável que os homens mortais.

— Você ficaria surpresa em saber que Richard Negus e Ida Gransbury tomaram o chá da tarde juntos no quarto de hotel dela, na última quinta à noite?

Os olhos de Margaret se arregalaram.

— Ouvir que os dois tomaram chá juntos *a sós*... Sim, isso me deixaria muito surpresa. Ida era do tipo que estabelecia regras rígidas e não as desobedecia. Até onde se sabe, Richard Negus também era assim. Depois de decidir que não queria se casar com Ida, é improvável que ele mudasse de ideia, e para mim nada menos que uma penitência prostrada e uma declaração de amor renovada a convenceria a aceitar se encontrar com ele sozinha.

Depois de uma pausa, Margaret continuou:

— Mas, como Harriet Sippel estava no mesmo hotel de Londres, imagino que ela também estivesse presente nesse chá vespertino?

Assenti.

— Então é isso. Obviamente os três tinham algo para discutir que era mais importante do que as regras que qualquer um tivesse determinado no passado.

—Você faz alguma ideia do assunto, não faz?

Margaret olhou para as fileiras de túmulos além da janela.

— Talvez eu tenha algumas ideias quando você vier me visitar amanhã — concluiu ela.

Capítulo 11
Duas lembranças

Enquanto eu tentava em vão convencer Margaret Ernst a me contar a história de Patrick e Frances Ive antes que ela estivesse pronta para fazê-lo, Hercule Poirot estava no Pleasant's Coffee House, em Londres, envolvido em uma tarefa igualmente inútil: tentar persuadir a garçonete Fee Spring a contar o que não lembrava.

— Tudo o que posso dizer é o que eu já disse — repetiu ela diversas vezes, com cada vez mais enfado. — Notei que havia algo de errado com Jennie naquela noite. Deixei para pensar nisso mais tarde, e agora está enterrado em algum lugar da minha cabeça e não quer sair. Ficar me importunando não vai mudar isso, se é que alguma coisa vai. É provável que o senhor tenha feito a informação ir embora de vez. O senhor não tem nenhuma paciência, não há dúvida.

— Por favor, continue tentando refrescar a memória, Mademoiselle. Pode ser importante.

Fee Spring olhou sobre o ombro de Poirot, para a porta.

— Se o senhor está procurando memórias, tem um homem que logo vai trazer uma. Ele veio aqui cerca de uma hora atrás. Estava acompanhado por um policial; escoltado, como a realeza. Deve ser alguém importante. O senhor não estava aqui, então pedi que ele voltasse. — Ela estava olhando para o relógio encaixado entre duas chaleiras, em uma prateleira curvada acima de sua cabeça. — Eu sabia que o senhor viria aqui pelo menos uma vez hoje, procurando Jennie, mesmo que eu tenha dito que não vai encontrá-la.

— Esse cavalheiro disse como se chama?

— Não. Mas era gentil e educado. Respeitoso. Não como aquele sujeito todo sujo que ficou tentando ser o senhor. Ele não tinha o direito de fazer aquilo, por melhor que fosse a imitação.

— *Pardon,* Mademoiselle. O homem a quem se refere, o sr. Samuel Kidd, não tentava ser eu. Ele se empenhou, mas ninguém consegue ser outra pessoa.

Fee riu.

— Ele imitou a sua voz diretinho! Eu não saberia a diferença de olhos fechados.

— Então a senhorita não presta atenção quando as pessoas falam — respondeu Poirot, irritado. — A fala de cada um é única, tem uma cadência que só pertence ao indivíduo. — Para ilustrar o que dizia, Poirot levantou sua xícara. — Tão única quanto o café incrível do Pleasant's Coffee House.

— O senhor está tomando café demais — disse Fee. — Não faz bem.

— De onde a senhorita tirou essa ideia?

— O senhor não está vendo seus olhos, sr. Poirot. Eu estou. O senhor devia tentar tomar uma xícara de chá de vez em quando. Chá não tem gosto de lama, e nunca é demais. Só faz bem. — Depois de fazer seu discurso, Fee alisou o avental. — E eu *presto* atenção quando as pessoas falam... Às palavras, não ao sotaque. É o que de fato importa, e não se elas soam belgas ou inglesas.

Naquele momento, a porta do café se abriu, e um homem entrou. Ele tinha os olhos caídos de um cão basset.

Fee cutucou Poirot.

— Ali está ele, sem o policial — sussurrou ela.

O homem era Rafal Bobak, o garçom do Bloxham Hotel que havia servido o chá da tarde para Harriet Sippel, Ida Gransbury e Richard Negus às 19h15 na noite dos assassinatos. Bobak se desculpou pela intrusão e explicou que Luca Lazzari dissera à equipe inteira que, se alguém quisesse falar com o famoso detetive Hercule Poirot, o Pleasant's Coffee House na St. Gregory's Alley era o lugar onde encontrá-lo.

Quando se acomodaram à mesa, Poirot perguntou:

— O que o senhor deseja me contar? Lembrou-se de alguma coisa?

— Lembrei tudo o que poderia lembrar, senhor, e achei que seria bom contar enquanto está fresco na minha mente. Uma parte o senhor já ouviu, mas andei pensando e repensando, e é impressionante a quantidade de coisas de que você se lembra quando se esforça.

— De fato, Monsieur. Basta ficar quieto e usar as células cinzentas.

— Foi o sr. Negus quem recebeu a refeição, como contei ao senhor. As duas senhoras estavam falando de um homem e uma mulher, conforme relatei no hotel. Era como se ele a tivesse abandonado por ser velha demais, ou perdido o interesse nela por alguma outra razão. Pelo menos, foi o que entendi, senhor, mas consegui me lembrar de algumas coisas que eles disseram, então o senhor pode julgar por conta própria.

— Ah! Vai ser muito útil!

— Bem, senhor, a primeira coisa de que consegui me lembrar foi a sra. Harriet Sippel dizendo: "Ela não tinha escolha, tinha? Não é mais a pessoa em quem ele confia. Ele não teria mais interesse nela agora: ela se descuidou e tem idade para ser mãe dele. Não, se ela quisesse descobrir o que se passava na cabeça dele, não teria outra opção senão receber a mulher em quem ele *de fato* confia e conversar com ela." Depois de dizer tudo isso, a sra. Sippel começou a rir, e não era uma risada *agradável*. Foi maliciosa, como comentei no hotel.

— Por favor, continue, sr. Bobak.

— Bem, o sr. Negus ouviu o que ela disse, porque se virou de costas para mim, ele e eu estávamos conversando à toa, sabe, e disse: "Ah, Harriet, isso não é justo. Ida se impressiona com facilidade. Não seja tão dura com ela." E então uma delas, Harriet Sippel ou a outra, Ida Gransbury, disse *alguma coisa*. Mas não consigo, de jeito nenhum, lembrar o que foi, senhor. Sinto muito.

— Não há por que se desculpar — disse Poirot. — Sua lembrança, por mais incompleta que esteja, será inestimável, tenho certeza.

— Espero que sim, senhor — disse Bobak, em dúvida. — A outra parte de que me lembro palavra por palavra aconteceu muitos minutos depois, quando dispus tudo na mesa para os três hóspedes. O sr. Negus disse para a sra. Sippel: "Na cabeça dele? Eu diria que não há nada. E discordo da parte sobre ela ter idade para ser mãe dele. Discordo completamente." A sra. Sippel riu e disse: "Bem, nenhum de nós pode provar que está certo, então vamos concordar em discordar!" Foi a última coisa que ouvi antes de sair do quarto, senhor.

— "Eu diria que não há nada" — murmurou Poirot.

— O que estavam dizendo, senhor... Nada daquilo era bondoso. Eles não nutriam nenhum bom sentimento pela mulher de quem estavam falando.

— Não tenho como agradecê-lo o bastante, sr. Bobak — disse Poirot com gentileza. — Seu relato foi extraordinariamente útil. Lembrar as exatas palavras que foram ditas, e tanta coisa, é mais do que eu poderia esperar.

— Eu só gostaria de me lembrar o resto, senhor.

Poirot tentou convencer Bobak a ficar e tomar uma xícara de alguma coisa, mas o garçom estava decidido a voltar ao Bloxham Hotel o mais rápido possível e não se aproveitar da generosidade de Luca Lazzari.

Quando Fee Spring se recusou a servir outra xícara de café, usando a saúde dele como pretexto, Poirot decidiu voltar à pensão de Blanche Unsworth. Ele se movia devagar, caminhando a passos lentos pelas movimentadas ruas de Londres, enquanto sua cabeça estava em disparada. Enquanto andava, ele dissecou mentalmente as palavras que Rafal Bobak havia repetido: "Ele não teria mais interesse nela agora... Tem idade para ser mãe dele... Na cabeça dele? Eu diria que não há nada... Discordo da parte sobre ela ter idade para ser mãe dele... Bem, nenhum de nós pode provar que está certo..."

Ele ainda estava murmurando essas frases para si mesmo quando chegou às suas acomodações temporárias. Ao entrar, Blanche Unsworth correu em sua direção.

— Está falando o que aí sozinho, sr. Poirot? — perguntou ela animada. — É como ter dois do senhor!

Poirot olhou para o próprio corpo, que tendia à forma redonda.

— Espero não ter comido tanto para ter dobrado de tamanho, Madame — disse ele.

— Não, eu quis dizer dois do senhor *falando*. — Blanche Unsworth baixou a voz até um sussurro e chegou tão perto de Poirot que ele foi obrigado a encostar na parede para evitar o contato físico. — Veio um sujeito procurá-lo, e *ele fala como o senhor*. Está aguardando na sala. Deve ser um visitante da sua Bélgica natal. Está um tanto esfarrapado, mas o deixei entrar, porque não estava cheirando mal e... Bem, não quis dispensar um parente seu, sr. Poirot. Imagino que os costumes em relação às vestimentas sejam diferentes em cada país. Claro, são os *franceses* que gostam de se vestir bem, não são?

— Não é um parente meu — disse Poirot com firmeza. — Ele se chama Samuel Kidd e é tão inglês quanto a senhora, Madame.

— Tinha cortes pelo rosto todo — disse Blanche Unsworth. — De se barbear, ele explicou. Acho que não deve saber fazer isso direito, o pobre coitado. Eu lhe disse que tinha uma coisinha para colocar nos cortes que ajudaria a cicatrizar, mas tudo o que ele fez foi rir!

— No rosto todo? — Poirot franziu a testa. — O sr. Kidd que conheci sexta passada no Pleasant's Coffee House só tinha um corte no rosto, no pedaço de pele que ele havia barbeado. Diga, esse homem que está na sala tem barba?

— Ah, não. Não há um pelo no rosto dele com exceção das sobrancelhas. Também não há tanta pele quanto deveria! O senhor poderia ensiná-lo a se barbear sem se cortar, sr. Poirot. Ah, me desculpe. — Blanche juntou as mãos sobre a boca. — O senhor disse que ele não é nada seu, não é? Ainda estou pensando nele como um belga. A voz dele é *exatamente* como a do o senhor. Achei que ele pudesse ser um irmão mais novo. Por volta dos quarenta, não é?

Afrontado que qualquer um pudesse achar que Samuel Kidd, todo esfarrapado, fosse seu parente, Poirot interrompeu a conversa com Blanche Unsworth de um jeito um tanto abrupto e foi para a sala.

Ali, encontrou o que foi dito que encontraria: um homem — o mesmo que havia conhecido no Pleasant's na última sexta-feira — que havia removido todos os pelos do rosto e se cortado bastante no processo.

— Boa tarde, sr. *Poar-rô*. — Samuel Kidd se levantou. — Aposto que eu a enganei, não foi? A que me deixou entrar? Ela achou que eu era do seu país?

— Boa tarde, sr. Kidd. Vejo que o senhor teve mais azar desde a última vez que nos encontramos.

— Azar?

— Os ferimentos no seu rosto?

— Ah, o senhor tem razão. A verdade é que não gosto de pensar em uma lâmina tão perto dos meus olhos. Penso nela atravessando-os, e minha mão começa a tremer. Tenho uma coisa com olhos. Tento me convencer a pensar em outra coisa, mas não adianta. Sempre acabo todo machucado, toda vez.

— Estou vendo. Deixe-me perguntar: como o senhor sabia que me encontraria neste endereço?

— O sr. Lazzari do hotel disse que o policial Stanley Beer disse que o sr. Catchpool morava aqui, assim como o senhor. Desculpe incomodá-lo na sua casa, mas tenho boas notícias e achei que o senhor iria querer ouvi-las imediatamente.

— Quais são as notícias?

— A mulher que deixou cair as chaves, a que eu vi correr do hotel depois dos assassinatos... Lembrei quem ela é! Lembrei quando a vi num jornal hoje de manhã. Não costumo ler o jornal.

— Quem é a mulher que o senhor viu, Monsieur? Tem razão. Poirot, ele gostaria de saber o nome dela imediatamente.

Samuel Kidd acompanhou com a ponta do dedo o relevo de um corte vermelho-vivo na bochecha esquerda enquanto refletia:

— A mim me parece que não há tempo para ler sobre a vida dos outros e viver a própria vida ao mesmo tempo. Isso se eu tiver que escolher, e acho que escolho, e prefiro, viver minha vida a ler sobre outra pessoa. Mas, como eu dizia, acontece que *olhei* para o jornal esta manhã, porque queria saber se havia alguma coisa sobre os assassinatos do Bloxham Hotel.

— *Oui* — disse Poirot, tentando se manter paciente. — E o que o senhor viu?

— Ah, tinha muita coisa sobre os assassinatos, a maior parte dizendo que a polícia não está avançando muito e pedindo que, se alguém tiver visto alguma coisa, que entrasse em contato. Bom, eu vi, como o senhor sabe, sr. Poirot, e me manifestei. Mas, como disse no outro dia, a princípio não consegui ligar o nome à pessoa. Bom, agora eu consigo!

— Que notícia excelente, sr. Kidd. Será ainda mais excelente se o senhor puder colocar o nome na sua próxima frase, para que eu possa conhecê-lo também.

— Foi onde eu a vi, sabe? A foto dela, no jornal. Foi por isso que olhar para o jornal me fez pensar nela. Ela é famosa, senhor. O nome dela é Nancy Ducane.

Poirot arregalou os olhos.

— A artista Nancy Ducane?

— Sim, senhor. Ela mesma, ninguém mais. Eu juro. Ela pinta retratos. E tem um rosto que valeria a pena pintar, e provavelmente é por isso que ficou na minha memória. Eu disse a mim mesmo: "Sammy, foi Nancy Ducane que você viu sair correndo do Bloxham Hotel na noite dos assassinatos." E agora estou aqui contando ao senhor.

Capítulo 12
Uma ferida dolorosa

No dia seguinte, logo depois do café da manhã, fui até a cabana de Margaret Ernst ao lado do cemitério da igreja Holy Saints, em Great Holling. Encontrei a porta da frente entreaberta e bati de leve para não abri-la ainda mais.

Não houve resposta, então tornei a bater, mais alto.

— Sra. Ernst? — chamei. — Margaret?

Silêncio.

Não sei por quê, mas me virei, notando algum tipo de movimento atrás de mim, embora talvez fosse apenas o vento nas árvores.

Empurrei a porta com cuidado, e ela se abriu com um rangido. A primeira coisa que vi foi um lenço no piso de lajota da cozinha: seda azul e verde, com uma estampa elaborada. O que estava fazendo ali? Respirei fundo, e enquanto criava coragem para entrar, uma voz chamou:

— Entre, sr. Catchpool. — Quase tive um ataque.

Margaret Ernst apareceu na cozinha.

— Ah, eu estava procurando isso — disse ela com um sorriso, se abaixando para pegar o lenço. — Eu sabia que devia ser você. Deixei a porta aberta. Aliás, eu já o esperava cinco minutos atrás, mas acho que nove em ponto teria parecido ansioso demais, não é? — Ela me conduziu para dentro, colocando o lenço ao redor do pescoço.

Algo na provocação dela — ainda que eu soubesse que a intenção não era ofender — me deu coragem para ser mais direto do que eu normalmente seria.

— Estou ansioso para descobrir a verdade e não tenho problema em deixar isso claro. Quem poderia ter desejado matar Harriet Sippel,

Ida Gransbury e Richard Negus? Acho que você tem alguma ideia, e eu gostaria de saber qual é.

— O que são esses papéis?

— O quê? Ah! — Eu tinha esquecido que os estava segurando. — Listas. Funcionários e hóspedes do Bloxham Hotel na ocasião do assassinato. Gostaria que você desse uma olhada e dissesse se algum nome soa familiar... Depois de responder minha pergunta sobre quem poderia ser o assassino...

— Nancy Ducane — disse Margaret. Ela apanhou as duas listas da minha mão e as estudou, com a testa franzida.

Eu disse a ela as mesmas palavras que Poirot dissera a Samuel Kidd no dia anterior, embora eu ainda não soubesse que ele as tinha dito.

— A artista Nancy Ducane?

— Espere um instante. — Ficamos em silêncio enquanto Margaret lia as duas listas. — Nenhum desses nomes me soa familiar, infelizmente.

— A senhora está dizendo que Nancy Ducane, a mesma Nancy Ducane em quem estou pensando, a retratista da alta sociedade, tinha motivo para matar Harriet Sippel, Ida Gransbury e Richard Negus?

Margaret dobrou e me devolveu as duas folhas de papel, e então sinalizou para que eu a acompanhasse até a sala de visitas. Quando estávamos confortavelmente instalados nas mesmas poltronas do dia anterior, ela disse:

— Sim. Nancy Ducane, a famosa artista. É a única pessoa em quem consigo pensar que teria tanto o desejo de matar Harriet, Ida e Richard quanto a capacidade de fazê-lo e escapar. Não se espante tanto, sr. Catchpool. As pessoas famosas não estão isentas do mal. Ainda que eu deva dizer que não acredito que Nancy pudesse fazer isso. Ela era uma mulher civilizada quando a conheci, e ninguém muda tanto assim. Ela era uma mulher *corajosa*.

Não falei nada. O problema, pensei, é que alguns assassinos *são* civilizados na maior parte do tempo e só abandonam a civilidade uma vez, para matar alguém.

Margaret disse:

— Fiquei acordada ontem a noite inteira pensando se Walter Stoakley poderia ter feito isso, mas, não, é impossível. Ele não consegue levantar sem ajuda, muito menos ir até Londres. Cometer três assassinatos estaria muito além de suas possibilidades.

— Walter Stoakley? — Eu me inclinei para a frente na poltrona. — O velho bêbado com quem falei no King's Head ontem? Por que ele iria querer matar Harriet Sippel, Ida Gransbury e Richard Negus?

— Porque Frances Ive era filha dele — respondeu Margaret. Ela virou para olhar o túmulo dos Ive pela janela, e mais uma vez aquele verso do soneto de Shakespeare me veio à mente: *Pois a marca da calúnia nunca é bela*. — Eu ficaria feliz se Walter tivesse cometido os assassinatos. Não é horrível da minha parte? Ficaria aliviada se Nancy não tivesse feito isso. Walter está velho, acho que não lhe resta muita vida. Ah, não quero que seja Nancy! Li nos jornais como Nancy está indo bem em sua carreira. Ela foi embora daqui e ficou realmente famosa. Isso me deixou tão contente. Eu ficava feliz em pensar nela fazendo sucesso em Londres.

— Foi embora daqui? — repeti. — Então Nancy Ducane também morou em Great Holling em algum momento?

Margaret Ernst ainda estava olhando pela janela.

— Sim. Até 1913.

— O mesmo ano da morte de Patrick e Frances Ive. O mesmo ano em que Richard Negus também foi embora.

— Sim.

— Margaret... — Eu me inclinei para a frente na tentativa de tirar a atenção dela do túmulo dos Ive. — Espero, com o todo o meu coração, que você tenha decidido me contar a história de Patrick e Frances Ive. Tenho certeza de que, depois de ouvi-la, vou entender muitas coisas que no momento são um mistério para mim.

Ela voltou seus olhos sérios em minha direção.

— *Decidi* contar a história, com uma condição. Você precisa prometer que não contará para ninguém daqui. O que eu disser nesta sala não pode ser transmitido até você chegar a Londres. Lá, poderá contar a quem quiser.

— Não precisa se preocupar com isso — garanti. — Minhas chances de conversar com alguém em Great Holling são limitadas. Todo mundo foge quando me vê chegando. — Tinha acontecido duas vezes a caminho da cabana de Margaret Ernst naquela manhã. Um dos assustados foi um garoto que não devia ter mais de dez anos: era uma criança e, no entanto, sabia quem eu era e que devia desviar do meu olhar e passar rápido por mim para ficar seguro. Eu tinha certeza de que ele sabia meu nome, sobrenome e a natureza de minhas atividades em Great Holling. Cidades pequenas têm, pelo menos, um talento de que Londres carece: sabem como ignorar um sujeito de modo a fazê-lo se sentir terrivelmente importante.

— Estou pedindo uma promessa solene, sr. Catchpool; não uma evasiva.

— Por que a necessidade de segredo? Todo mundo aqui já não sabe sobre os Ive e o que quer que tenha acontecido com eles?

O que Margaret me contou em seguida revelou que sua preocupação dizia respeito a um morador em particular.

— Quando ouvir o que eu tenho a dizer, sem dúvida vai querer conversar com o dr. Ambrose Flowerday.

— O homem que você me pede para esquecer e, no entanto, cita diversas vezes?

Ela corou.

— Você precisa prometer que não vai procurá-lo e, se por acaso o encontrar, que não vai tocar no assunto de Patrick e Frances Ive. A menos que me dê essa garantia, não posso lhe contar nada.

— Não sei se posso fazer isso. O que eu diria ao meu chefe na Scotland Yard? Ele me mandou para cá a fim de fazer perguntas.

— Muito bem. Estamos numa situação complicada. — Margaret Ernst cruzou os braços.

— Suponhamos que eu encontre esse dr. Flowerday e peça que ele me conte a história. Ele conhecia os Ive, não conhecia? Ontem você disse que, ao contrário de você, ele vivia em Great Holling quando eles ainda estavam vivos.

— Não! — O medo nos olhos dela era evidente. — Por favor, não fale com Ambrose! Você não entende. Você *não pode* entender.

— Do que você tem medo, Margaret? Você me parece uma mulher íntegra, mas... Bem, acabo achando que você pretende me fazer um relato parcial.

— Ah, meu relato vai ser completo. Não vai faltar nada.

Por algum motivo, acreditei nela.

— Então, se você não pretende omitir parte da verdade, por que não posso falar com mais ninguém sobre Patrick e Frances Ive?

Margaret ficou de pé, foi até a janela e parou com a testa encostada no vidro e o corpo bloqueando o túmulo dos Ive do meu campo de visão.

— O que aconteceu aqui em 1913 provocou uma ferida dolorosa nesta cidade — disse ela em voz baixa. — Ninguém que vivia aqui escapou. Nancy Ducane se mudou para Londres, depois Richard Negus foi para Devon, mas nenhum deles escapou. Levaram a ferida junto. Não era visível na pele ou em nenhuma parte do corpo, mas estava lá. As feridas que você não vê são as piores. E quem ficou, como Ambrose Flowerday... Bom, foi terrível também. Não sei se Great Holling é capaz se recuperar. Sei que ainda não se recuperou.

Ela se virou para mim.

— Nunca se fala da tragédia, sr. Catchpool. Com ninguém daqui, nunca diretamente. Às vezes o silêncio é a única maneira. O silêncio e o esquecimento, quando ao menos *é possível* esquecer. — Ela juntou e separou as mãos.

— Está preocupada com o efeito que minhas perguntas possam ter no dr. Flowerday? Ele está tentando esquecer?

— Como eu disse: esquecer é impossível.

— Ainda assim... Seria um assunto angustiante para ele?

— Sim. Muito.

— Ele é um grande amigo seu?

— Isso não tem nada a ver *comigo* — veio a resposta ríspida. — Ambrose é um bom homem, e não quero que ele se aborreça. Por que você não pode concordar com o que estou pedindo?

— Certo, você tem a minha palavra — disse com relutância. — Não vou falar sobre o que você me contar com ninguém nesta cidade. — Depois de jurar, comecei a desejar que os moradores de Great Holling continuassem me ignorando como vinham fazendo até agora, e não colocassem a tentação no meu caminho. Seria muita sorte sair da cabana de Margaret Ernst e encontrar um falante dr. Flowerday, louco para bater papo.

De seus três retratos na parede, o finado Charles Ernst lançou três olhares de alerta na minha direção: "Quebre sua promessa para minha esposa, e você vai se arrepender, seu canalha", era o que os olhos dele pareciam dizer.

— E a sua própria paz de espírito? — perguntei. — Você não quer que eu fale com o dr. Flowerday para não aborrecê-lo, mas estou preocupado que eu possa aborrecer você. Não quero causar nenhum problema.

— Que bom. — Margaret suspirou aliviada. — A verdade é que eu gostaria de ter a chance de contar a história para outro forasteiro como eu.

— Então, por favor, conte.

Ela assentiu, voltou para a poltrona e começou a me contar a história de Patrick e Frances Ive, a qual ouvi sem interrupções e que agora vou revelar aqui.

★

O rumor que deu início à confusão 16 anos antes começou com uma empregada que trabalhava na casa do reverendo Patrick Ive, o jovem vigário de Great Holling, e de sua esposa Frances. Dito isso, a empregada não foi a única nem a principal responsável pela tragédia resultante. Ela contou uma mentira maldosa, mas apenas para uma pessoa, e não teve nenhuma participação quando a história se espalhou amplamente pela vila. Aliás, quando a desgraça começou, a garota sumiu de vista e mal saía. Alguns especularam que estava envergonhada, como deveria estar, do que havia provocado. Mais tarde, ela se arrependeu de sua participação na história e fez o melhor que pôde para corrigir as coisas, mas àquela altura era tarde demais.

Claro, foi uma maldade contar uma mentira como aquela mesmo para uma única pessoa. Talvez ela estivesse frustrada depois de um dia particularmente difícil de trabalho na casa paroquial, ou talvez, sendo uma empregada com ideias acima de sua posição, ela se ressentisse dos Ive. Quem sabe quisesse animar sua vida monótona com uma pequena fofoca maliciosa e fosse ingênua o bastante para não imaginar o dano sério que resultaria disso.

Infelizmente, a pessoa que ela escolheu como ouvinte para a abominável mentira for Harriet Sippel. De novo, talvez a escolha fosse fácil de entender. Harriet, amarga e vingativa como ficara desde a morte do marido, era a pessoa certa para ouvir uma mentira com muita animação e acreditar nela, porque, é claro, queria que fosse verdade. Alguém na cidade estava fazendo algo muito errado e, pior ainda (ou, do ponto de vista de Harriet, melhor ainda), esse alguém era o vigário! Como os olhos dela devem ter brilhado de satisfação! Sim, Harriet era a ouvinte perfeita para a calúnia da garota, e sem dúvida foi por isso que foi escolhida.

A empregada contou a Harriet Sippel que Patrick Ive era um charlatão da pior e mais sacrílega espécie: ele estava, disse a garota, atraindo moradores à paróquia tarde da noite sempre que a esposa Frances encontrava-se em outro lugar ajudando os párocos, como muitas vezes acontecia, e pegava dinheiro deles em troca de comunicação com falecidos entes queridos — mensagens que as almas finadas do além confiavam que ele, Patrick Ive, transmitisse.

Harriet Sippel contou a qualquer um que quisesse ouvir que Patrick estava exercendo seu charlatanismo com diversos moradores, mas isso pode ter sido a tentativa dela de aumentar o delito e tornar a história ainda mais chocante. A empregada insistiu que só havia mencionado um nome para Harriet: o de Nancy Ducane.

Naquela época, Nancy não era uma pintora famosa, mas apenas uma jovem comum. Ela tinha se mudado para Great Holling em 1910 com o marido, William, quando ele assumiu o cargo de diretor da escola da cidade. William era muito mais velho que Nancy. Ela tinha 18 anos quando se casaram, o marido, quase cinquenta, e, em 1912, o homem acabou morrendo de uma doença respiratória.

De acordo com os rumores maldosos que Harriet Sippel começou a espalhar naquele janeiro castigado pela neve de 1913, Nancy tinha sido vista diversas vezes entrando e saindo da casa paroquial, à noite ou no fim da tarde, sempre no escuro; em todas as ocasiões estava com uma aparência furtiva, e Frances Ive nunca estava em casa.

Qualquer indivíduo com o mínimo de bom senso teria duvidado da história. É certamente impossível observar uma expressão furtiva ou, aliás, qualquer expressão, no rosto de uma pessoa na completa escuridão. Teria sido difícil confirmar a identidade de uma mulher saindo da casa paroquial na calada da noite, a menos que ela tivesse um andar distinto, coisa que Nancy Ducane não tinha; aliás, é muito mais provável quem quer que a tenha visto naquelas diversas ocasiões a tenha seguido até em casa e descoberto, assim, quem ela era.

Era mais fácil aceitar o relato de uma pessoa insistente do que contestá-lo, e foi o que a maioria das pessoas de Great Holling fez. Todos estavam felizes em acreditar no rumor e se juntar a Harriet acusando Patrick Ive de blasfêmia e extorsão. A maioria acreditava (ou, para evitar o desdém cáustico de Harriet, fingia acreditar) que Patrick Ive estava agindo como canal de comunicação entre os vivos e a alma dos mortos em segredo, e recebendo quantias consideráveis dos párocos ingênuos como recompensa. Pareceu bastante plausível aos moradores de Great Holling que Nancy Ducane não teria conseguido resistir se oferecessem um meio de receber mensagens de seu finado marido William, sobretudo se a proposta viesse do vigário da paróquia. E, sim, era bem possível que ela pagasse uma bela quantia por esse acordo.

Os moradores esqueceram que conheciam, gostavam e confiavam em Patrick Ive. Ignoraram o que sabiam sobre a decência e a bondade do vigário e desconsideraram o prazer de Harriet Sippel em procurar pecadores. Eles se renderam à campanha de desprezo porque tinham medo de atrair a fúria dela, mas essa não foi a única coisa que os convenceu. O que pesou ainda mais foi saber que Harriet tinha dois aliados de peso, Richard Negus e Ida Gransbury, que haviam oferecido seu apoio à causa.

Ida era conhecida como a mulher mais devota em Great Holling. Sua fé nunca se abalava, e ela raramente abria a boca para falar sem citar o Novo Testamento. Era admirada e reverenciada por todos, mesmo que não fosse o tipo de pessoa que alguém procuraria se quisesse se divertir. Ela estava longe de ser alegre, mas era o mais próximo que a cidade tinha de uma santa. E estava noiva de Richard Negus, um advogado considerado brilhante.

O intelecto considerável e o ar de autoridade tranquila de Richard tinham conquistado o respeito de todos. Ele acreditou na mentira de Harriet porque condizia com as evidências de seus próprios olhos. Ele também tinha visto Nancy Ducane — ou pelo menos uma mulher que poderia ser Nancy Ducane — saindo da casa paroquial no meio da noite em mais de uma ocasião em que a esposa do vigário estava fora, visitando o pai ou na casa de algum paroquiano.

Richard Negus acreditou no boato, e por isso Ida Gransbury acreditou também. Ela ficou totalmente chocada de pensar que Patrick Ive, um homem do clero, estava agindo de uma maneira tão pouco cristã. Ela, Harriet e Richard se incumbiram da missão de tirar Patrick Ive do cargo de vigário de Great Holling e garantir que ele fosse excomungado da Igreja. Exigiram que ele viesse a público admitir seu comportamento pecador. Ele se recusou a fazê-lo, uma vez que os rumores eram falsos.

O ódio dos moradores em relação a Patrick Ive logo se estendeu à sua esposa, Frances, que as pessoas diziam saber das atividades hereges e fraudulentas do marido. A mulher jurou que não. No começo, tentou dizer que Patrick jamais faria uma coisa dessas, mas quando uma pessoa após a outra insistiu que sim, ela não falou mais nada.

Apenas duas pessoas em Great Holling se recusaram a participar da perseguição aos Ive: Nancy Ducane (por razões óbvias, alguns disseram) e o dr. Ambrose Flowerday, que se manifestou abertamente em defesa de Frances Ive. Se Frances sabia das atividades repugnantes que estavam ocorrendo na casa paroquial, por que só aconteciam quando ela estava fora? Isso não sugeria que ela era totalmente inocente? Foi o dr. Flowerday que argumentou que era impossível ver a expressão de culpa no rosto de uma pessoa na escuridão da noite, e que pretendia acreditar em seu amigo Patrick Ive, a menos que alguém apresentasse alguma prova inegável dessas transgressões; foi o dr. Flowerday que disse a Harriet Sippel (um dia, na rua, diante de diversas testemunhas) que ela provavelmente tinha acumulado mais maldades na última meia hora do que Patrick Ive tinha feito durante a vida inteira.

Ambrose Flowerday não ganhou muita popularidade ao assumir essa postura, mas ele era uma dessas pessoas raras que não se importam com o que o mundo pensa delas. Defendeu Patrick Ive diante das autoridades da Igreja e disse que, em sua opinião, não havia sequer um pingo de verdade nos rumores. Ele estava muito preocupado com Frances Ive, que àquela altura encontrava-se em um estado lastimável. Tinha parado de comer, quase não dormia e era impossível convencê--la a sair da casa paroquial. Patrick Ive estava fora de si. Dizia que seu cargo de vigário e sua reputação não importavam mais. Tudo o que queria era que a esposa recuperasse a saúde.

Nancy Ducane, enquanto isso, não dissera palavra, fosse para confirmar, fosse para negar o boato. Quanto mais Harriet Sippel a provocava, mais determinada ela parecia a permanecer em silêncio. Então, um dia, mudou de ideia. Ela contou a Victor Meakin que tinha algo importante a dizer, para colocar um ponto final naquela bobagem, que havia durado tempo demais. Victor Meakin riu, esfregou as mãos e saiu sorrateiramente pela porta dos fundos do King's Head. Logo em seguida, todos em Great Holling sabiam que Nancy Ducane queria fazer uma declaração.

Patrick e Frances Ive foram os únicos que não atenderam à convocação. Todos os demais — inclusive a empregada que dera início ao rumor e que não era vista fazia semanas — se reuniram no King's Head, ansiosos pelo início da próxima fase do drama.

Depois de um sorriso breve e caloroso para Ambrose Flowerday, Nancy Ducane assumiu uma postura fria e direta para falar com a multidão. Afirmou que a história sobre Patrick Ive receber dinheiro dela para se comunicar com seu finado marido era completamente falsa. No entanto, ela disse, nem tudo o que estava sendo dito era mentira. Ela admitiu que havia visitado Patrick Ive na casa paroquial à noite mais de uma vez, quando sua esposa não estava presente. Fizera isso porque ela e Patrick Ive estavam apaixonados.

Os moradores levaram um susto. Alguns começaram a murmurar. Outros cobriram a boca com as mãos ou apertaram o braço de quem estava ao lado.

Nancy esperou o burburinho diminuir antes de continuar.

— Foi errado nos encontrarmos em segredo e seguir o caminho da tentação — disse ela —, mas não conseguimos nos afastar. Quando nos encontrávamos na casa paroquial, apenas conversávamos: sobre nossos sentimentos um pelo outro, sobre como eram impossíveis. Concordávamos que nunca mais ficaríamos a sós de novo, mas então Frances ia a algum lugar e... Bem, a força do nosso amor era tamanha que não conseguíamos resistir.

Alguém gritou:

— Tudo o que vocês faziam eram conversar? Sei! — Mais uma vez, Nancy garantiu para a multidão que nada de natureza física havia acontecido entre ela e o vigário.

— O que contei agora é verdade — continuou ela. — Uma verdade que eu preferia não ter contado, mas era a única maneira de dar um fim a essas mentiras horríveis. Aqueles entre vocês que sabem o que significa sentir um amor profundo e intenso por outra pessoa se verão incapazes de condenar Patrick ou a mim. Aqueles que tiverem a condenação no coração são ignorantes do amor, e sinto pena de vocês.

E então Nancy olhou diretamente para Harriet Sippel e disse:

— Harriet, acredito que um dia você de fato *conheceu* o amor verdadeiro, mas, quando perdeu George, optou por esquecer o que viveu. Você transformou o amor num adversário e o ódio num aliado.

Como se estivesse determinada a provar que ela estava certa, Harriet Sippel ficou de pé e, depois de rapidamente desprezar Nancy como uma vadia mentirosa, começou a acusar Patrick Ive com mais fúria do que antes: ele não só lucrou vendendo mensagens fraudulentas dos mortos, como também se relacionou com mulheres de moral fraca enquanto a esposa estava fora. Ele era um herege e um adúltero! Era ainda pior do que Harriet tinha suspeitado! Era um ultraje, ela disse, que um homem tão mergulhado no pecado pudesse se considerar o vigário de Great Holling.

Nancy Ducane saiu do King's Head na metade do discurso inflamado de Harriet, sem conseguir suportar. Alguns segundos depois, a empregada dos Ive saiu correndo para a porta, com o rosto vermelho e em uma enxurrada de lágrimas.

A maior parte dos moradores não sabia o que pensar. Estavam confusos com o que tinham ouvido. Então Ida Gransbury se pronunciou em apoio a Harriet. Ainda que não estivesse claro o que era boato e o que era verdade, ela disse, Patrick Ive era, sem sombra de dúvida, um pecador de uma maneira ou de outra e não poderia continuar no cargo de vigário de Great Holling.

Sim, concordou a maioria. Sim, era verdade.

Richard Negus não disse nada, mesmo quando foi chamado por Ida, sua noiva. Ele disse ao dr. Ambrose Flowerday mais tarde naquele dia que estava preocupado com o rumo que a coisa tinha tomado. "Um pecador de uma maneira ou de outra", apesar de aparentemente ser o suficiente para Ida, não o convenceu, conforme disse. Richard se declarou enojado com a tentativa oportunista de Harriet Sippel de retratar Patrick Ive como duplamente culpado, de dois pecados em vez de um. Ela havia tomado a declaração de "não isso, mas aquilo" de Nancy Ducane e transformado em "isso *e* aquilo", sem evidências ou justificativas.

Ida tinha usado as palavras "sem sombra de dúvida" no King's Head; o que parecia estar além de qualquer dúvida para Richard Negus, disse a Ambrose Flowerday, era que as pessoas (incluindo ele mesmo, para sua vergonha) tinham contado mentiras sobre Patrick Ive. E se Nancy Ducane também tivesse mentido? E se o seu amor por Patrick Ive não fosse correspondido, e ele a tivesse encontrado às escondidas por insistência dela, só para tentar explicar que a moça devia abrir mão desses sentimentos?

O dr. Flowerday concordou: ninguém sabia ao certo se Patrick Ive tinha feito alguma coisa errada — como acreditava desde o início. O médico era a única pessoa que os Ive deixavam entrar na casa paroquial e, na visita seguinte, ele contou a Patrick o que Nancy Ducane havia revelado no King's Head. Patrick apenas balançou a cabeça. E não fez nenhum comentário sobre veracidade ou falsidade da história de Nancy. Enquanto isso, Frances Ive se deteriorava física e mentalmente.

Richard Negus não conseguiu convencer Ida Gransbury a ver as coisas da mesma maneira, e a relação entre eles foi prejudicada. Os moradores, liderados por Harriet, continuaram perseguindo Patrick e Frances Ive, gritando acusações em frente à casa paroquial dia e noite. Ida continuou pedindo à Igreja que afastasse os Ive do vicariato, da Igreja e da cidade de Great Holling, para o bem deles.

E então veio a tragédia: Frances Ive, incapaz de suportar a infâmia, tomou veneno e deu fim à sua vida infeliz. O marido a encontrou e soube imediatamente que era tarde demais. Não havia por que chamar o dr. Flowerday; Frances não podia ser salva. Patrick Ive também percebeu que não conseguiria viver com a culpa e a dor, então também tirou a própria vida.

Ida Gransbury aconselhou a cidade a rezar pela misericórdia das almas pecadoras de Patrick e Frances Ive, por mais improvável que fosse o Senhor perdoá-los.

Harriet Sippel não viu motivo para dar ao Senhor nenhum poder de decisão; os Ive arderiam no inferno para sempre, ela informou ao seu rebanho de perseguidores moralistas, e era exatamente o que mereciam.

Poucos meses depois da morte dos Ive, Richard Negus rompeu seu noivado com Ida Gransbury e foi embora de Great Holling. Nancy Ducane foi para Londres, e a empregada que contou a terrível mentira nunca mais foi vista na cidade.

Enquanto isso, Charles e Margaret Ernst tinham chegado e assumido o vicariato. Logo eles ficaram amigos do dr. Ambrose Flowerday, que se forçou a contar toda a história trágica. O médico contou ao casal que Patrick Ive, tivesse ou não cometido o erro de alimentar uma paixão secreta por Nancy Ducane, era um dos homens mais generosos e corretos que já tinha conhecido e o menos merecedor de ser alvo de calúnias.

Foi a menção à calúnia que deu a Margaret Ernst a ideia do poema na lápide. Charles Ernst foi contra a ideia, não querendo provocar os moradores, mas Margaret insistiu, convencida de que a igreja Holy Saints deveria demonstrar apoio a Patrick e Frances Ive.

— Eu gostaria de fazer bem mais a Harriet Sippel e a Ida Gransbury do que provocá-las — confessou. E, sim, quando disse essas palavras, era assassinato o que tinha em mente, ainda que apenas como uma fantasia, e não como um crime que ela pretendesse cometer.

★

Depois de me contar a história, Margaret Ernst ficou em silêncio. Demorou um tempo até um de nós falar.

Por fim, eu disse:

— Entendo por que você mencionou o nome de Nancy Ducane quando perguntei quem teria motivo para cometer o crime. Mas ela teria assassinado Richard Negus também? Ele retirou seu apoio a Harriet Sippel e Ida Gransbury assim que surgiram dúvidas sobre a mentira da empregada.

— Só posso dizer como eu me sentiria se fosse Nancy. Eu perdoaria Richard Negus? Com certeza não. Se no início ele não tivesse endossado as mentiras contadas por Harriet e por aquela empregada miserável, Ida Gransbury talvez não tivesse acreditado naquele monte de absurdos. Três pessoas forjaram hostilidades contra Patrick Ive em Great Holling. Essas três pessoas eram Harriet Sippel, Ida Gransbury e Richard Negus.

— E a empregada?

— Ambrose Flowerday acha que ela não pretendia fazer o que fez. A garota ficou claramente infeliz assim que as maledicências em relação aos Ive tomaram conta da cidade.

Franzi a testa, insatisfeito.

— Mas do ponto de vista de uma Nancy Ducane assassina, apenas para seguir o argumento anterior, se ela não consegue perdoar Richard Negus, que mais tarde viu o erro de sua conduta, por que perdoaria a garota que contou a mentira?

— Talvez não tenha perdoado — disse Margaret. — Talvez tenha matado a empregada também. Não sei onde a garota foi parar, mas Nancy Ducane poderia saber. E pode tê-la perseguido e matado também. O que foi? Seu rosto ficou pálido.

— Qual... Qual era o nome da empregada que contou a mentira? — gaguejei, temendo já saber a resposta. "Não, não, não pode ser", disse uma voz na minha cabeça. "E, no entanto, como pode *não* ser?"

— Jennie Hobbs. Sr. Catchpool, está tudo bem? Você não parece nada bem.

— Ele tinha razão! Ela *corre* perigo.

— Quem é "ele"?

— Hercule Poirot. Ele tem sempre razão. Como é possível?

— Por que você parece contrariado? Queria que ele estivesse enganado?

— Não. Não, acho que não. — Soltei um suspiro. — Embora agora eu anseie que Jennie Hobbs não esteja em segurança, supondo que ainda esteja viva.

— Entendo. É tão estranho.

— O quê?

Margaret suspirou.

— Apesar de tudo o que contei, é difícil para mim pensar que Nancy possa ser perigosa para alguém. Com ou sem motivo, não consigo imaginá-la cometendo um assassinato. Isto vai soar estranho, mas... Uma pessoa não pode matar sem mergulhar no horror e na sordidez, você não acha?

Assenti.

— Nancy gostava de diversão, beleza, prazer e amor. Apenas coisas felizes. Ela não gostaria de ter nenhuma relação com algo tão horrível quanto um assassinato.

— Então, se não foi Nancy Ducane, quem foi? — perguntei. — E aquele bêbado velho, Walter Stoakley? Como pai de Frances Ive, ele tem um motivo bem forte. Se parasse de beber por um ou dois dias, não seria tão improvável que matasse três pessoas.

— Seria impossível para Walter parar de beber nem que fosse por uma hora. Posso garantir, sr. Catchpool, Walter Stoakley não é o homem que você procura. Veja, ao contrário de Nancy Ducane, ele nunca culpou Harriet, Ida e Richard pelo que aconteceu com Frances. Ele culpa a si mesmo.

— É por isso que ele bebe?

— É. É a si próprio que ele tenta matar depois de ter perdido a filha, e vai conseguir logo, logo, imagino.

— De que maneira o suicídio de Frances poderia ser culpa dele?

— Walter nem sempre viveu em Great Holling. Ele se mudou para cá para ficar mais perto do local de descanso de Patrick e Frances. É difícil de acreditar, mas, até Frances morrer, Walter Stoakley era um renomado classicista, professor da Saviour College, da Universidade de Cambridge. Foi onde Patrick Ive fez seus estudos para o sacerdócio. Patrick não tinha família. Ele ficou órfão cedo, e Walter o transformou em uma espécie de protegido. Jennie Hobbs, que só tinha 17 anos na época, era camareira da faculdade. E era a melhor arrumadeira da Saviour, de modo que Walter Stoakley deu um jeito para que ela cuidasse do alojamento de Patrick Ive. Então Ive se casou com Frances Stoakley, filha de Walter, e quando eles se mudaram para o vicariato de Holy Saints em Great Holling, Jennie veio junto. Está me acompanhando?

Assenti.

— Walter Stoakley se culpa por ter juntado Patrick Ive e Jennie Hobbs. Se Patrick e Frances não tivessem trazido Jennie para Great Holling, ela não teria contado a terrível mentira que levou à morte dos dois.

— E eu não teria de passar a vida vigiando um túmulo para que ninguém o profane.

— Quem faria isso? — perguntei. — Harriet Sippel? Antes de ser assassinada, quero dizer.

— Ah, não, a arma de Harriet era sua língua venenosa, não suas mãos. Ela nunca destruiria um túmulo. Não, são os jovens arruaceiros daqui que faziam isso sempre que tinham chance. Eram crianças quando Patrick e Frances morreram, mas ouviram as histórias dos pais. Se você perguntar a qualquer um, com exceção de mim e de Ambrose Flowerday, vai ouvir que Patrick Ive era um homem mau... Que ele e a esposa faziam magia negra. Acho que a maioria acredita cada vez mais nisso conforme o tempo passa. As pessoas precisam acreditar, não precisam? É isso ou se detestarem com tanta intensidade quanto eu as detesto.

Havia algo que eu queria esclarecer.

— Richard Negus cortou relações com Ida Gransbury porque ela continuou acusando Patrick Ive depois que ele caiu em si? Foi depois da declaração de Nancy no King's Head que ele rompeu o noivado?

Uma expressão peculiar tomou o rosto de Margaret, e ela começou a falar:

— Aquele dia no King's Head foi o começo de... — E então parou e mudou de direção. — Sim. Ele achou a insistência irracional dela e de Harriet sobre a questão da virtude irritante demais para suportar.

O rosto de Margaret se fechou de repente. Tive a impressão de que havia algo importante que ela havia decidido não me contar.

— Você mencionou que Frances Ive tomou veneno — disse eu. — Como? Onde ela o conseguiu? E como Patrick Ive morreu?

— Da mesma maneira: veneno. Imagino que você nunca tenha ouvido falar de abrina.

— Acho que não.

— Vem de uma planta chamada ervilha-do-rosário, comum nos trópicos. Frances Ive conseguiu vários frascos de algum jeito.

— Perdão, mas se os dois tomaram o mesmo veneno e foram encontrados juntos, como foi determinado que Frances se matou primeiro e que Patrick só o fez depois de encontrá-la morta?

Margaret pareceu desconfiada.

— Você não vai repetir o que estou contando para ninguém em Great Holling? Apenas para o pessoal da Scotland Yard em Londres?

— Exato. — Eu tinha decidido que, para os atuais propósitos, Hercule Poirot contava como alguém da Scotland Yard.

— Frances Ive escreveu um bilhete para o marido antes de tirar a própria vida — contou Margaret. — Estava claro que ela esperava que Patrick continuasse vivo. Ele também deixou um bilhete...

Ela parou de falar, mas eu fiquei esperando. Por fim ela continuou:

— Os dois bilhetes revelaram a sequência de acontecimentos.

— O que aconteceu com eles?

— Eu os destruí. Ambrose Flowerday me entregou os dois, e eu os joguei na lareira.

Isso me pareceu bastante curioso.

— Por que diabos você fez isso?

— Eu... — Margaret fungou e olhou em outra direção. — Não sei — respondeu ela com firmeza.

Com certeza ela sabia, pensei comigo mesmo. Estava claro pelos lábios cerrados que Margaret pretendia não falar mais nada sobre o assunto. Se eu a interrogasse mais, ela simplesmente ficaria mais determinada a se omitir.

Levantei para esticar as pernas, que tinham ficado duras.

— Você está certa sobre uma coisa — disse eu. — Agora que sei da história de Patrick e Frances Ive, quero *mesmo* conversar com o dr. Ambrose Flowerday. Ele estava aqui quando tudo aconteceu. Por mais que o seu relato seja fidedigno...

— Não. Você prometeu.

— ...eu gostaria muito de fazer a ele perguntas sobre Jennie Hobbs, por exemplo.

— Eu posso falar sobre Jennie. O que você quer saber? Tanto Patrick quanto Frances Ive pareciam considerá-la indispensável. Gostavam muito da moça. Todos os demais a achavam quieta, educada... Bem inofensiva, até contar uma mentira perigosa. Pessoalmente, não acredito que alguém capaz de contar uma mentira como aquela de repente possa ser inofensiva o resto do tempo. E a moça tinha ideias demais para sua posição social. Sua maneira de falar mudou.

— Como?

— Ambrose disse que foi muito repentino. Num dia ela falava como se espera de uma empregada doméstica. No dia seguinte, apareceu com outro tom, mais sofisticado e muito correto.

"E usando construções gramaticais corretas", pensei. *Ah, por favor, não deixe ninguém abrir as bocas*. Três bocas, cada uma com uma abotoadura monogramada: gramaticalmente satisfatório. Meu Deus, Poirot provavelmente estava certo sobre isso também.

— Ambrose disse que Jennie mudou seu jeito de falar para imitar Patrick e Frances Ive. Eles eram cultos e falavam muito bem.

— Margaret, por favor, me diga a verdade: por que você está tão convencida de que não posso falar com Ambrose Flowerday? Você teme que ele me conte alguma coisa que você prefere que eu não saiba?

— Não adiantaria nada você falar com Ambrose, e seria um grande obstáculo para ele — disse Margaret com firmeza. — Você tem a minha permissão para aterrorizar a vida de qualquer outro morador que encontrar. — Ela sorriu, mas seus olhos estavam tensos. — Eles já estão com medo, os culpados estão sendo mortos um por um, e lá no fundo todos sabem que são culpados, mas ficariam ainda mais assustados se ouvissem você dizer, em sua opinião especializada, que o assassino não vai ficar satisfeito até que todos os que ajudaram a destruir Patrick e Frances Ive tenham sido mandados para arder no fogo do inferno.

— Isso é um pouco de exagero — comentei.

— Tenho um senso de humor pouco ortodoxo. Charles costumava reclamar disso. Eu nunca contei isso a ele, mas não acredito em Céu e Inferno. Ah, eu acredito em Deus, mas não no Deus sobre o qual ouvimos tantas coisas.

Devo ter parecido nervoso. Eu não queria discutir teologia — queria voltar para Londres assim que possível e contar a Poirot o que tinha descoberto.

Margaret continuou:

— Claro, só existe um Deus, mas não acredito nem por um segundo que ele queira que nós obedeçamos às regras sem questioná-las, ou que sejamos maus com alguém que não corresponda ao esperado. — Ela sorriu docemente e continuou: — Acho que Deus vê o mundo da maneira como *eu* vejo, e não da maneira como Ida Gransbury via. Você não acha?

Soltei um grunhido neutro.

— A Igreja ensina que apenas Deus pode julgar — disse Margaret. — Por que a devota Ida Gransbury não deixou isso claro para Harriet Sippel e seu rebanho barulhento? Por que reservou toda a condenação para Patrick Ive? Se alguém se apresenta como modelo de cristianismo, devia pelo menos tentar entender direito os ensinamentos básicos.

— Vejo que você ainda tem raiva disso.

— Vou sentir essa raiva até o dia em que morrer, sr. Catchpool. Pecadores piores perseguindo pecadores menores em nome da moral é algo com que vale a pena ficar furioso.

— A hipocrisia é uma coisa feia — concordei.

— Além disso, é possível argumentar que não pode ser errado estar com a pessoa que se ama de verdade.

— Não tenho certeza disso. Não se uma pessoa é casada...

— Ah, grande coisa, o casamento! — Margaret olhou para os retratos na parede da sala e então falou diretamente com elas: — Desculpe, Charles, querido, mas se duas pessoas se amam, então, mesmo que seja inconveniente para a Igreja e mesmo que seja contra as regras... Bom, amor é amor, não é? Sei que você não gosta quando digo isso.

Também não posso dizer que eu tenha gostado muito.

— O amor pode causar um monte de problemas — disse eu. — Se Nancy Ducane não tivesse se apaixonado por Patrick Ive, eu não teria três assassinatos para investigar.

— Que coisa absurda de se dizer. — Margaret torceu o nariz para mim. — É o ódio que faz as pessoas matarem, sr. Catchpool, não o amor. Nunca o amor. Por favor, seja racional.

— Sempre acreditei que as regras mais difíceis de seguir são as que melhor testam o caráter — disse a ela.

— Sim, mas que aspecto do nosso caráter elas testam? Nossa credulidade, talvez. Nossa imensa estupidez. A Bíblia, com todas as suas regras, é apenas um livro escrito por uma ou várias pessoas. Ela devia vir com um alerta bem visível: "A palavra de Deus, distorcida e deturpada pelo homem."

— Preciso ir — disse eu, desconfortável com o rumo que a nossa conversa tinha tomado. — Preciso voltar a Londres. Obrigado pelo seu tempo e pela ajuda. Foi inestimável.

— Por favor, me perdoe — disse Margaret ao me acompanhar até a porta. — Não costumo falar o que penso de maneira tão brusca, apenas com Ambrose e com Charles na parede.

— Nesse caso, acho que devo me sentir honrado — disse eu.

— Passei minha vida inteira seguindo a maioria das regras da boa e velha Bíblia, sr. Catchpool. É por isso que sei que é uma tolice fazer isso. Sempre que amantes jogam a cautela para o alto e se encontram quando não deveriam fazê-lo... Eu os admiro! E também admiro quem quer que tenha matado Harriet Sippel. Não posso evitar. Não significa que eu aprove o assassinato. Não é o caso. Agora, vá, antes que eu seja ainda mais franca.

Enquanto voltava para King's Head, pensei comigo mesmo que uma conversa era algo estranho, que podia levar a quase qualquer direção. Muitas vezes fica-se preso a quilômetros de onde começou, sem saber como voltar. As palavras de Margaret Ernst ecoavam nos meus ouvidos enquanto eu andava: *Mesmo que seja contra as regras, amor é amor, não é?*

No King's Head, passei por Walter Stoakley, que estava roncando, e por Victor Meakin, com seu olhar malicioso, e subi para fazer as malas.

Peguei o primeiro trem para Londres e me despedi com alegria de Great Holling quando o trem deixou a estação. Por mais feliz que eu estivesse por ir embora, gostaria de ter conversado com o médico, Ambrose Flowerday. O que Poirot diria quando eu contasse sobre minha promessa a Margaret Ernst? Ele desaprovaria, com certeza, e diria algo sobre os ingleses e suas tolas noções de honra, e sem dúvida eu abaixaria a cabeça e murmuraria um pedido de desculpas, em vez de expressar minha verdadeira opinião sobre o assunto, que é a de que, no fim, sempre se consegue extrair mais informações de uma pessoa, contanto que os desejos dela sejam respeitados. Deixe as pessoas pensarem que não deseja forçá-las a contar o que sabem, e é surpreendente a frequência com que se aproximam de você quando chega a hora, com as respostas que procura.

Eu sabia que Poirot não aprovaria, mas decidi não me importar. Se Margaret Ernst podia discordar de Deus, era perfeitamente aceitável que eu discordasse de Hercule Poirot de vez em quando. Se ele desejasse interrogar o dr. Flowerday, podia ir para Great Holling e falar com o médico pessoalmente.

Eu torcia para que isso não fosse necessário. Nancy Ducane era a pessoa em quem precisávamos nos concentrar. Nisso e em salvar a vida de Jennie, supondo que não fosse tarde demais. Eu estava cheio de remorso por não ter dado importância ao possível perigo que ela corria. Se conseguíssemos salvá-la, o crédito seria todo de Poirot. Se solucionássemos de verdade os três assassinatos do Bloxham Hotel, seria também graças a Poirot. Oficialmente, na Scotland Yard, isso seria registrado como realizações minhas, mas todos saberiam que o triunfo era de Poirot, não meu. Aliás, era graças ao fato dos meus chefes saberem do envolvimento de Poirot no caso que estavam satisfeitos em me deixar por conta própria — ou melhor, do meu amigo belga. Era no famoso Hercule Poirot que eles confiavam para agir como bem entendesse, não em mim.

Comecei a pensar se eu não preferiria fracassar sozinho e pelo meu próprio mérito do que ser bem-sucedido apenas graças ao envolvimento de Poirot, mas peguei no sono antes de conseguir chegar a uma conclusão.

Tive um sonho — meu primeiro em um trem — em que eu era condenado por todos que conhecia por algo que eu não havia feito. No sonho, via minha própria lápide claramente, com meu nome, em vez do de Patrick e Frances Ive gravado, e o soneto da "marca da calúnia" abaixo. Na terra ao lado do túmulo havia um brilho metálico, e eu sabia que havia uma abotoadura com minhas iniciais parcialmente enterrada ali. Quando o trem chegou a Londres, acordei coberto de suor, meu coração batendo tão forte que parecia que ia explodir no peito.

Capítulo 13
Nancy Ducane

Claro, eu não sabia que Poirot já estava ciente do provável envolvimento de Nancy Ducane nos três assassinatos. Enquanto eu fugia de Great Holling de trem, Poirot estava ocupado, organizando, com o auxílio da Scotland Yard, uma visita à sra. Ducane em sua residência em Londres.

Foi o que ele fez mais tarde naquele mesmo dia, acompanhado pelo policial Stanley Beer. Uma empregada jovem, com um avental engomado, atendeu à porta da grande casa de estuque branco em Belgravia. Poirot esperava ser levado a uma sala de estar elegante, onde ele aguardaria para ser recebido, e ficou surpreso ao encontrar a própria Nancy Ducane parada no hall na base da escada.

— Monsieur Poirot? Bem-vindo. Vejo que o senhor veio acompanhado de um policial. Devo dizer que tudo isso parece bastante estranho.

Stanley Beer fez um barulho estranho com a garganta e ficou com o rosto vermelho. Nancy Ducane era uma mulher de extraordinária beleza, com uma pele perfeita, cabelo escuro e brilhante, olhos azuis profundos e longos cílios. Parecia estar na casa dos quarenta e estava muito bem-vestida, em tons de turquesa e verde-escuro. Pela primeira vez na vida, Poirot não era a pessoa mais elegante do lugar.

— É um prazer conhecê-la, Madame Ducane. — Ele fez uma mesura. — Fico impressionado com suas habilidades artísticas. Tive a grande sorte de ver uma ou duas de suas pinturas em exposições nos últimos anos. A senhora tem um talento muito raro.

— Obrigada. É muita gentileza sua. Agora, se vocês entregarem seus casacos e chapéus para Tabitha aqui, podemos nos sentar com mais conforto e conversar. Os senhores aceitam um chá ou café?

— *Non, merci.*

— Muito bem. Venham comigo.

Eles foram até uma pequena sala de estar, e fiquei feliz de ouvir sua descrição e não ter estado lá, porque Poirot contou que o cômodo estava repleto de retratos. Todos aqueles olhos atentos pendurados na parede...

Poirot perguntou se todas as pinturas eram de Nancy Ducane.

— Ah, não — respondeu ela. — Muito poucos deles são meus. Eu compro tanto quanto vendo, que é como deve ser, na minha opinião. Arte é a minha paixão.

— Também é uma das minhas — revelou Poirot.

— Olhar apenas para as próprias pinturas seria insuportavelmente solitário. Sempre penso, quando penduro uma pintura de outro artista, que é como ter um bom amigo na parede.

— *D'accord.* Você colocou em termos bastante sucintos, Madame.

Quando todos se sentaram, Nancy disse:

— Posso ir direto ao assunto e perguntar o que os trouxe aqui? O senhor disse pelo telefone que gostaria de revistar minha casa. Fique à vontade para fazê-lo, mas qual é a necessidade?

— A Madame deve ter lido nos jornais que três hóspedes do Bloxham Hotel foram assassinados na quinta-feira à noite.

— No Bloxham? — Nancy riu. E então o rosto dela ficou sério. — Ah, Deus... O senhor está falando sério, não está? *Três?* Tem certeza? Sempre achei o Bloxham um lugar incrível. Não consigo imaginar assassinatos acontecendo lá.

— Então a senhora conhece o hotel?

— Ah, sim. Costumo ir sempre para o chá da tarde. Lazzari, o gerente, é um *encanto*. Os biscoitos deles são famosos, sabia? Os melhores de Londres. Sinto muito... — Ela parou de falar. — Não era minha intenção ficar falando sobre biscoitos se três pessoas, de fato, foram assassinadas. É horrível. Mas não entendo o que isso tem a ver comigo.

— Então a senhora não leu sobre as mortes nos jornais? — perguntou Poirot.

— Não. — A boca de Nancy Ducane se tornou uma linha fina. — Não leio jornais e não tenho nenhum em casa. Estão cheios de infelicidade. Eu evito a infelicidade sempre que possível.

— Então a senhora não sabe o nome das três vítimas?

— Não. Nem quero saber. — Nancy estremeceu.

— Infelizmente preciso contar, quer a senhora queira, quer não. Os nomes são Harriet Sippel, Ida Gransbury e Richard Negus.

— Ah, não, não. Ah, Monsieur Poirot! — Nancy levou a mão à boca. Ela não conseguiu falar por quase um minuto inteiro. — Isso não é um tipo de piada, é? Por favor, diga que é.

— Não é uma piada. Sinto muito, Madame, por tê-la chateado.

— Ouvir esses nomes me transtornou. Vivos ou mortos, não me importa, contanto que eu não tenha que ouvir falar deles. Sabe, a gente evita ouvir coisas ruins, mas nem sempre consegue e... Sou mais avessa à infelicidade do que a maioria das pessoas.

— A senhora sofreu muito na vida?

— Não quero falar sobre minha vida pessoal. — Nancy desviou o olhar.

Não traria nenhuma vantagem para Poirot declarar que desejava fazer exatamente o oposto. Nada o fascinava mais do que as paixões privadas de estranhos que ele nunca mais veria de novo.

Em vez disso, ele disse:

— Então vamos voltar para a investigação policial que me trouxe aqui. O nome das três vítimas lhe é familiar?

Nancy assentiu.

— Eu morava em uma cidadezinha chamada Great Holling, no Culver Valley. O senhor não deve conhecer. Ninguém conhece. Harriet, Ida e Richard eram meus vizinhos. Há anos não os vejo nem ouço falar deles. Desde 1913, quando me mudei para Londres. Eles foram mesmo *assassinados*?

— *Oui*, Madame.

— No Bloxham Hotel? Mas o que estavam fazendo lá? Por que estavam em Londres?

— Essa é uma das muitas questões para as quais ainda não tenho resposta — disse Poirot.

— Não faz sentido eles terem sido mortos. — Nancy emergiu da poltrona e começou a andar de um lado para o outro entre a porta e a parede oposta. — A única pessoa que faria isso *não* o fez!

— Quem é essa pessoa?

— Ah, não se importe comigo. — Nancy voltou para a poltrona e se sentou de novo. — Sinto muito. Suas notícias me deixaram chocada, como o senhor pode ver. Não posso ajudá-lo. E... não quero parecer rude, mas eu gostaria que os senhores fossem embora agora.

— A senhora está falando de si mesma, Madame, como a única pessoa que cometeria esses três assassinatos? E, no entanto, a senhora não foi a autora dos crimes?

— Eu não... — Nancy começou a responder devagar, os olhos percorrendo a sala. — Ah, agora eu entendo o que o senhor faz aqui. O senhor ouviu alguma história por aí e acha que *eu* matei os três. E é por isso que deseja revistar minha casa. Bom, eu não matei ninguém. Reviste o quanto quiser, Monsieur Poirot. Peça a Tabitha que o acompanhe a todos os cômodos... São tantos, o senhor vai pular algum se não a tiver como guia.

— Obrigado, Madame.

— Os senhores não vão encontrar nada incriminador porque não há o que encontrar. Eu gostaria que fossem embora! Nem consigo explicar como me transtornaram.

Stanley Beer ficou de pé.

— Vou começar — avisou. — Obrigado por sua cooperação, sra. Ducane. — Ele saiu da sala e fechou a porta.

— O senhor é esperto, não é? — disse Nancy Ducane a Poirot, como se fosse algo a ser usado contra ele. — Tão inteligente quanto as pessoas dizem que o senhor é. Posso ver em seus olhos.

— Consideram que tenho uma mente *superior*, oui.

— O senhor parece orgulhoso disso. Na minha opinião, mentes superiores não servem para nada se não vêm acompanhadas de um coração superior.

— *Naturellement*. Como amantes da boa arte, precisamos acreditar nisso. A arte fala ao coração e à alma mais do que à mente.

— Concordo — disse Nancy em voz baixa. — Sabe, Monsieur Poirot, seus olhos... São mais do que espertos. São *sábios*. Têm muita história. Ah, o senhor não sabe o que quero dizer com isso, mas é verdade. Ficariam maravilhosos em uma pintura, mas eu nunca vou poder pintá-los, agora que o senhor trouxe esses três nomes horríveis para a minha casa.

— É uma pena.

— A culpa é sua — disse Nancy sem rodeios. E juntou as mãos. — Ah, acho que devo dizer: eu *estava* falando de mim antes. Sou a pessoa que mataria Harriet, Ida e Richard, se é que alguém o faria, mas, como o senhor me ouviu dizer, não fiz isso. Então não entendo o que pode ter acontecido.

— A senhora não gostava deles?

— Eu os odiava. Desejei que morressem muitas vezes. Meu Deus! — Nancy levou as mãos ao rosto de repente. — Estão mesmo mortos? Acho que eu deveria ficar satisfeita, ou aliviada. Quero ficar feliz com isso, mas não consigo ficar feliz pensando em Harriet, Richard e Ida. Não é irônico?

— Por que desgostava tanto deles?

— Prefiro não falar sobre isso.

— Madame, eu não perguntaria se não considerasse necessário.

— Mesmo assim, não quero responder.

Poirot suspirou.

— Onde a senhora estava na noite de quinta-feira da semana passada, entre 19h15 e oito horas?

Nancy franziu a testa.

— Não faço a menor ideia. Já tenho dificuldades suficientes para lembrar o que preciso fazer *esta* semana. Ah, espere. Quinta-feira, claro! Eu estava do outro lado da estrada, na casa de minha amiga Louisa. Louisa Wallace. Eu tinha terminado o retrato dela, então o levei até lá e fiquei para o jantar. Acho que fiquei de seis até pouco antes das dez. Teria ficado mais se o marido de Louisa, St. John, não estivesse lá também. Ele é um arrogante terrível. Louisa é um amor, incapaz de ver qualquer coisa de errado em alguém, sabe como é. Ela gosta de acreditar que St. John e eu gostamos muito um do outro porque ambos somos artistas, mas não o suporto. Ele tem *certeza* de que sua arte é superior à minha e aproveita toda oportunidade para me dizer isso. Plantas e peixes, é o que ele pinta. Folhagens deprimentes e bacalhaus e hadoques de olhos frios!

— Ele é um artista zoológico e botânico?

— Não tenho interesse em nenhum artista que nunca pinte um rosto humano — disse Nancy sem se abalar. — Sinto muito, mas é isso. St. John insiste que não se pode pintar um rosto sem contar uma história e, quando uma história começa a se impor, inevitavelmente distorce as informações visuais, ou alguma bobagem do tipo! O que há de errado em contar uma história, meu Deus?

— St. John Wallace me contará a mesma história da senhora sobre quinta à noite? — perguntou Poirot. — Vai confirmar que a senhora estava na casa dele entre seis e quase dez da noite?

— Claro. Isso é absurdo, Monsieur Poirot. O senhor me faz todas as perguntas que faria a um assassino, coisa que eu não sou. Quem disse que esses assassinatos devem ter sido cometidos por mim?

— A senhora foi vista saindo às pressas do Bloxham Hotel em um estado de agitação pouco depois das oito. Enquanto corria, deixou cair duas chaves no chão. A senhora se abaixou para pegá-las e fugiu. A testemunha que viu isso reconheceu seu rosto do jornal e a identificou como a famosa artista Nancy Ducane.

— Isso é simplesmente impossível. Sua testemunha está enganada. Pergunte a St. John e Louisa Wallace.

— Vou fazer isso, Madame. *Bon,* agora tenho outra pergunta: as iniciais PIJ soam familiares, ou talvez PJI? Pode ser outra pessoa de Great Holling.

O rosto de Nancy perdeu toda a cor.

— Sim — sussurrou ela. — Patrick James Ive. Ele era o vigário.

— Ah! Esse vigário, ele morreu tragicamente, não foi? A esposa também.

— Sim.

— O que aconteceu a eles?

— Não vou falar sobre isso. Não vou!

— Isso é da maior importância. Vou insistir que a senhora me conte.

— Não posso! — gritou Nancy. — Eu não conseguiria nem se tentasse. O senhor não entende. Faz tanto tempo que não falo disso, eu... — Sua boca abriu e fechou por alguns segundos, mas nenhuma palavra saiu. E então o rosto de Nancy se contorceu de dor. — O que aconteceu com Harriet, Ida e Richard? Como eles morreram?

— Foram envenenados.

— Ah, que horror! Mas adequado.

— Como assim, Madame? Patrick Ive e a esposa morreram por envenenamento?

— Não vou falar sobre eles, eu já disse!

— A senhora também conhecia uma Jennie, de Great Holling?

Nancy se assustou e levou a mão ao pescoço.

— Jennie Hobbs. Não tenho nada a dizer sobre ela, absolutamente nada. Não me faça mais nenhuma pergunta! — Nancy piscava para afastar as lágrimas. — Por que as pessoas precisam ser tão cruéis, Monsieur Poirot? O senhor entende? Não, não responda! Vamos falar sobre outra coisa, algo inspirador. Precisamos falar sobre arte, a qual ambos amamos. — Nancy se levantou e foi até um grande retrato pendurado do lado esquerdo da janela. Era de um homem de cabelo preto e bagunçado, boca larga e covinha no queixo. Estava sorrindo. Havia uma insinuação de riso. — Meu pai — disse. — Albinus Johnson. O senhor deve conhecer de nome.

— Parece familiar, mas não consigo identificá-lo imediatamente — respondeu Poirot.

— Ele morreu dois anos atrás. Eu o vi pela última vez quando tinha 19 anos. Agora tenho 42.

— Meus sinceros sentimentos.

— Não fui eu que pintei. Não sei quem foi, nem quando. Não tem assinatura ou data, então não penso muito no artista, independentemente de quem tenha sido, um amador, mas... É o sorriso do meu pai, e é por isso que está na parede. Se ele tivesse sorrido mais na vida real... — Nancy parou de falar e se virou para Poirot. — Está vendo? St. John Wallace está enganado! É a função da arte transformar tristes histórias reais em ficções mais felizes.

Houve uma batida forte na porta, seguida pelo reaparecimento do policial Stanley Beer. Poirot sabia o que ouviria pela maneira como Beer só olhou para ele, evitando os olhos de Nancy.

— Encontrei uma coisa, senhor.

— O quê?

— Duas chaves. Estavam no bolso de um casaco, um casaco azul-
-escuro com pele nos punhos. A empregada disse que pertence à sra. Ducane.

— Que duas chaves? — perguntou Nancy. — Deixe-me vê-las. Não deixo chaves no bolso dos casacos, nunca. Tenho uma gaveta para elas.

Beer continuava não olhando para a artista. Em vez disso, ele se aproximou da poltrona de Poirot. Quando ficou ao lado do detetive, abriu a mão.

— O que tem aí? — perguntou Nancy com impaciência.

— Duas chaves que pertencem ao Bloxham Hotel, com números gravados — respondeu Poirot em uma voz solene. — Quarto 121 e quarto 317.

— Esses números deveriam significar algo para mim? — perguntou Nancy.

— Dois dos três assassinatos foram cometidos nesses quartos, Madame: 121 e 317. A testemunha que a viu sair correndo do Bloxham Hotel na noite dos crimes disse que as duas chaves que a senhora deixou cair estavam numeradas: cento e alguma coisa, e trezentos e alguma coisa.

— Nossa, que coincidência *extraordinária*! Ah, Monsieur Poirot! — Nancy riu. — Tem *certeza* de que o senhor é esperto? O senhor não consegue ver o que está diante do seu nariz? Esse bigode gigante está atrapalhando sua visão? Alguém se incumbiu da tarefa de me incriminar pelos assassinatos. É quase intrigante! Talvez seja divertido tentar descobrir quem foi... Assim que concordarmos que não estou a caminho da forca.

— Quem teria tido a oportunidade de colocar chaves no bolso do casaco da senhora entre quinta-feira e hoje? — perguntou Poirot.

— Como vou saber? Qualquer um que tenha passado por mim na rua, eu me atreveria a dizer. Eu uso muito aquele casaco azul. Sabe, não faz muito sentido.

— Por favor, explique.

Por alguns instantes, ela pareceu perdida nos próprios devaneios. Então voltou a si e disse:

— Qualquer um que não gostasse de Harriet, Ida e Richard o bastante para matá-los... Bom, quase com certeza estaria do meu lado. No entanto, está tentando me incriminar por assassinato.

— Devo prendê-la, senhor? — perguntou Stanley Beer a Poirot. — Levá-la para a delegacia?

— Ah, não seja ridículo — disse Nancy, cansada. — Eu digo "me incriminar por assassinato" e imediatamente o senhor presume que precisa fazer isso? O senhor é um policial ou um papagaio? Se quer prender alguém, prenda sua testemunha. E se ele não for só um mentiroso, mas também um assassino? Já pensou nisso? Os senhores precisam atravessar a estrada agora e ouvir de St. John e Louisa Wallace a verdade. É a única maneira de dar um fim a esse absurdo.

Poirot se levantou com dificuldade; era uma dessas poltronas que não facilitavam a tarefa para uma pessoa com o tamanho e a forma dele.

— Vamos fazer isso *précisément* — anunciou ele. Depois, disse a Stanley Beer: — Ninguém vai ser preso no momento, oficial. Não acredito, Madame, que a senhora manteria essas duas chaves se tivesse cometido os assassinatos nos quartos 121 e 317 do Bloxham Hotel. Por que não se livrar delas?

— Exato. Eu teria me livrado delas na primeira oportunidade, não é?

— Falarei com o sr. e a sra. Wallace imediatamente.

— Na verdade — disse Nancy —, é com Lord e Lady Wallace que o senhor falará. Louisa não se importa, mas St. John não vai perdoá-lo se não usar o título correto.

★

Pouco tempo depois, Poirot estava parado ao lado de Louisa Wallace, que olhava, extasiada, para o retrato que Nancy havia pintado e que estava pendurado na parede da sala de estar.

— Não é perfeito? — Ela suspirou. — Nem lisonjeiro, nem ultrajante. Com um rosto redondo e corado como o meu, existe sempre o risco de acabar parecendo a mulher de um fazendeiro, mas não. Não estou encantadora, mas estou bem bonita, acho. St. John usou a palavra "voluptuosa", que nunca tinha usado para se referir a mim antes... Mas o retrato fez com que pensasse nela. — Ela riu. — Não é maravilhoso que existam pessoas talentosas como Nancy no mundo?

Poirot estava tendo dificuldades para se concentrar na pintura. O equivalente de Tabitha (a empregada de uniforme engomado de Nancy Ducane) na casa de Louisa Wallace era uma garota desastrada chamada Dorcas, que até o momento tinha deixado cair duas vezes o casaco de Poirot e uma vez chapéu, pisando nele logo em seguida.

A casa dos Wallace provavelmente tinha sido bonita em outra época, mas o que Poirot encontrou naquele dia deixava muito a desejar. Excetuando-se as peças de mobiliário mais pesadas que ficavam junto às paredes, tudo o mais parecia ter sido castigado por um vento forte antes de cair num lugar aleatório e inconveniente. Poirot não suportava a desordem; ela o impedia de raciocinar com clareza.

Por fim, depois de recolher o casaco e o chapéu pisoteado, a empregada Dorcas se retirou, e Poirot ficou a sós com Louisa Wallace. Stanley Beer tinha ficado na casa de Nancy Ducane para concluir a revista dos cômodos, e o dono da casa não estava presente; ao que parecia, ele tinha ido para a propriedade de campo da família naquela manhã. Poirot havia reparado em algumas "folhagens deprimentes e bacalhaus e hadoques de olhos frios" nas paredes, como Nancy dissera, e ficou pensando se aquelas pinturas eram obras de St. John Wallace.

— Peço desculpas por Dorcas — disse Louisa. — Ela é muito nova e a garota mais incorrigível que nos apareceu, mas me recuso a admitir a derrota. Só faz três dias. Ela vai aprender, com tempo e paciência. Se ao menos não se preocupasse tanto! Eu sei o que acontece: ela diz a si mesma que não pode deixar cair o casaco e o chapéu do importante cavalheiro de jeito algum, e então essa ideia fica em sua cabeça e acaba acontecendo. É enlouquecedor!

— Exato — concordou Poirot. — Lady Wallace, sobre quinta-feira passada...

— Ah, sim, era disso que estávamos falando... Então eu o trouxe aqui para mostrar o retrato. Sim, Nancy esteve aqui naquela noite.

— De que horas até que horas, Madame?

— Não me lembro ao certo. Sei que combinamos que ela viria às seis para trazer a pintura e não me lembro de notar que estivesse atrasada. Infelizmente também não sei quando ela foi embora. Se eu tivesse que arriscar um palpite, diria dez ou dez e pouco.

— E ela ficou aqui o tempo todo, isto é, até ir embora? Por exemplo, ela não saiu e voltou mais tarde?

— Não. — Louisa Wallace parecia confusa. — Nancy chegou às seis com o retrato, e então ficamos juntas até ela ir embora de vez. Do que se trata?

— A senhora pode confirmar que a sra. Ducane não foi embora daqui antes das oito e meia?

— Ah, céus, sim. Ela foi embora muito mais tarde do que isso. Às oito e meia ainda estávamos sentados à mesa.

— Quem?

— Nancy, St. John e eu.

— Seu marido, se eu falasse com ele, confirmaria isso?

— Sim. Espero que o senhor não esteja sugerindo que eu minta, Monsieur Poirot.

— Não, não. *Pas du tout*.

— Ainda bem — disse Louisa Wallace com firmeza. E então se virou para o próprio retrato. — As cores são o talento especial dela, sabe? Ah, ela sabe captar a personalidade em um rosto, mas seu talento é o uso das cores. Veja como a luz recai no meu vestido verde.

Poirot viu o que ela queria dizer. O verde parecia mais claro em um momento, e mais escuro no outro. Não havia nenhum tom constante. A luz parecia mudar conforme se olhava para a pintura, tamanha a habilidade de Nancy Ducane. O retrato mostrava Louisa Wallace sentada em uma cadeira, usando um vestido verde e decotado, com um jarro e uma bacia azuis atrás dela em uma mesa de madeira. Poirot andou de um lado para o outro da sala, inspecionando a obra de diferentes ângulos e posições.

— Eu tentei pagar a Nancy o valor merecido pelo retrato, mas ela não quis nem ouvir — disse Louisa Wallace. — Sou muito sortuda por ter uma amiga tão generosa. Sabe, acho que meu marido tem um pouco de ciúmes dela... Da pintura, quero dizer. A casa toda está cheia de obras dele, quase não temos nenhuma parede vazia. *Apenas* pinturas dele, até esta aqui chegar. Nancy e ele têm uma rivalidade boba. Nem dou atenção. Os dois são brilhantes de maneiras diferentes.

Então Nancy Ducane tinha dado a pintura de presente a Louisa Wallace, pensou Poirot. Será que de fato não queria nada em troca, ou será que queria um álibi? Alguns amigos leais não seriam capazes de resistir se fosse pedido que contassem uma mentira pequena e inofensiva depois de um presente tão extravagante. Poirot perguntou-se se deveria dizer que estava ali por causa de um assassinato, informação que ele ainda não tinha contado a Louisa Wallace.

Sua linha de raciocínio foi distraída pelo surgimento repentino da empregada Dorcas, que apareceu na sala com um ar de urgência e ansiedade.

— Com licença, senhor!

— Qual é o problema? — Uma parte de Poirot temia que ela revelasse ter ateado fogo ao casaco e ao chapéu por acidente.

— O senhor gostaria de uma xícara de chá ou café?

— É isso que a senhora veio perguntar?

— Sim, senhor.

— Nada mais? Nada aconteceu?

— Não, senhor. — Dorcas parecia confusa.

— *Bon*. Nesse caso, sim, por favor, aceito o café. Obrigado.

— Como quiser, senhor.

— Está vendo? — resmungou Louisa Wallace enquanto a garota capengava para a cozinha. — Dá para acreditar? Achei que ela estava prestes a avisar que precisava sair imediatamente porque sua mãe estava no leito de morte! Ela realmente chegou ao limite. Eu devia dispensá-la nesse minuto, mas até uma empregada inútil é melhor do que nenhuma. É impossível encontrar garotas decentes hoje em dia.

Poirot fez os barulhos apropriados de preocupação. Ele não queria conversar sobre empregadas domésticas. Estava muito mais interessado em suas próprias ideias, sobretudo na que estava em sua cabeça enquanto Louisa Wallace reclamava de Dorcas, e ele olhava para o jarro e a bacia azuis.

— Madame, se eu puder tomar mais um pouco do seu tempo... Essas outras pinturas nas paredes, elas são do seu marido?

— Sim.

— Como a senhora disse, ele também é um artista excelente. Seria uma honra, se a Madame me mostrasse o restante de sua linda casa. Eu gostaria muito de ver as pinturas de seu marido. A senhora disse que elas estão em todas as paredes?

— Sim. Será um prazer fazer o grande tour artístico de St. John Wallace, para que o senhor veja que não estava exagerando. — Louisa se alegrou e juntou as mãos. — Que divertido! Mas eu gostaria que St. John estivesse aqui; ele poderia falar muito mais sobre as pinturas do que eu. Mesmo assim, vou fazer meu melhor. O senhor ficaria impressionado, Monsieur Poirot, com a quantidade de pessoas que vêm aqui e não olham para as pinturas nem perguntam sobre elas. Dorcas é uma delas. Podia haver quinhentos panos de prato emoldurados e pendurados na parede, e ela não veria a diferença. Vamos começar pelo hall?

Era uma sorte que Poirot fosse um apreciador de arte, pensou ele enquanto fazia um passeio pela casa e era apresentado a diversas espécies de aranhas, plantas e peixes. E no que dizia respeito à rivalidade entre St. John Wallace e Nancy Ducane, ele tinha sua opinião. As pinturas de Wallace eram meticulosas e respeitáveis, mas não faziam ninguém sentir nada. Nancy Ducane tinha mais talento. Ela havia condensado a essência de Louisa Wallace e lhe dado tanta vida na tela quanto havia na pessoa real. Poirot se pegou desejando olhar para o retrato de novo antes de ir embora, e não apenas para se certificar de que não estava enganado sobre um importante detalhe que achou ter notado.

Dorcas apareceu no andar superior.

— Seu café, senhor. — Poirot, que estava no escritório de St. John Wallace, deu um passo à frente para pegar a xícara das mãos dela. Como se não esperasse a aproximação dele, a empregada se afastou e derramou quase toda a bebida em seu uniforme branco. — Ah, não! Sinto muito, senhor, sou muito desastrada. Vou preparar outra xícara.

— Não, não, por favor. Não é necessário. — Poirot tomou o que restava do café em um único gole, antes que houvesse mais derramamento.

— Acho que essa é a minha favorita — revelou Louisa Wallace, ainda no escritório. Ela apontava para uma pintura que Poirot não conseguia ver. — *Doce-amarga: Solanum Dulcamara*. Quatro de agosto do ano passado, está vendo? Foi o presente de aniversário de casamento de St. John para mim. Trinta anos. Não é linda?

— Tem certeza de que não quer outra xícara de café, senhor? — perguntou Dorcas.

— Quatro de... *Sacré tonnerre* — murmurou Poirot para si mesmo quando começou a sentir uma onda de animação. Ele voltou ao escritório e olhou para a pintura das flores.

— Ele já respondeu a essa pergunta uma vez, Dorcas. Ele *não quer* mais café.

— Não tem problema, senhora, de verdade. Ele queria café, e não havia sobrado mais nada na xícara quando a recebeu.

— Quando não há nada, ninguém vê nada — refletiu Poirot misteriosamente. — Você não pensa nada. Reparar em nada... É algo muito difícil, até para Poirot, até você ver, em outro lugar, o que deveria estar ali. — Ele pegou a mão de Dorcas e a beijou. — Minha querida jovem, o que você me trouxe é mais valioso do que café!

— Aah. — Dorcas inclinou a cabeça e ficou olhando para o detetive. — Seus olhos ficaram verdes e estranhos, senhor.

— Do que está falando, Monsieur Poirot? — perguntou Louisa Wallace. — Dorcas, vá procurar algo útil para fazer.

— Sim, senhora. — A garota se retirou às pressas.

— Estou em dívida com Dorcas e com a senhora — anunciou Poirot. — Quando cheguei aqui apenas, o quê?, meia hora atrás, não estava enxergando com clareza. Via apenas confusão e quebra-cabeças. Agora estou começando a juntar as peças... É muito importante que eu pense sem interrupções.

— Ah. — Louisa pareceu decepcionada. — Bem, se o senhor precisa ir...

— Ah, não, não, a senhora não entendeu. *Pardon,* Madame. A culpa é minha: eu não fui claro. Evidente que precisamos terminar o tour das obras de arte. Ainda há muito a explorar! Depois disso, vou embora para fazer minhas ponderações.

— Tem certeza? — Louisa olhou para ele com algo parecido com surpresa. — Bom, está bem, então, se não foi muito entediante. — Ela retomou seus comentários entusiasmados sobre as pinturas do marido enquanto iam de um cômodo a outro.

Em um dos quartos de hóspedes, o último do andar de cima que visitaram, havia um conjunto de jarro e bacia com um emblema vermelho, verde e branco. Havia também uma mesa de madeira e uma cadeira; Poirot os reconheceu da pintura que Nancy Ducane fez de Louisa. E disse:

— *Pardon,* Madame, mas onde estão o jarro e a bacia azuis do retrato?

— O jarro e a bacia azuis? — repetiu Louisa, parecendo confusa.

— Acho que a senhora posou para o retrato de Nancy Ducane neste quarto, *n'est-ce pas?*

— Posei, sim. E... Espere um minuto! Este conjunto é de outro quarto de hóspedes!

— E, no entanto, não está lá. Está aqui.

— Está. Mas... Então, onde estão o jarro e a bacia azuis?

— Não sei, Madame.

— Bem, devem estar em outro quarto. Talvez no meu. Dorcas deve tê-los trocado. — Louisa saiu num passo apressado para procurar os itens desaparecidos.

Poirot a acompanhou.

— Não há nenhum jogo de jarro e bacia nos outros quartos — disse ele.

Depois de uma inspeção cuidadosa, Louisa Wallace disse por entre os dentes:

— Aquela *inútil*! Vou dizer o que aconteceu, Monsieur Poirot. Dorcas quebrou os dois e ficou com medo de me contar. Vamos perguntar? Ela vai negar, claro, mas é a única explicação possível. Jarros e bacias não desaparecem e não vão de um quarto para o outro sozinhos.

— Quando foi a última vez que viu o jarro e a bacia azuis, Madame?

— Não sei. Faz tempo que não reparo. Eu raramente entro nos quartos de hóspedes.

— É possível que Nancy Ducane tenha levado o jarro e a bacia quando foi embora na quinta à noite?

— Não. Por que ela faria isso? Que bobagem! Eu estava parada na porta quando me despedi dela, e Nancy não levava nada além das chaves de casa. Além do mais, ela não é uma ladra. Dorcas, por outro lado... Deve ter sido isso! Ela não quebrou o conjunto, ela o roubou, tenho certeza... Mas como posso provar? Ela provavelmente vai negar.

— Madame, faça-me um favor: não acuse Dorcas de roubo nem de nada. Não acho que ela seja culpada.

— Bom, então onde estão meu jarro e minha bacia azuis?

— É sobre isso que preciso pensar — disse Poirot. — Vou deixá-la em paz em um instante, mas, antes, posso admirar uma última vez o incrível retrato que Nancy Ducane fez da senhora?

— Sim, claro.

Juntos, Louisa Wallace e Hercule Poirot voltaram para a sala de estar. Ficaram parados diante da pintura.

— Maldita garota — murmurou Louisa. — Agora só consigo ver o jarro e a bacia azuis nesse quadro.

— *Oui*. Eles se destacam, não é?

— Estavam na minha casa, e agora não estão, e tudo o que posso fazer é olhar para a pintura e me perguntar o que aconteceu com eles! Ah, céus, como esse dia acabou aborrecido!

★

Blanche Unsworth, como de hábito, perguntou a Poirot no momento em que ele voltou à pensão se havia alguma coisa que podia fazer por ele.

— Na verdade, há, sim — respondeu ele. — Eu gostaria de um pedaço de papel e alguns lápis para desenhar. Lápis de cor.

O rosto de Blanche desabou.

— Posso trazer papel, mas acho que não tenho nenhum lápis de cor, a menos que o senhor esteja interessado em um grafite comum.

— Ah! Cinza: o melhor de todos.

— Está falando sério, sr. Poirot? Cinza?

— *Oui*. — Poirot tamborilou na lateral da cabeça. — A cor das células cinzentas.

— Ah, não. Prefiro um belo tom de rosa ou lilás.

— As cores não importam: um vestido verde, um jogo de jarro e bacia azul, ou branco.

— Não estou entendendo, sr. Poirot.

— Não peço que a senhora me entenda, sra. Unsworth, apenas que me traga um dos seus lápis comuns e uma folha de papel, rápido. E um envelope. Falei muito sobre pintura hoje. Agora Hercule Poirot vai tentar compor sua própria obra de arte!

Vinte minutos depois, sentado a uma das mesas da sala de jantar, Poirot chamou Blanche Unsworth de novo. Quando ela apareceu, ele lhe entregou o envelope, que estava fechado.

— Por favor, ligue para a Scotland Yard para mim — instruiu ele. — Diga que precisam buscar isto sem demora para ser entregue ao policial Stanley Beer. O nome dele está no envelope. Por favor, diga que é importante. Está relacionado aos assassinatos do Bloxham Hotel.

— Achei que o senhor estivesse fazendo um desenho — disse Blanche.

— Meu desenho está dentro do envelope, acompanhado de uma carta.

— Ah. Bom, então não posso vê-lo, não é?

Poirot sorriu.

— Não é necessário que a senhora veja, a menos que trabalhe para a Scotland Yard, e, até onde sei, a senhora não trabalha.

— Ah. — Blanche Unsworth pareceu irritada. — Bem. Então é melhor eu fazer a ligação para o senhor — concluiu ela.

— *Merci*, Madame.

Quando ela voltou, cinco minutos depois, estava com a mão na boca e manchas rosadas nas bochechas.

— Ah, céus, sr. Poirot — disse ela. — Ah, é uma má notícia para todos nós! Não sei o que há de errado com as pessoas. Não sei mesmo.

— Que notícia?

— Eu liguei para a Scotland Yard, como o senhor pediu... Eles disseram que iriam mandar alguém pegar o envelope. E então o telefone tocou de novo, logo depois que havia desligado. Ah, sr. Poirot, é terrível!

— Acalme-se, Madame. Por favor, me conte.

— Houve outro assassinato no Bloxham! Não sei qual o problema desses hotéis chiques, não sei mesmo.

Capítulo 14
A mente no espelho

Assim que cheguei a Londres, fui para o Pleasant's, pensando que fosse encontrar Poirot lá, mas o único rosto familiar era o da garçonete que ele diz ter "cabelo esvoaçante". Sempre achei a garota interessante, e aproveitei o Pleasant's tanto por sua presença quanto por tudo o mais. Como era o nome dela? Poirot tinha me dito. Ah, sim: Fee Spring; na verdade, Euphemia.

Eu gostava principalmente do hábito reconfortante que ela tinha de dizer as mesmas duas coisas toda vez que me via. E acabava de fazer isso de novo. A primeira era seu desejo antigo de mudar o nome do Pleasant's de "café" para "casa de chá", para refletir os méritos relativos das duas bebidas, e a segunda era: "A Scotland Yard tem cuidado bem de você? Eu gostaria de trabalhar lá — mas só se eu estivesse no comando, claro."

— Ah, tenho certeza de que você estaria liderando as tropas em pouquíssimo tempo — falei a ela. — Assim como imagino que um dia irei chegar aqui e encontrar "Pleasant's Tea Room" na placa da entrada.

— É pouco provável. É a única coisa que não me deixam mudar. O sr. Poirot não ia gostar, ia?

— Ele ficaria horrorizado.

— Não conte para ele, nem para ninguém. — A mudança de nome proposta por Fee para seu local de trabalho era algo que ela dizia não ter contado para ninguém além de mim.

— Pode deixar — prometi. — Que tal isto: venha trabalhar comigo solucionando crimes, e peço ao meu chefe para mudar o nome para "Scotland Yard's Tea Room". Nós tomamos chá, então não seria totalmente inadequado.

— Humpf. — Fee não ficou impressionada. — Ouvi dizer que as policiais não podem continuar trabalhando depois que se casam. Tudo bem; prefiro solucionar crimes com você a ter um marido para cuidar.

— Então está resolvido!

— Pois não vá me pedir em casamento.

— Não se preocupe!

— Que galanteador.

Para conseguir sair do buraco onde tinha me enfiado, eu disse:

— Não vou pedir ninguém em casamento, mas, se meus pais me puserem uma arma na cabeça, peço sua mão antes da de qualquer outra garota, que tal?

— Melhor eu do que uma sonhadora cheia de ideias românticas na cabeça. Com certeza ela ficaria desapontada.

Eu não queria falar de romance, então mudei assunto.

— No que diz respeito à nossa parceria para solucionar crimes... Você não está esperando Poirot, está? Achei que ele pudesse estar aqui, esperando Jennie Hobbs reaparecer.

— Jennie Hobbs, hum? Então você descobriu o sobrenome dela. O sr. Poirot vai ficar feliz em saber com quem ele andou preocupado esse tempo todo. Talvez agora ele pare de me atormentar. É só eu me virar, e lá ele está no meu caminho, me fazendo as mesmas perguntas que já fez antes sobre Jennie. Eu nunca pergunto onde você está... Nunca!

Fiquei bem chocado com essa última frase.

— Por que perguntaria? — quis saber.

— Eu não perguntaria e não pergunto. É preciso ter cuidado com o tipo de pergunta que se faz a um tipo perguntador. Você descobriu mais alguma coisa sobre Jennie?

— Nada que eu possa lhe contar, infelizmente.

— Então, por que eu não aproveito para contar uma coisa? O sr. Poirot vai querer saber. — Fee me conduziu até uma mesa vazia e sentamos. — Na noite em que Jennie veio aqui, quando estava meio fora de si, quinta-feira passada, eu disse ao sr. Poirot que tinha notado alguma coisa, e que então essa coisa tinha fugido. Bem, lembrei o que era. Estava escuro, e eu não tinha fechado as cortinas. Nunca fecho. Sempre penso que é melhor iluminar o beco. E se a pessoa consegue ver aqui dentro, fica mais fácil de entrar.

— Especialmente se as pessoas veem você pela janela — provoquei.

Fee arregalou os olhos.

— Pois é — disse ela.

— Como assim?

— Depois que pedi para ela fechar a porta, Jennie correu até a janela e olhou para fora. Estava agindo como se alguém estivesse atrás dela. E ficou um bom tempo olhando pela janela, mas tudo o que conseguiu ver foi ela mesma, este salão e a mim... O meu reflexo, quero dizer. E eu olhei para Jennie. Foi assim que vi que era ela. Se perguntar ao sr. Poirot, ele vai contar. Eu disse: "Ah, é você", antes que ela se virasse. Como tudo estava aceso aqui dentro e escuro lá fora, a janela funcionava como um espelho, sabe? Agora, você pode dizer que ela estava *tentando* ver o lado de fora, mesmo que não estivesse conseguindo, mas não é verdade.

— O que você quer dizer?

— Ela não ficou procurando alguém que estava atrás dela. Estava olhando para mim, assim como eu estava olhando para ela. Meus olhos viram os dela refletidos, e os olhos dela viram os meus, como um espelho. Entende o que estou falando?

Assenti.

— Sempre que você consegue ver alguém em um espelho, essa pessoa consegue ver você de volta.

— Justamente. E Jennie olhava para mim, eu juro, esperando para ver o que eu ia dizer ou fazer sobre sua chegada dramática. Vai soar engraçado, sr. Catchpool, mas era como se eu pudesse ver *mais* do que os olhos dela. Podia ver a mente, se isso não parecer muito imaginativo. Posso jurar que ela estava esperando que eu desse o primeiro passo.

— Qualquer pessoa sensata esperaria que você desse o primeiro passo.

— Tsc. — Fee emitiu um som irritado. — Não sei como pude esquecer, se quer saber. Tenho vontade de me dar uma bela bronca por não lembrar antes. Juro que não foi coisa da minha cabeça. O reflexo dela olhava o meu bem nos olhos, como se... — Fee franziu o cenho. — Como se *eu* fosse o perigo, e não alguém na rua. Mas por que ela olharia para mim desse jeito? Você consegue explicar? Eu não consigo.

★

Depois de verificar algumas coisas na Scotland Yard, voltei para a pensão e encontrei Poirot tentando sair. Ele estava de pé diante da porta aberta com casaco e chapéu, o rosto corado e um ar de agitação, como se tivesse dificuldade em ficar parado. Esse não era um problema que em geral o afligia. Blanche Unsworth não demonstrou interesse na minha chegada, o que era incomum, e ficou reclamando de um carro que estava atrasado. O rosto dela também estava rosado.

— Precisamos ir imediatamente para o Bloxham Hotel, Catchpool — disse Poirot, arrumando o bigode com os dedos enluvados. — Assim que o carro chegar.

— Deveria ter chegado dez minutos atrás — explicou Blanche. — A vantagem do atraso é que o senhor pode ir com o sr. Catchpool.

— Qual é a emergência? — perguntei.

— Houve mais um assassinato — informou-me Poirot. — No Bloxham Hotel.

— Meu Deus. — Por muitos segundos, um pânico abjeto correu pelas minhas veias. Ele dizia: a disposição dos mortos. Um, dois, três, quatro...

Oito mãos inertes, palmas para baixo...

Segure a mão dele, Edward...

— É Jennie Hobbs? — perguntei a Poirot, com o sangue pulsando nos ouvidos.

Eu devia ter dado crédito a ele sobre o perigo. Por que não o levei a sério?

— Não sei. Ah! Então você também descobriu o sobrenome dela. O Signor Lazzari nos telefonou, e desde então não consigo entrar em contato com ele. *Bon*, aqui está o carro, finalmente.

Quando comecei a ir em direção ao veículo, me senti sendo puxado para trás. Blanche Unsworth havia agarrado a manga do meu casaco.

— Tenha cuidado naquele hotel, por favor, sr. Catchpool. Eu não suportaria se algo de mau lhe acontecesse.

— Pode deixar, claro.

O rosto dela formou uma expressão feroz.

— O senhor não deveria ter de ir para lá, se quer saber. O que essa pessoa, a que foi morta dessa vez, estava fazendo lá, de todo jeito? Três pessoas já foram assassinadas no Bloxham, e só na semana passada! Por que a pessoa não foi se hospedar em outro lugar se não queria que o mesmo acontecesse com ela? Não está certo, ignorar os sinais e causar todo esse transtorno ao senhor.

—Vou dizer isso ao cadáver sem meias-palavras.—Tentei me convencer de que, se sorrisse e usasse as palavras certas, logo ficaria mais calmo.

— Diga alguma coisa aos outros hóspedes enquanto estiver lá — aconselhou Blanche. — Diga-lhes que tenho dois quartos vagos aqui. Podem não ser tão grandiosos quanto os do Bloxham, mas todo mundo ainda está vivo quando acorda de manhã.

— Catchpool, por favor, ande logo — chamou-me Poirot do carro.

Às pressas, entreguei minhas malas a Blanche e fiz o que ele pediu. Quando estávamos a caminho, Poirot disse:

— Desejei muito impedir um quarto assassinato, *mon ami*. Falhei.

— Eu não veria as coisas assim — disse eu.

— *Non*?

— Você fez o que pôde. Só porque o assassino conseguiu o que queria, não quer dizer que você falhou.

O rosto de Poirot era uma máscara de desdém.

— Se essa é a sua opinião, você deve ser o policial favorito de todo assassino. Claro que eu falhei! — Ele levantou a mão para me impedir de falar. — Por favor, não diga mais nenhum absurdo. Fale da sua passagem por Great Holling. O que você descobriu, além do sobrenome de Jennie?

Contei tudo sobre a viagem e fui me sentindo cada vez mais como eu mesmo conforme falava, tomando o cuidado de não deixar nenhum detalhe de fora que um sujeito como Poirot pudesse considerar importante. Enquanto falava, notei uma coisa muito estranha: os olhos de Poirot foram ficando mais verdes. Era como se alguém estivesse acendendo pequenas lanternas direcionadas a eles de dentro de sua cabeça, e deixando-os mais claros.

Quando terminei, ele disse:

— Então, Jennie era a camareira de Patrick Ive na Saviour College, da Universidade de Cambridge. Isso é muito interessante.

— Por quê?

Não houve resposta, apenas outra pergunta.

—Você não mentiu para Margaret e a seguiu, depois da primeira visita à cabana?

— Segui-la? Não. Eu não tinha motivos para pensar que ela iria a lugar algum. Ela parece passar o tempo todo olhando pela janela para o túmulo dos Ive.

—Você tinha *todos* os motivos para achar que ela iria a algum lugar, ou que alguém viria até ela — disse Poirot com severidade. — Pense, Catchpool. Ela não queria falar sobre Patrick e Frances Ive no primeiro dia em que você falou com ela, *n'est-ce pas*? "Volte amanhã", ela disse. Quando você voltou, ela contou a história toda. Não pareceu que o motivo por trás desse adiamento pudesse ser o desejo dela de consultar outra pessoa?

— Não. Na verdade, não pareceu. Ela me pareceu uma mulher que prefere pensar com cuidado e não apressar uma decisão importante. Também uma mulher determinada a pensar por conta própria, e não alguém que recorreria a um amigo para pedir conselhos. Consequentemente, não suspeitei de nada.

— Eu, por outro lado, suspeito — disse Poirot. — Suspeito que Margaret Ernst tenha querido discutir com o dr. Ambrose Flowerday o que dizer.

— Bom, se existe alguém, é provável que fosse ele — concordei. — Ela com certeza mencionou o nome dele diversas vezes. Está claro que Margaret o admira.

— No entanto, você não foi procurar o sr. Flowerday. — Poirot soltou um pequeno grunhido. — Foi muito honrado da sua parte não fazê-lo, depois de prometer o silêncio. E é o seu decoro inglês que o faz substituir a palavra "amor" por "admiração"? Margaret Ernst *ama* Ambrose Flowerday, isso está claro pelo que você me contou! Ela é tomada por tamanha paixão quando fala desse vigário e sua esposa, mesmo *sem nunca tê-los conhecido*? Não, os sentimentos dela são pelo dr. Flowerday, e é *ele* quem se importa tanto com a morte trágica do reverendo Ive e sua esposa, que eram grandes amigos *dele*. Está me acompanhando, Catchpool?

Soltei um grunhido neutro. Margaret Ernst tinha me parecido falar com paixão sobre os princípios em jogo tanto quanto sobre qualquer coisa — sobre o sentimento de injustiça concernente aos Ive —, mas eu sabia que dizer isso seria bobagem. Poirot apenas me passaria um sermão sobre minha incapacidade de reconhecer sentimentos amorosos. Para dar a ele algo em que pensar além dos meus incontáveis erros e imperfeições, contei sobre minha visita ao Pleasant's e sobre o que Fee Spring me disse.

— O que você acha que isso significa? — perguntei, quando o carro passou sobre algo volumoso que devia estar na via.

Mais uma vez, Poirot ignorou minha pergunta. E perguntou se eu havia contado tudo.

— Tudo o que aconteceu em Great Holling, sim. A única outra notícia é relativa ao inquérito, que saiu hoje. As três vítimas foram envenenadas. Cianureto, como imaginamos. Mas temos um mistério aqui: nenhum alimento consumido recentemente foi encontrado no estômago deles. Harriet Sippel, Ida Gransbury e Richard Negus estavam havia muitas horas sem comer antes de serem assassinados. Isso significa que temos um chá da tarde perdido a explicar.

— Ah! Esse é um mistério solucionado.

— Solucionado? Eu diria que é um novo mistério. Estou errado?

— Ah, Catchpool — exclamou Poirot com tristeza. — Se eu revelar a resposta, se eu for condescendente, você não vai aguçar sua habilidade de pensar por conta própria, e você precisa fazer isso! Tenho um grande amigo de quem não falei para você. O nome dele é Hastings. Muitas vezes imploro para que ele use suas células cinzentas, mas sei que nunca estarão à altura das minhas.

Achei que Poirot estivesse se preparando para me fazer um elogio — "Você, por outro lado..." —, mas então ele disse:

— As suas também nunca estarão à altura das minhas. Não é inteligência que lhe falta, nem sensibilidade, tampouco originalidade. É apenas confiança. Em vez de buscar a resposta, você procura alguém que a encontre e revele a você... *Eh bien*, você encontra Hercule Poirot! Mas Poirot não é apenas um solucionador de mistérios, *mon ami*. Ele também é um guia, um professor. E deseja que você aprenda a pensar por conta própria, assim como ele. Assim como a mulher que você descreveu, Margaret Ernst, que não confia na Bíblia, mas no próprio discernimento.

— Sim. Achei isso bem arrogante da parte dela — comentei enfaticamente. Eu gostaria de me alongar mais no assunto, mas havíamos chegado ao Bloxham Hotel.

Capítulo 15
A quarta abotoadura

No lobby do Bloxham, quase tropeçamos em Henry, irmão de Richard Negus, que trazia uma pequena pasta na mão. Na outra carregava uma mala grande, que ele baixou no chão para falar conosco.

— Queria ser mais jovem e mais forte — disse Henry, sem fôlego. — Como o caso está avançando, se posso perguntar?

Pela expressão e pelo tom de voz, deduzi que ele não sabia que tinha havido um quarto assassinato. Não falei nada, interessado no que Poirot ia dizer.

— Estamos confiantes que vamos resolver — disse Poirot, deliberadamente vago. — O senhor passou a noite aqui, Monsieur?

— A noite? Ah, a mala. Não, fiquei no Langham. Eu não conseguiria enfrentar este lugar, ainda que o sr. Lazzari tenha sido gentil em me oferecer um quarto. Só estou aqui para recolher os pertences de Richard. — Henry Negus inclinou a cabeça na direção da mala, mas manteve os olhos distantes, como se não quisesse olhar. Olhei para a identificação presa à alça: *Sr. R. Negus*.

— Bem, é melhor eu me apressar — disse Negus. — Por favor, mantenham-me informado.

— Faremos isso — disse eu. — Adeus, sr. Negus. Sinto muito pelo seu irmão.

— Obrigado, sr. Catchpool. Monsieur Poirot. — Negus parecia constrangido, talvez até bravo. Achei que tivesse entendido o porquê: diante da tragédia, ele tinha decidido ser eficiente, e não queria ser lembrado da própria tristeza enquanto tentava manter o foco em questões práticas.

Enquanto ele saía do hotel, vi Luca Lazzari correndo em nossa direção, com as mãos nos cabelos. Um brilho de suor cobria seu rosto.

— Ah, Monsieur Poirot, sr. Catchpool! Finalmente! Os senhores souberam das notícias desastrosas? Que dias infelizes no Bloxham Hotel! Ah, dias infelizes!

Era imaginação minha, ou ele havia penteado o bigode como o de Poirot? Era uma imitação ruim, se de fato era o caso. Achei fascinante que um quarto assassinato neste hotel o tivesse deixado em um estado de espírito tão pesaroso. Quando apenas três hóspedes tinham sido assassinados no Bloxham, ele continuara animado. Um pensamento me ocorreu: talvez dessa vez a vítima tivesse sido um funcionário, e não um hóspede. Perguntei quem tinha morrido.

— Não sei quem ela é nem onde está agora — disse Lazzari. — Venham comigo. Vejam por conta própria.

— O senhor não sabe onde ela está? — perguntou Poirot enquanto acompanhávamos o gerente ao elevador. — O que quer dizer? Ela não está aqui, no hotel?

— Ah, sim, mas onde no hotel? Ela pode estar em qualquer lugar! — choramingou Lazzari.

Rafal Bobak meneou a cabeça para nos cumprimentar quando se aproximou, empurrando um grande carrinho cheio do que pareciam ser lençóis para serem lavados.

— Monsieur Poirot — disse ele, parando quando nos viu. — Tenho repassado tudo em minha cabeça diversas vezes, para ver se me lembro de mais alguma coisa que foi dita no quarto 317, na noite dos assassinatos.

— *Oui?* — Poirot parecia esperançoso.

— Não me lembrei de mais nada, senhor. Sinto muito.

— Tudo bem. Obrigado pelo esforço, sr. Bobak.

— Vejam — disse Lazzari. — O elevador chegou, e estou com medo de entrar! No meu próprio hotel! Não sei mais o que vou encontrar, ou não encontrar. Tenho medo de virar em um corredor, de abrir uma porta... Tenho medo das sombras nos corredores, dos rangidos do piso...

Enquanto subíamos pelo elevador, Poirot tentou entender o que o perturbado gerente do hotel queria dizer, mas não conseguiu. Lazzari parecia incapaz de articular mais de seis palavras por vez:

— A senhorita Jennie Hobbs reservou o quarto... O quê? Sim, cabelo louro... Mas então aonde ela foi?... Sim, chapéu marrom... Nós a *perdemos*!... Ela não tinha trazido bagagem... Eu mesmo a vi, sim... Cheguei tarde demais!... O quê? Sim, um casaco. Marrom-claro...

No quarto andar, seguimos Lazzari, que andava apressado à nossa frente pelo corredor.

— Harriet Sippel estava no primeiro andar, lembra? — comentei com Poirot. — Richard Negus estava no segundo, e Ida Gransbury, no terceiro. Será que isso possui algum significado?

Quando alcançamos Lazzari, ele havia destrancado a porta do quarto 402.

— Cavalheiros, os senhores estão prestes a ver a cena mais pavorosa e oposta à beleza do lindo Bloxham Hotel. Por favor, preparem-se. — Depois do aviso, ele escancarou a porta, que bateu na parede do quarto.

— Mas... Onde está o corpo? — perguntei. Não estava lá dentro, deitado como os anteriores. Um alívio imenso tomou conta de mim.

— Ninguém sabe, Catchpool. — A voz de Poirot estava baixa, mas havia raiva nela. Ou talvez medo.

Entre uma cadeira e uma mesinha lateral — exatamente onde os corpos foram encontrados nos quartos 121, 238 e 317 —, havia uma poça de sangue no chão, com uma mancha longa de um lado, como se algo tivesse sido arrastado. O corpo de Jennie Hobbs? Um braço talvez, pelo formato da mancha. Havia linhas menores interrompendo o vermelho que podiam ser de dedos...

Desviei o olhar, enjoado pela visão.

— Poirot, olhe. — No canto do quarto havia um chapéu marrom--escuro, virado para cima. Havia algo dentro, um pequeno objeto de metal. Seria...?

— O chapéu de Jennie — declarou Poirot, com um tremor na voz. — Meu maior medo, ele se realizou, Catchpool. E dentro do chapéu... — Ele foi até a peça devagar. — Sim, como eu pensava: uma abotoadura. A quarta abotoadura, também com o monograma PIJ.

O bigode dele começou a se mover com alguma energia, e eu só conseguia imaginar as caretas que escondia.

— Poirot... Ele foi um tolo, um tolo desprezível, por permitir que isso acontecesse!

— Poirot, ninguém seria capaz de acusá-lo de... — comecei a falar.

— *Non!* Não tente me consolar! Você sempre tenta se afastar da dor e do sofrimento, mas não sou como você, Catchpool! Não posso aceitar tamanha... covardia. Quero me arrepender do que me arrependo, sem que você tente me impedir. É necessário!

Fiquei parado como uma estátua. Poirot queria que eu me calasse e tinha conseguido.

— Catchpool — chamou ele de repente, como se achasse que minha atenção tivesse se dirigido para outro assunto que não o em questão. — Observe as marcas feitas pelo sangue aqui. O corpo foi arrastado para deixar essa... trilha. Isso faz sentido para você? — quis saber Poirot.

— Bem... Sim, eu diria que sim.

— Veja a direção do movimento: não em direção à janela, mas na direção contrária.

— E isso significa o quê?

— Como o corpo de Jennie não está aqui, deve ter sido removido do quarto. A trilha de sangue não vai *em direção à janela, mas ao corredor*, então... — Poirot me olhou cheio de expectativa.

— Então? — falei, hesitante. De repente, como se viesse uma luz, respondi: — Ah, entendi o que você quer dizer: as marcas, as manchas, foram feitas quando o assassino puxou o corpo de Jennie Hobbs da poça de sangue em direção à porta?

— *Non*. Veja a largura do batente da porta, Catchpool. Olhe: é *largo*. O que isso diz a você?

— Não muita coisa — disse, concluindo que era melhor ser honesto. — Um assassino que pretende remover o corpo de sua vítima de um quarto de hotel não se importaria se o batente da porta é largo ou estreito.

Poirot balançou a cabeça, desconsolado, murmurando para si mesmo. Ele se virou para Lazzari.

— Signor, por favor, conte tudo o que sabe, desde o início.

— Claro. Com certeza. — Lazzari limpou a garganta para se preparar. — Um quarto foi ocupado por uma mulher chamada Jennie Hobbs, Monsieur Poirot, que chegou ao hotel como se uma calamidade tivesse lhe acontecido. Ela jogou o dinheiro no balcão e pediu um quarto como se estivesse fugindo do demônio! Eu mesmo lhe mostrei o quarto e então saí para pensar: o que fazer? Devo avisar a polícia que uma mulher chamada Jennie chegou ao hotel? O senhor havia perguntado sobre esse nome especificamente, Monsieur Poirot, mas deve haver muitas mulheres em Londres chamadas Jennie, e mais de uma deve ter motivo para alguma profunda infelicidade que nada tem a ver com um caso de assassinato. Como eu poderia saber que...

— Por favor, Signor, conclua seu relato — pediu Poirot, interrompendo o fluxo de pensamento do homem. — O que o senhor fez?

—Esperei cerca de meia hora, e então subi até o quarto andar e bati na porta. Não houve resposta! Então desci para apanhar a chave.

Enquanto Lazzari falava, fui até a janela e olhei para fora. Qualquer coisa era preferível à imagem do sangue e do chapéu, e à maldita abotoadura monogramada. O quarto 402, como o de Richard Negus, número 238, ficava no lado que dava para o jardim do hotel. Fiquei olhando as sebes de limeiras, mas logo precisei desviar o olhar, porque até mesmo elas me pareceram sinistras: uma fileira de objetos inanimados fundidos, como se tivessem ficado de mãos dadas por tempo demais.

Eu estava prestes a voltar para perto de Poirot e Lazzari quando notei duas pessoas no jardim embaixo da janela. Estavam ao lado de um carrinho de mão marrom. Eu só conseguia ver o topo das cabeças: um homem e uma mulher, agarrados em um abraço. A mulher parecia estar tropeçando ou caindo, com a cabeça inclinada para o lado. Seu acompanhante a segurou com mais força. Dei um passo para trás, mas não fui rápido o bastante: o homem olhou para cima e me viu. Era Thomas Brignell, o atendente júnior. O rosto dele ficou imediatamente muito vermelho. Recuei outro passo para não olhar mais para os jardins. Pobre Brignell, pensei; dada a sua relutância em se levantar e falar em público, eu podia imaginar como ele devia estar constrangido de ser visto namorando.

Lazzari continuou seu relato:

— Quando voltei com a chave mestra, bati de novo, para me certificar de que não estava prestes a invadir a privacidade da jovem, mas de novo ela não atendeu à porta! Então eu a abri... E foi isso que encontrei!

— Jennie Hobbs pediu especificamente um quarto no quarto andar? — perguntei.

— Não, não pediu. Eu mesmo a atendi, já que meu querido e leal recepcionista John Goode estava ocupado. A srta. Hobbs disse: "Leve-me a qualquer quarto, mas *rápido*! Rápido, eu imploro."

— Algum bilhete foi deixado na recepção para anunciar o quarto assassinato? — perguntou Poirot.

— Não. Dessa vez, não houve bilhete — respondeu Lazzari.

— Alguma comida ou bebida foi servida no quarto, ou sequer pedida?

— Não. Nada.

— O senhor checou com todos que trabalham no hotel?

— Com cada um deles, sim. Monsieur Poirot, nós procuramos por toda a parte...

— Signor, alguns momentos atrás o senhor descreveu Jennie Hobbs como uma jovem. Quantos anos o senhor diria que ela tinha?

— Ah... Desculpe-me por isso. Não, ela não era uma jovem. Mas não era velha.

— Ela tinha talvez trinta? — perguntou Poirot.

— Acredito que ela podia ter quarenta, mas é difícil supor a idade de uma mulher.

Poirot assentiu.

— Um chapéu marrom e um casaco marrom-claro. Cabelo loiro. Pânico e tensão, e por volta de quarenta anos. A Jennie Hobbs que o senhor descreve parece a Jennie Hobbs que encontrei no Pleasant's Coffee House na última quinta-feira à noite. Mas podemos dizer com certeza que era ela? Duas aparições, vistas por duas pessoas diferentes... — De repente, ele ficou em silêncio, ainda que sua boca continuasse a se mexer.

— Poirot? — chamei.

Os olhos dele — naquele exato momento, verdes e intensos — só enxergavam Lazzari.

— Signor, preciso falar com aquele garçom observador, o sr. Rafal Bobak, de novo. E Thomas Brignell e John Goode. Na verdade, preciso falar com *cada um dos membros de sua equipe*, o mais rápido possível, e perguntar quantas vezes eles viram Harriet Sippel, Richard Negus e Ida Gransbury, vivos ou mortos.

Estava claro que ele tinha percebido algo importante. Quando entendi isso, me ouvi suspirar ao também ter uma luz.

— Poirot — murmurei.

— O que foi, amigo? Você encaixou algumas peças do seu quebra-cabeça? Poirot, ele agora entende uma coisa que não lhe havia ocorrido antes, mas ainda existem perguntas, ainda existem peças que não se encaixam.

— Eu... — Limpei a garganta. Falar, por algum motivo, estava se mostrando bem difícil. — Acabei de ver uma mulher nos jardins do hotel. — Não consegui, naquele momento, dizer que ela estava nos braços de Thomas Brignell, nem descrever a maneira estranha como ela parecia cambalear, a cabeça pendendo para o lado. Era apenas muito... *Peculiar*. A suspeita que passava pela minha cabeça me deixava constrangido demais para dizer em voz alta.

Mas, por sorte, consegui revelar um detalhe muito importante.

— Ela estava usando um casaco marrom-claro — disse a Poirot.

Capítulo 16
Uma mentira por outra mentira

Eu estava absorto nas minhas palavras cruzadas quando Poirot chegou à pensão de volta do hotel, muitas horas depois.

— Catchpool — falou ele, sério. — Por que você fica sentado quase na completa escuridão? Não acredito que você consiga enxergar o que escreve.

— O fogo ilumina o suficiente. Além do mais, não estou escrevendo nada agora... Estou pensando. Não que esteja indo muito longe. Não sei como esses sujeitos fazem isso, os que inventam palavras cruzadas para os jornais. Estou tentando fazer esta aqui há *meses*, e mesmo assim não consigo resolver tudo. Sabe, talvez você possa ajudar. Consegue pensar numa palavra que signifique morte e tenha oito letras?

— Catchpool. — O tom de Poirot se tornou mais severo.

— Hum?

— Você me considera um tolo, ou é você o tolo? Uma palavra que significa morte com oito letras é execução.

— Sim, essa é óbvia. Foi a primeira coisa em que pensei.

— Fico aliviado em saber, *mon ami*.

— Seria perfeito, se execução começasse com D. Como não é o caso, e como tenho esse D de outra palavra... — Balancei a cabeça, desanimado.

— Esqueça as palavras cruzadas. Temos muito a discutir.

— Não acredito, e não vou acreditar, que Thomas Brignell assassinou Jennie Hobbs — disse eu com firmeza.

— Você sente compaixão por ele — disse Poirot.

— Sinto, e também apostaria meu último centavo que ele não é um assassino. Quem pode dizer que ele não tem uma namorada com um casaco marrom-claro? Marrom é uma cor muito comum para casacos!

— Ele é o atendente júnior — disse Poirot. — Por que ele estaria nos jardins, ao lado de um carrinho de mão?

— Talvez o carrinho de mão só estivesse lá!

— E o sr. Brignell estivesse parado bem ao lado dele com a namorada?

— Bom, por que não? — respondi, exasperado. — Não é mais plausível do que a ideia de que Brignell tenha levado o cadáver de Jennie Hobbs até os jardins, planejando transportá-lo a algum lugar com um carrinho de mão, e então fingisse abraçá-la quando me viu olhando pela janela? Alguém poderia muito bem dizer que... — Parei de falar e respirei com força. — Ah, céus — exclamei. — Você *vai* dizer, não vai?

— O quê, *mon ami*? O que você acha que Poirot vai dizer?

— Rafal Bobak é garçom, então por que estava levando um carrinho de lavanderia?

— *Exactement*. E por que ele estaria empurrando o carrinho de lavanderia pelo elegante lobby em direção às portas da frente? A roupa suja não é lavada dentro do hotel? O Signor Lazzari certamente teria notado isso se não estivesse tão aflito com o desaparecimento da quarta vítima. Claro, ele não suspeitaria do sr. Bobak... Para ele, todos os funcionários estão acima de qualquer suspeita.

— Espere um instante. — Finalmente deixei as palavras cruzadas na mesa ao meu lado. — Foi isso que você quis dizer sobre a largura do batente da porta, não foi? O carrinho da lavanderia poderia facilmente ser levado para dentro do quarto 402, então por que não colocá-lo para dentro? Por que arrastar o corpo, o que daria muito mais trabalho?

Poirot assentiu, satisfeito.

— De fato, *mon ami*. Essas são as perguntas que eu esperava que você se fizesse.

— Mas... você está realmente dizendo que Rafal Bobak pode ter assassinado Jennie Hobbs, jogado o corpo dela no carrinho de roupa suja e o levado para rua, bem na nossa frente? Pelo amor de Deus, ele parou para conversar conosco!

— De fato… Mesmo que não tivesse nada a dizer. O que é? Você me acha insensível, pensando coisas ruins sobre aqueles que nos ajudaram tanto?

— Bem…

— Dar a todos o benefício da dúvida é louvável, meu amigo, mas não é a melhor maneira de prender um assassino. Enquanto você fica descontente comigo, deixe-me fazer mais uma pergunta: o sr. Henry Negus. Ele trazia uma mala bem grande, não é? Grande o bastante para caber o corpo de uma mulher magra.

Cobri o rosto com as mãos.

— Não vou aguentar mais isso — disse. — Henry Negus? Não. Sinto muito, mas não. Ele estava em Devon na noite dos assassinatos. E me pareceu totalmente confiável.

— Você quer dizer que tanto Henry quanto a esposa *dizem* que ele estava em Devon — corrigiu-me Poirot na hora. — Para voltar à questão da trilha de sangue, que sugere que o corpo foi arrastado para a porta… Claro, uma mala vazia pode ser levada até o centro de um quarto, onde um cadáver espera para ser guardado. Então, mais uma vez, precisamos nos perguntar: por que arrastar o corpo de Jennie Hobbs em direção à porta?

— Por favor, Poirot. Se precisamos ter essa conversa, vamos fazer isso outra hora. Agora não.

Ele pareceu irritado com meu desconforto.

— Muito bem — disse ele bruscamente. — Como você não está disposto a debater as possibilidades, vou contar o que aconteceu em Londres enquanto você estava em Great Holling. Talvez os fatos o deixem mais à vontade.

— Sim, muito mais à vontade — respondi.

Depois de fazer uma mínima arrumação no bigode, Poirot se acomodou em uma poltrona e começou a relatar as conversas que tivera com Rafal Bobak, Samuel Kidd, Nancy Ducane e Louisa Wallace enquanto eu estava em Great Holling. Minha mente tinha entrado em parafuso quando ele terminou. Arrisquei pedir que ele elaborasse ainda mais:

— Você não se esqueceu de nada importante?

— Como o quê?

— Bem, essa empregada inútil e desastrada da casa de Louisa Wallace: Dorcas. Você sugeriu que, enquanto vocês estavam no andar de cima, percebeu algo importante, mas não disse o que foi.

— É verdade. Eu não disse.

— E esse seu desenho misterioso entregue à Scotland Yard, o que foi isso? O desenho era de quê? E o que Stanley Beer deve fazer com ele?

— Isso eu também não expliquei. — Poirot teve a audácia de parecer arrependido, como se não tivesse tido escolha.

Como um idiota, eu insisti.

— E por que quis saber quantas vezes cada um dos funcionários do Bloxham Hotel viu Harriet Sippel, Ida Gransbury e Richard Negus vivos ou mortos? Qual é a importância disso? Você também não explicou.

— Poirot... Ele deixa lacunas por toda parte!

— Sem esquecer suas omissões anteriores. Quais, por exemplo, eram as duas características mais incomuns compartilhadas pelos assassinatos do Bloxham e o surto de Jennie Hobbs no Pleasant's Coffee House? Você disse que os dois tinham duas coisas muito peculiares em comum.

— Eu de fato disse isso. *Mon ami*, não lhe expliquei essas coisas porque quero que você se torne um detetive.

— Esse caso não me transformará em nada além de um pobre miserável inútil — disse eu, permitindo que meus verdadeiros sentimentos fossem postos para fora pela primeira vez na vida. — É de enlouquecer.

Ouvi um barulho que talvez fosse uma batida na porta da sala de estar.

— Tem alguém aí? — chamei.

— Sim — respondeu, em voz apreensiva, Blanche Unsworth do corredor. — Desculpem a intromissão, cavalheiros, mas há uma mulher aqui que quer ver o sr. Poirot. Ela diz que é urgente.

— Faça-a entrar, Madame.

Alguns segundos depois, eu estava frente a frente com a artista Nancy Ducane. Logo vi que a maioria dos homens a teria considerado surpreendentemente bela.

Poirot fez as apresentações com a mais perfeita cortesia.

— Obrigada por me receber. — Seus olhos inchados sugeriam que a mulher tinha chorado bastante. Ela usava um casaco verde-escuro que parecia caro. — Eu me sinto péssima por aparecer assim. Por favor, perdoem a intrusão. Tentei me convencer a não vir, mas... Como podem ver, não consegui.

— Por favor, sente-se, sra. Ducane — convidou Poirot. — Como nos encontrou?

— Com a ajuda da Scotland Yard, como uma verdadeira detetive. — Nancy tentou sorrir.

— Ah! Poirot, ele escolhe uma casa onde acha que ninguém vai encontrá-lo, e a polícia manda multidões para sua porta! Não tem problema, Madame. Estou muito feliz em vê-la, ainda que um tanto surpreso.

— Eu gostaria de contar o que aconteceu em Great Holling 16 anos atrás — disse ela. — Eu deveria ter feito isso antes, mas o senhor me deixou chocada demais quando mencionou aqueles nomes que eu esperava nunca mais ouvir.

Nancy Ducane desabotoou e tirou o casaco. Indiquei uma poltrona. Ela se sentou e avisou:

— Não é uma história feliz.

★

Nancy Ducane falou em voz baixa e com uma expressão de assombro nos olhos. E repetiu a mesma história que Margaret Ernst havia me contado em Great Holling, sobre o tratamento cruel e difamatório dirigido ao reverendo Patrick Ive. Quando falou de Jennie Hobbs, sua voz ficou trêmula.

— Ela foi a pior de todas. Estava apaixonada por Patrick, sabe? Ah, não posso provar, mas sempre vou acreditar nisso. Ela fez o que fez com ele *como alguém que o amava*: contou uma mentira imperdoável porque estava com ciúmes. Patrick estava apaixonado por mim, e ela quis feri-lo. Puni-lo. E então, quando Harriet se apoderou da mentira, Jennie viu o mal que havia causado e ficou enojada. De fato acredito que tenha ficado profundamente envergonhada e se odiado, mas ainda assim não fez nada para remediar o que tinha iniciado, nada! Ela se escondeu nas sombras e torceu para não ser notada. Por mais medo que tivesse de Harriet, ela deveria ter criado coragem e se manifestado, dizendo: "Contei uma mentira terrível e peço desculpas."

— *Pardon*, Madame. A senhora disse que não pode provar que Jennie estava apaixonada por Patrick Ive. Se me permite perguntar: como sabe disso então? Como a senhora sugere, é impensável que alguém que o amava começasse um rumor tão nocivo.

— Não tenho dúvidas de que Jennie amava Patrick — disse Nancy com teimosia. — Ela deixou um relacionamento para trás, em Cambridge, quando se mudou para Great Holling com Patrick e Frances, os senhores sabiam disso?

Balançamos a cabeça.

— Eles iam se casar. A data estava marcada, acho. Jennie não suportou se afastar de Patrick, então cancelou o casamento e foi embora com ele.

— Não seria possível que ela fosse apegada a Frances Ive? — perguntou Poirot. — Ou aos dois? Talvez fosse lealdade, não amor romântico o que ela sentia.

— Não acredito que muitas mulheres colocariam a lealdade a seus patrões acima dos planos de casamento, e os senhores? — disse Nancy.

— Com certeza, não, Madame. Mas o que a senhora está dizendo não se encaixa muito bem. Se Jennie estivesse movida pelo ciúme, por que resolveu contar essa mentira terrível só quando Patrick Ive se apaixonou pela senhora? Por que o casamento dele com Frances Ive, que aconteceu muito antes, não despertava a inveja dela?

— Como o senhor sabe que isso não aconteceu? Patrick morava em Cambridge quando ele e Frances se conheceram e se casaram. Jennie Hobbs era empregada dele já nessa época. Talvez ela tenha contado alguma coisa maliciosa no ouvido de alguém, mas essa pessoa, não sendo Harriet Sippel, tenha decidido não espalhar a maldade.

Poirot assentiu.

— A senhora tem razão. É uma possibilidade.

— A maioria das pessoas prefere não espalhar maledicências, graças a Deus — disse Nancy. — Talvez em Cambridge não exista ninguém tão maldoso quanto a pessoa que Harriet Sippel se tornou, nem ninguém tão empenhado quanto Ida Gransbury a liderar uma cruzada moral.

— Notei que a senhora não mencionou Richard Negus.
Nancy pareceu apreensiva.
— Richard era um homem bom e mais tarde se arrependeu de sua participação naquela história sórdida. Ah, ele se arrependeu profundamente ao perceber que Jennie havia contado uma mentira desprezível, e quando se deu conta de que Ida era uma criatura impiedosa. Ele me escreveu alguns anos atrás, de Devon, para dizer como aquilo pesava em sua mente. Disse que eu e Patrick erramos muito ao agir como agimos e que nunca mudaria de opinião sobre isso, que votos matrimoniais eram sagrados, mas que tinha começado a acreditar que a punição nem sempre é o caminho correto a seguir, mesmo quando se sabe que um erro foi cometido.
— Foi isso que ele escreveu? — Poirot levantou as sobrancelhas.
— Sim. Imagino que o senhor discorde.
— Essas questões são complicadas, Madame.
— E se, ao punir alguém pelo pecado de se apaixonar pela pessoa errada, a outra pessoa só traga pecados maiores ao mundo? E mais maldoso: duas mortes; uma delas, de alguém que não cometeu *nenhum* pecado.
— *Oui*. Esse é exatamente o tipo de dilema que cria a complicação.
— Na carta, Richard escreveu que, como cristão, não podia acreditar que Deus gostaria que ele perseguisse um homem de boa índole como Patrick.
— Punição e perseguição são duas coisas diferentes — disse Poirot. — Também existe a pergunta: uma regra ou lei foi desobedecida? Apaixonar-se... *Enfin*, não podemos controlar o que sentimos, mas podemos decidir levar a cabo ou não esses sentimentos. Se um crime foi cometido, é preciso garantir que a lei se ocupe do criminoso, da maneira apropriada, mas nunca com veneno e rancor pessoal... Nunca com o desejo de vingança, que contamina tudo e é de fato maldoso.
— Desejo de vingança — repetiu Nancy Ducane com um calafrio.
— Foi exatamente isso, Harriet Sippel estava tomada por esse desejo. Foi repugnante.
— E, no entanto, ao contar a história, a senhora em nenhum momento falou de Harriet Sippel com raiva — comentei. — A senhora descreve o comportamento dela como repugnante, como se isso a entristecesse. Mas não parece ter raiva dela como tem de Jennie Hobbs.

— Acho que é verdade. — Nancy suspirou. — Eu era muito próxima de Harriet. Quando William, meu marido, e eu nos mudamos para Great Holling, Harriet e George Sippel eram nossos amigos mais próximos. Então George morreu, e Harriet se transformou num monstro. Mas quando um dia você gostou muito de uma pessoa, é difícil condená-la, os senhores não acham?

— É impossível ou irresistível — disse Poirot.

— É impossível, eu diria. Você imagina que o pior comportamento é sintoma de um problema, e não a verdadeira natureza da pessoa. Não consegui perdoar a maneira como Harriet tratou Patrick. Simplesmente não consegui me convencer a tentar. Ao mesmo tempo, senti que devia ser tão horrível para ela quanto para qualquer outra pessoa... Ter se transformado *naquilo*.

— A senhora a via como uma vítima?

— Da tragédia de perder seu amado marido, sim, e tão cedo! É possível ser vítima e vilão ao mesmo tempo, acho eu.

— Era algo que Harriet e a senhora tinham em comum — disse Poirot. — Perder o marido ainda jovem demais.

— Isso vai soar insensível, mas na verdade não dá para comparar — disse Nancy. — George Sippel era tudo para Harriet, o mundo inteiro dela. Eu me casei com William porque ele era sábio e confiável, e eu precisava fugir da casa do meu pai.

— Ah, sim. Albinus Johnson — disse Poirot. — Eu lembrei depois que saí da casa da senhora que de fato conheço esse nome. Seu pai fazia parte de um círculo de agitadores ingleses e russos de Londres no fim do século passado. Passou um período na cadeia.

— Ele era um homem perigoso — disse Nancy. — Eu não suportava falar com ele sobre suas... ideias, mas sei que acreditava ser aceitável matar quem quer que estivesse atrapalhando a luta de tornar o mundo um lugar melhor... Melhor de acordo com a definição *dele*! Como, em nome dos céus, algo pode se tornar melhor através de banhos de sangue e chacinas? Como qualquer melhoria pode ser feita por homens que desejam apenas estraçalhar e destruir, que não são capazes de falar de suas esperanças e de seus sonhos sem que seu rosto seja contorcido pelo ódio e pela raiva?

— Concordo totalmente, Madame. Um movimento movido pela fúria e pelo ressentimento não pode tornar a vida de ninguém melhor. *Ce n'est pas possible.* Está corrompido na origem.

Eu quase concordei, mas me contive. Ninguém estava interessado nas minhas opiniões.

Nancy continuou:

— Quando conheci William Ducane, não me apaixonei, mas gostei dele. Eu o respeitava. Ele era calmo e cortês; nunca agia nem falava com descontrole. Se ele deixava de devolver um livro para a biblioteca na data, morria de agonia e remorso.

— Um homem com consciência.

— Sim, e sabia medir a importância das coisas, e tinha humildade. Se havia algo no caminho, ele pensava em desviar antes de mover o que o atrapalhava. Eu sabia que ele não encheria nossa casa com homens que pretendiam tornar o mundo mais feio com seus atos de violência. William apreciava arte e coisas belas. Ele era como eu nesse aspecto.

— Eu entendo, Madame. Mas a senhora não amava William Ducane com paixão, como Harriet Sippel amava o marido?

— Não. O homem que eu amava com paixão era Patrick Ive. Desde o primeiro instante em que o vi, meu coração só pertenceu a ele. Eu teria dado minha vida por ele. Quando o perdi, entendi pela primeira vez como Harriet se sentiu quando perdeu George. A gente acha que consegue imaginar, mas não consegue. Eu me lembro de achar mórbido quando Harriet implorou, depois do funeral de George, que eu rezasse por sua morte, para que ela pudesse reencontrá-lo logo. Eu me recusei. Disse-lhe que o tempo diminuiria sua dor, e que um dia ela encontraria outra razão para viver.

Nancy parou para se recompor antes de continuar.

— Infelizmente, foi o que aconteceu. Ela encontrou prazer no sofrimento dos outros. Harriet se tornou uma bruxa amarga quando ficou viúva. *Essa* foi a mulher assassinada no Bloxham Hotel em Londres recentemente. A Harriet que eu conhecia e amava morreu com seu marido George. — De repente Nancy olhou para mim. — Você notou que tenho raiva de Jennie. Mas não tenho esse direito. Sou tão culpada quanto ela por abandonar Patrick. — Ela começou a chorar e cobriu o rosto com as mãos.

— Calma, Madame. Aqui. — Poirot ofereceu um lenço. — Como foi que abandonou Patrick Ive? A senhora disse que teria dado a vida por ele.

— Sou tão má quanto Jennie: uma covarde repulsiva! Quando eu fui ao King's Head Inn e confessei que Patrick e eu estávamos apaixonados e que nos encontrávamos em segredo, não disse a verdade. Ah, os encontros secretos eram verdade, e estávamos perdidamente apaixonados, isso também era verdade. Mas... — Nancy pareceu tensa demais para continuar. Os ombros dela tremiam enquanto ela chorava protegida pelo lenço.

— Acho que entendi, Madame. Naquele dia, no King's Head Inn, a senhora declarou para a cidade inteira que suas relações com Patrick Ive eram castas. Foi essa a sua mentira. Poirot acertou?

Nancy soltou um gemido de desespero.

— Eu não consegui suportar os rumores. — Ela soluçou. — Todo mundo sussurrando histórias macabras sobre encontros com os mortos em troca de dinheiro; criancinhas cochichando na rua sobre blasfêmia... Eu estava horrorizada! Os senhores não conseguem imaginar o terror de tantas vozes de acusação e condenação, todas ao redor de um homem, um homem *bom*!

Eu podia imaginar. Podia imaginar tão vividamente que desejei que ela parasse de falar no assunto.

— Eu precisava fazer *alguma coisa*, Monsieur Poirot. Então pensei: "Vou lutar contra essas mentiras com algo puro e bom: a verdade. A verdade era o meu amor por Patrick e o dele por mim, mas eu estava com medo, então contaminei nossa verdade com mentiras! Foi esse o meu erro. Na minha consternação, eu não pensei com clareza. Eu maculei a beleza do meu amor por Patrick com uma desonestidade sem coração. Nossos encontros não eram castos, mas eu disse que eram. Eu achei que não tinha outra escolha senão mentir. Foi covardia da minha parte. Desprezível!

— A senhora está sendo dura demais consigo mesma — disse Poirot. — Não há necessidade disso.

Nancy enxugou os olhos com pequenas batidinhas dos dedos.

— Como eu gostaria de acreditar no senhor — disse ela. — *Por que* não contei toda a verdade? Minha defesa de Patrick contra aquelas acusações medonhas deveria ter sido algo nobre, mas estraguei tudo. Por isso, eu me amaldiçoo todos os dias. Aqueles caçadores de pecados escandalosos e vociferantes de King's Head tinham me condenado de todo jeito, me consideravam uma mulher arruinada, e Patrick, o demônio. Que diferença teria feito se tivessem me desaprovado mais um pouco? A bem da verdade, acho que não se existia um nível mais alto de desonra para eles.

— Por que então a senhora não disse a verdade? — perguntou Poirot.

—Acho que tentei tornar aquele suplício mais tolerável para Frances, para evitar um escândalo maior. Mas, quando Frances e Patrick tiraram a própria vida, qualquer esperança de melhorar as coisas se perdeu. Sei que eles se mataram, não importa o que digam — acrescentou Nancy, no que pareceu ser uma reflexão posterior.

— Esse fato foi contestado? — perguntou Poirot.

— De acordo com o médico e com todos os registros oficiais, as mortes foram acidentais, mas ninguém em Great Holling acreditou. O suicídio é um pecado aos olhos da Igreja. O médico queria proteger a reputação de Patrick e Frances de um dano maior, imagino. Ele gostava muito dos dois e os defendeu quando ninguém mais o fez. Ele é um homem bom, o dr. Flowerday, um dos poucos de Great Holling. Ele sabia que aquilo tudo era uma mentira maldosa. — Nancy riu em meio às lágrimas. — Mentira por mentira, dente por dente.

— Ou verdade por verdade? — sugeriu Poirot.

— Ah. Sim, claro. — Nancy pareceu surpresa. — Meu Deus, eu acabei com seu lenço.

— Não tem importância. Tenho outros. Há só mais uma pergunta que eu gostaria de fazer, Madame: o nome Samuel Kidd lhe soa familiar?

— Não. Deveria soar?

— Ele não vivia em Great Holling na mesma época que a senhora?

— Não, não vivia. Sorte a dele, seja lá quem for — respondeu Nancy com amargura.

Capítulo 17
A mulher mais velha e o homem mais novo

— Então — disse Poirot, quando nossa visitante foi embora e nos deixou a sós. — Nancy Ducane concorda com Margaret Ernst quanto aos Ive terem se suicidado, mas o registro oficial considera as duas mortes acidentais. Ambrose Flowerday contou essa mentira para proteger a reputação de Patrick e Frances Ive de mais difamação.

— Incrível — disse eu. — Margaret Ernst não falou nada sobre isso.

— Eu me pergunto, então, se descobrimos a razão por que ela o fez prometer não falar com o médico. E se Ambrose Flowerday tem orgulho da mentira que contou; orgulho suficiente, talvez, para confessar caso alguém perguntasse. Se Margaret Ernst queria protegê-lo...

— Sim — concordei. — Pode ter sido o motivo para ela não querer que eu me aproximasse do médico.

— O desejo de proteger... Isso eu entendo muito bem! — A voz de Poirot estava tomada pela emoção.

— Você não pode se culpar por Jennie, Poirot. Você não poderia tê-la protegido.

— Nisso você tem razão, Catchpool. Proteger Jennie teria sido impossível para qualquer um, até Hercule Poirot. Era tarde demais para salvá-la, mesmo antes que eu a conhecesse, entendo isso agora. Tarde demais. — Ele suspirou. — É interessante, não é? Que dessa vez tenha havido sangue, sendo que antes houve veneno e nenhum sangue?

— Fico me perguntando onde está o corpo de Jennie. O Bloxham foi vasculhado de cima a baixo, e nada!

— Não pergunte onde, Catchpool. O "onde" não importa. *Pergunte por quê.* Se o corpo foi removido do hotel em um carrinho de lavanderia, uma mala ou um carrinho de mão, por que isso aconteceu? Por que não foi deixado no quarto do hotel, como os outros três?

— Bem... Qual é a resposta? Você sabe, então me diga.

— De fato — disse Poirot. — Tudo isso pode ser explicado, mas infelizmente não é uma explicação feliz.

— Feliz ou não, eu gostaria de ouvi-la.

— Quando o momento chegar, você saberá de tudo. Por ora, vou dizer isto: nenhum funcionário do Bloxham Hotel viu Harriet Sippel, Ida Gransbury ou Richard Negus mais de uma vez, com exceção de um homem: Thomas Brignell. Ele viu Richard Negus duas vezes. Uma quando Negus chegou ao hotel na quarta-feira e foi atendido por Brignell, e de novo na quinta à noite, quando eles se encontraram no corredor, e o sr. Negus pediu xerez. — Poirot riu, satisfeito consigo mesmo. — Reflita sobre isso, Catchpool. Consegue ver o que está implícito aí?

— Não.

— Ah.

— Pelo amor de Deus, Poirot! — Nunca uma única sílaba, *Ah!*, foi enunciada de maneira tão irritante.

— Eu já disse, meu amigo: não espere receber a resposta sempre.

— Estou totalmente perplexo! De diversos ângulos, parece que Nancy Ducane *deve* ser nossa assassina, mas tem o álibi de Lady Louisa Wallace. Então quem mais poderia querer a morte de Harriet Sippel, Ida Gransbury, Richard Negus e agora Jennie Hobbs? — Comecei a andar pela sala de estar, com raiva de mim mesmo por não conseguir resolver aquele quebra-cabeça. — E, e apesar de eu ainda achar você louco por suspeitar deles, se o assassino for Henry Negus, Rafal Bobak ou Thomas Brignell, que motivos eles teriam? Por que estariam ligados aos trágicos eventos ocorridos em Great Holling 16 anos atrás?

— Henry Negus tem o motivo mais antigo e comum do mundo: dinheiro. Ele nos contou que Richard estava desperdiçando sua riqueza, não contou? E também que sua esposa não aceitaria de jeito nenhum expulsar Richard de casa. Se o irmão morresse, Henry não teria de sustentá-lo. Se Richard não tivesse morrido, acabaria custando ao irmão uma pequena fortuna.

— E Harriet Sippel e Ida Gransbury? Jennie Hobbs? Por que Henry Negus as mataria?

— Não sei, mas posso especular — disse Poirot. — Quanto a Rafal Bobak e Thomas Brignell... Não consigo pensar em nenhuma razão plausível para nenhum dos dois, a menos que um deles não seja quem afirma ser.

— Acho que podemos investigar um pouco — disse eu.

— Já que estamos compilando uma lista de possíveis suspeitos, o que dizer de Margaret Ernst e o dr. Ambrose Flowerday? — sugeriu Poirot. — Não estavam apaixonados por Patrick Ive, mas talvez estivessem motivados pelo desejo de vingá-lo. Margaret Ernst estava, de acordo com seu próprio relato, sentada em casa sozinha na noite dos assassinatos. E não sabemos onde o dr. Flowerday estava porque você prometeu não procurá-lo e, céus!, não quebrou a promessa. Poirot terá de ir pessoalmente a Great Holling.

— Eu disse que você deveria ter ido comigo — lembrei. — Mas suponho que, se tivesse ido, não teria podido falar com Nancy Ducane, Rafal Bobak e os demais. Aliás, sobre o homem mais novo e a mulher mais velha de que Bobak ouviu Harriet, Ida e Richard Negus falando, supondo que acreditemos no relato dele... Andei pensando sobre isso e até fiz uma lista de todos os casais em que consegui pensar. — Tirei a lista do bolso. (Admito que esperava impressionar Poirot, mas ou ele não se impressionou, ou disfarçou muito bem.) — George e Harriet Sippel — li em voz alta. — Patrick e Frances Ive. Patrick Ive e Nancy Ducane. William Ducane e Nancy Ducane. Charles e Margaret Ernst. Richard Negus e Ida Gransbury. Em nenhum dos casos a mulher é mais velha, com certeza não o bastante para ser descrita "com idade para ser mãe dele".

— Tsc — bufou Poirot com impaciência. — Você não raciocina, meu amigo. Como você sabe que esse casal existe, esse da mulher mais velha e o homem mais novo?

Fiquei olhando para ele, perguntando-me se Poirot tinha perdido o juízo.

— Bom, Walter Stoakley falou deles no King's Head, e Rafal Bobak ouviu...

— *Non, non* — Poirot interrompeu-me sem hesitar. — Você não presta atenção aos detalhes: no King's Head Inn, Walter Stoakley falou sobre *uma mulher terminando o relacionamento com o homem*, não foi? Ao passo que a conversa que Rafal Bobak ouviu entre as três vítimas foi sobre *um homem que perdeu o interesse em uma mulher que ainda o desejava*. Como podem ser as mesmas pessoas, o mesmo casal? Na verdade, deve ser o oposto: não podem ser as mesmas pessoas *de jeito nenhum*!

— Você está certo — concordei, desanimado. — Não pensei nisso.

— Você estava satisfeito demais com o seu padrão, é por isso. Uma mulher muito mais velha e um homem muito mais novo *aqui*, e uma mulher muito mais velha e um homem muito mais novo *lá*. *Voilà*, você presume que devem ser as mesmas pessoas!

— Sim, foi isso. Talvez eu esteja na profissão errada.

— *Non*. Você é perspicaz, Catchpool. Nem sempre, mas às vezes. E me ajudou a atravessar um túnel de confusão. Lembra quando disse que o que quer que Thomas Brignell estivesse omitindo, ele o fazia por vergonha? Esse comentário me foi muito útil... Muito útil mesmo!

— Bom, sinto que ainda estou no túnel e não consigo ver um lampejo de luz de nenhum dos lados.

— Vou lhe fazer uma promessa — anunciou Poirot. — Amanhã, logo depois do café da manhã, vamos visitar uma pessoa, você e eu. Depois disso, você vai entender melhor as coisas. E espero que eu também.

— Imagino que eu não possa perguntar quem vamos visitar.

— Você pode, *mon ami*. — Poirot sorriu. — Eu liguei para a Scotland Yard para pedir o endereço. Você vai reconhecer, imagino, se eu disser onde é.

O que, não é necessário dizer, ele não tinha nenhuma intenção de fazer.

Capítulo 18
Bata e veja quem abre a porta

Enquanto atravessávamos a cidade na manhã seguinte para fazer nossa "visita" misteriosa, o humor de Poirot estava tão inconstante quanto o clima de Londres, que não se decidia entre ensolarado e nublado. Em um dado momento, ele parecia muito tranquilo e satisfeito consigo mesmo e, no outro, franzia a testa como se estivesse preocupadíssimo com alguma coisa.

Finalmente chegamos a uma casa modesta em uma rua estreita.

— Yarmouth Cottages, número 3 — disse Poirot, parado do lado de fora. — De onde você conhece esse endereço, Catchpool? Ele lhe é familiar, não é?

— Sim. Espere um momento. Vou lembrar. Isso mesmo: é o endereço de Samuel Kidd, não é?

— Exato. Nossa prestativa testemunha que viu Nancy Ducane sair correndo do Bloxham Hotel e deixar cair duas chaves, *apesar de não ser possível a presença dela no Bloxham Hotel logo depois das oito na noite dos assassinatos.*

— Porque ela estava na casa de Louisa Wallace — concordei. — Então estamos aqui para dar um susto no sr. Kidd e descobrir quem o fez mentir, certo?

— *Non*. O sr. Kidd não está em casa hoje. Imagino que tenha ido trabalhar.

— Então...

— Vamos brincar de "Bata e veja quem abre a porta" — disse Poirot, com um sorriso enigmático. — Vá em frente. Eu mesmo bateria, se não estivesse de luvas. Não quero sujá-las.

Bati e esperei, tentando imaginar por que Poirot achava que alguém atenderia a porta de uma casa cujo único morador estava fora. Abri a boca para perguntar, mas fechei de novo. Era óbvio que não havia motivo. Lembrei com melancolia uma época (menos de duas semanas atrás) em que acreditava que valia a pena fazer uma pergunta direta a alguém que sabia a resposta.

A porta do Yarmouth Cottages, número 3, se abriu, e me peguei olhando nos grandes olhos azuis de uma pessoa que não era Samuel Kidd. Fiquei perplexo a princípio, porque era um rosto desconhecido. Então vi o terror contorcer suas feições e me dei conta de quem deveria ser.

— Bom dia, Mademoiselle Jennie — cumprimentou Poirot. — Catchpool, essa é Jennie Hobbs. E este, Mademoiselle, é o meu amigo, o sr. Edward Catchpool. Talvez a senhorita lembre que falamos dele no Pleasant's Coffee House. Permita que eu diga que estou profundamente aliviado por encontrá-la viva.

Foi quando tive certeza de que eu não sabia nada. Os poucos fragmentos irrisórios de certeza com os quais eu estava contando se revelaram duvidosos. Como diabos Poirot sabia que iria encontrar Jennie Hobbs ali? Era simplesmente impossível! E, no entanto, era o que acontecera.

Depois que Jennie se recompôs e conseguiu transformar sua expressão em algo menos abjeto e mais reservado, ela nos convidou a entrar e nos fez esperar em uma saleta escura com móveis velhos. Em seguida, pediu licença e disse que voltaria logo.

— Você disse que era tarde demais para salvá-la! — falei para Poirot com raiva. — Você mentiu para mim.

Ele balançou a cabeça.

— Como eu sabia que ia encontrá-la aqui? Graças a você, *mon ami*. Mais uma vez você ajudou Poirot.

— Como?

— Sugiro que você recorde sua conversa com Walter Stoakley no King's Head Inn. Você se lembra do que ele disse sobre uma mulher que poderia ter tido um marido, filhos, uma casa e uma vida feliz?

— Sim, e daí?

— Uma mulher que dedicou a vida a um homem extraordinário? Que sacrificou tudo por ele? E, mais tarde, disse o sr. Stoakley: "Ela não poderia se casar com um rapaz qualquer, não depois de se apaixonar por um homem extraordinário. Então ela o deixou." Você se lembra de me contar isso, *mon ami*?

— Claro que lembro! Não sou um imbecil.

— Você achou que tinha encontrado nossa mulher mais velha e nosso homem muito mais novo, *n'est-ce pas*? Rafal Bobak os tinha mencionado no Bloxham Hotel, ele contou que as três vítimas estavam falando sobre esse casal, e você achou que Walter Stoakley se referia a este mesmo casal. Então acabou por perguntar ao sr. Stoakley a diferença de idade entre essa mulher e esse homem que havia recusado o amor dela, pois você acreditou que o tinha ouvido dizer "ela não podia se casar com um rapaz qualquer".* *Mas, meu amigo, não foi isso que você ouviu!*

— Sim... Foi, sim, na verdade.

— *Non.* O que você ouviu foi: "Ela não podia se casar com *Sam Kidd*", o sr. Samuel Kidd.

— Mas... Mas... Ah, raios!

— Você tirou uma conclusão precipitada porque Walter Stoakley estava falando de um inútil. Ele estava chamando o jovem com quem estava bebendo de inútil. *Eh bien*, muitos no seu lugar teriam cometido o mesmo erro. Não se repreenda demais.

— E então, depois de entender errado, perguntei a Stoakley sobre a diferença de idade entre a mulher que quase se casou e o inútil com quem ele estava bebendo antes da minha chegada. Ele deve ter se perguntado por que fiz essa pergunta, uma vez que Jennie Hobbs não tinha nada a ver com o inútil.

— *Oui*. Ele poderia ter perguntado isso, não estivesse tão entorpecido pelo álcool. Enfim... — Poirot deu de ombros.

— Então Jennie Hobbs foi noiva de Samuel Kidd — disse eu, tentando processar tudo. — E... ela o deixou em Cambridge para se mudar para Great Holling com Patrick Ive?

Poirot assentiu, concordando.

— Fee Spring, a garçonete do Pleasant's, disse que Jennie tinha sofrido uma desilusão amorosa no passado. Eu me pergunto o que deve ter acontecido.

---

* Em inglês, "*some kid*" [um rapaz qualquer] é uma expressão que poderia ser facilmente confundida com o nome do personagem Sam Kidd. A autora faz um jogo de palavras.

— Não acabamos de responder a essa pergunta? Deve ter sido deixar Samuel Kidd.

— Acho mais provável que tenha sido a morte de Patrick Ive, o homem que Jennie realmente amava. Aliás, estou certo de que foi por isso que ela mudou sua maneira de falar: para soar mais como alguém da classe dele, com a esperança de que a visse como alguém à sua altura, e não apenas como uma empregada.

—Você não tem medo de que ela desapareça de novo? — perguntei, olhando para a porta fechada da sala de estar. — O que ela está fazendo para demorar tanto? Sabe, precisamos levá-la direto para um hospital, se ela já não tiver ido.

— Um hospital? — Poirot pareceu surpreso.

— Sim. Ela perdeu uma boa quantidade de sangue naquele quarto de hotel.

—Você supõe coisas demais — disse Poirot. Parecia que ele tinha muito mais a dizer, mas, naquele momento, Jennie abriu a porta.

★

— Por favor, me perdoe, Monsieur Poirot — disse ela.

— Pelo quê, Mademoiselle?

Um silêncio desconfortável tomou conta da sala. Eu queria dizer alguma coisa para acabar com aquilo, mas duvidei da minha capacidade de fazer uma contribuição útil.

— Nancy Ducane — foi dizendo Poirot bem devagar e deliberadamente. — Era dela que a senhorita fugia quando buscou refúgio no Pleasant's Coffee House? Era ela que temia?

— Sei que ela matou Harriet, Ida e Richard no Bloxham Hotel — sussurrou Jennie. — Li nos jornais.

— Como a encontramos na casa de Samuel Kidd, seu antigo noivo, podemos presumir que o sr. Kidd contou o que viu na noite dos assassinatos?

Jennie assentiu.

— Nancy fugindo do Bloxham. Ela deixou cair duas chaves na calçada, pelo que ele disse.

— É uma coincidência *incroyable*, Mademoiselle: Nancy Ducane, que já assassinou três pessoas e também deseja assassiná-la, é vista fugindo da cena dos crimes por ninguém menos que o homem com quem um dia a senhorita pretendia se casar!

— Sim — falou Jennie em um sussurro quase inaudível.

— Poirot... Ele suspeita de uma coincidência tão grande. A senhorita está mentindo agora, assim como estava mentindo no nosso último encontro!

— Não! Eu juro...

— Por que se hospedar num quarto do Bloxham Hotel, sabendo que foi onde Harriet Sippel, Ida Gransbury e Richard Negus morreram? A senhorita não tem resposta para isso, pelo que vejo!

— Permita que eu fale, e então respondo. Eu estava cansada de fugir. Pareceu mais fácil acabar com isso de uma vez.

— É mesmo? A senhorita aceitou tranquilamente o que o destino preparava? Você o recebeu de braços abertos e foi na direção dele?

— Sim.

— Então por que a senhorita pediu um quarto "rápido, rápido" ao sr. Lazzari, o gerente do hotel, como se ainda estivesse fugindo? E, considerando que a senhorita não parece ferida, de quem é o sangue no quarto 402?

Jennie começou a chorar, se balançando de leve. Poirot se levantou e a ajudou a sentar. Então disse:

— Sente-se, Mademoiselle. É minha vez de levantar e contar como sei sem sombra de dúvida que *nada do que a senhorita me disse é verdade*.

— Calma, Poirot — pedi. Parecia que Jennie ia desmaiar.

Poirot pareceu indiferente.

— O assassinato de Harriet Sippel, Ida Gransbury e Richard Negus foi anunciado em um bilhete — começou ele. — "Nunca descansem em paz. 121.238.317." Agora, eu me pergunto: um assassino que caminha com toda a calma até a recepção de um hotel e deixa um bilhete revelando três assassinatos... Esse é o tipo de pessoa que então entraria em pânico, fugiria do hotel com a respiração ofegante e deixaria cair duas chaves diante de uma testemunha? Devemos acreditar que o pânico da assassina Nancy Ducane só começou *depois* que ela deixou o bilhete na recepção? Por que só então? E, se Nancy Ducane estava saindo do Bloxham pouco depois das oito, como poderia estar jantando com Lady Louisa Wallace naquele mesmo instante?

— Poirot, você não acha que precisa ir mais devagar com ela?

— Não, não acho. Eu pergunto, Mademoiselle Jennie: por que Nancy Ducane deixaria o bilhete? Por que os três corpos precisavam ser encontrados pouco depois das oito naquela noite? As camareiras do hotel teriam encontrado os cadáveres em algum momento. Por que a pressa? E se Madame Ducane estava calma e controlada o bastante para se aproximar da recepção e deixar o bilhete sem levantar suspeitas, significa que ela estava conseguindo pensar racionalmente sobre o que precisava ser feito. Por que, então, ela também já não havia guardado as chaves no bolso do casaco, antes de sair do hotel? Ela foi descuidada a ponto de levar as chaves na mão e então derrubá-las na frente do sr. Kidd, que conseguiu ver que havia números nelas: "cento e alguma coisa" e "trezentos e alguma coisa". Ele também, por uma grata coincidência, conseguiu reconhecer o rosto daquela mulher misteriosa. E, depois de fingir por um breve momento não se lembrar do nome dela, o sr. Kidd convenientemente conseguiu nos dizer que era Nancy Ducane. Tudo isso soa plausível, srta. Hobbs? Não soa nada plausível para Hercule Poirot, não quando ele a encontra aqui, na casa do sr. Kidd, e sabe que Nancy Ducane tem um álibi!

Jennie estava enxugando o rosto com a manga da blusa.

Poirot voltou-se para mim.

— O testemunho de Samuel Kidd foi uma mentira do começo ao fim, Catchpool. Ele e Jennie Hobbs conspiraram para incriminar Nancy Ducane pelo assassinato de Harriet Sippel, Ida Gransbury e Richard Negus.

— O senhor não sabe como está enganado! — gritou Jennie.

— Sei que a senhorita é uma mentirosa. Sempre suspeitei de que nosso encontro no Pleasant's estava relacionado aos assassinatos do Bloxham Hotel. Os dois eventos, se é que podemos chamar três assassinatos de um evento, têm duas características muito importantes e peculiares em comum.

Isso me fez esticar as orelhas. Fazia muito tempo que eu esperava ouvir essas semelhanças.

Poirot continuou:

— Primeira: uma similaridade psicológica. Em ambos os casos existe a sugestão de que *as vítimas têm mais culpa do que o assassino*. O bilhete deixado na recepção do Bloxham, "Nunca descansem em paz", sugere que Harriet Sippel, Ida Gransbury e Richard Negus mereciam morrer, e que o assassino fez justiça. E, no café, Mademoiselle Jennie, a senhorita disse que merecia morrer e que, quando fosse assassinada, a justiça seria finalmente feita.

Ele estava certo. Como pude não perceber isso?

— E existe uma segunda semelhança, que não é psicológica, mas circunstancial. Tanto nos assassinatos do Bloxham Hotel quanto na minha conversa com a assustada Jennie no café, havia *pistas demais*: muitas informações à disposição, rápido demais! Muitos indícios se apresentando ao mesmo tempo, quase como se alguém quisesse oferecer ajuda à polícia. Em um rápido encontro em um café consegui coletar uma imensa quantidade de fatos. Aquela Jennie se sentia culpada. Tinha feito algo terrível. Não queria que seu assassino fosse punido. E fez questão de me dizer "Não deixe ninguém abrir as bocas", para que, quando eu soubesse que havia três corpos no Bloxham Hotel com abotoaduras na boca, também me lembrasse e considerasse o que ela dissera, ou deixasse meu subconsciente fazer a relação.

— O senhor está enganado a meu respeito, Monsieur Poirot — protestou Jennie.

Poirot a ignorou e continuou seu discurso:

— Agora vamos considerar os assassinatos do Bloxham Hotel. Uma vez mais, nós nos vemos supridos de muitas informações, de uma forma estranhamente rápida: Richard Negus pagou pelos três quartos e pelos carros que foram da estação ferroviária até o hotel. As três vítimas moravam ou tinham morado em Great Holling. Além disso, recebemos uma pista muito útil com as abotoaduras monogramadas com as iniciais PIJ, que nos levaram nos levar diretamente à razão por que essas três pessoas deviam ser punidas, a saber, o tratamento cruel destinado ao reverendo Patrick Ive. Ademais, o bilhete deixado na recepção mostrava de forma clara que o motivo era vingança ou sede de justiça. É raro um assassino escrever sua motivação e tão gentilmente deixá-la em um lugar visível, não é?

— Na verdade, alguns assassinos *fazem questão* de que seus motivos se tornem conhecidos — intervim.

— *Mon ami* — disse Poirot com uma paciência exagerada —, se Nancy Ducane desejasse matar Harriet Sippel, Ida Gransbury e Richard Negus, teria feito isso de uma maneira que levaria até ela tão facilmente? Ela quer ir para a cadeia? E por que Richard Negus, que, de acordo com o irmão, estava à beira da ruína, pagou por tudo? Nancy Ducane é uma mulher rica. Se ela é uma assassina que atraiu suas vítimas para Londres a fim de matá-las, por que não pagou pelos quartos e pelo transporte? Nada disso se encaixa!

— Por favor, deixe-me falar, Monsieur Poirot! Vou dizer a verdade.

— Prefiro, por enquanto, que *eu* diga à *senhorita* a verdade. Perdoe--me, mas acredito ser o mais confiável de nós dois. Antes de me contar sua história, a senhorita perguntou se eu estava aposentado, não foi? E fez um grande espetáculo para se certificar de que eu não tinha o poder de prender ninguém nem de fazer cumprir a lei neste país. Só então, quando tinha certeza disso, a senhorita me fez suas confidências. *Mas eu já havia contado que tinha um amigo na Scotland Yard.* A senhorita não falou comigo porque acreditou que eu não tinha o poder de prender um assassino, *mas porque sabia perfeitamente bem que eu tinha influência na polícia*, afinal, queria que Nancy Ducane fosse condenada e enforcada por assassinato!

— Eu não queria *isso*! — Jennie virou seu rosto coberto de lágrimas para mim. — Por favor, faça-o parar!

— Vou parar quando achar melhor — decretou Poirot. — A senhorita era uma cliente regular do Pleasant's Coffee House, Mademoiselle. Foi o que as garçonetes disseram. Elas falam muito dos clientes quando eles não estão lá, então imagino que a senhorita tenha ouvido falar de mim: o cavalheiro europeu meticuloso bigodudo, um que era de uma polícia estrangeira... E do meu amigo Catchpool aqui, da Scotland Yard. E as ouviu comentar que eu jantava no Pleasant's toda quinta-feira às 19h30 em ponto. Ah, sim, a senhorita sabia onde me encontrar, e sabia que Hercule Poirot seria perfeito para os seus propósitos desonestos! A Mademoiselle chegou ao café em um estado de terror aparente, mas era tudo uma mentira, um fingimento! Ficou olhando pela janela por um longo tempo, como se tivesse medo de que alguém a estivesse perseguindo, mas *não pode ter visto nada pela janela que não o reflexo do café onde estava.* E uma das garçonetes viu seus olhos refletidos e notou que a senhorita a observava, em vez de olhar para a rua. A senhorita estava refletindo, não estava? "Será que alguém vai suspeitar que estou fingindo minha aflição? Será que essa garçonete de olhar atento vai desconfiar e atrapalhar meus planos?"

Fiquei de pé.

— Poirot, não tenho dúvidas de que tudo que você diz é verdadeiro, mas não pode simplesmente atacar essa pobre mulher sem permitir que ela diga uma palavra em defesa própria.

— Fique quieto, Catchpool. Não acabei de explicar para você que a senhorita Hobbs é excelente em criar uma aparência de grande infelicidade enquanto, por dentro, seu verdadeiro eu está calmo e controlado?

— O senhor é um homem frio e sem coração — choramingou Jennie.

— *Au contraire*, Mademoiselle. Quando chegar a hora, a senhorita vai ter a oportunidade de falar, pode ficar tranquila, mas, primeiro, tenho outra pergunta. A senhorita me disse: "Por favor, não deixe ninguém abrir as bocas!" Como sabia que Nancy Ducane, depois de matar as três vítimas, tinha colocado uma abotoadura na boca de cada uma? Parece estranho que a senhorita pudesse saber disso. A sra. Ducane tinha ameaçado fazer algo do tipo? Consigo imaginar um assassino ameaçando agir com violência para assustar alguém: "Se eu pegar você, vou cortar sua garganta", ou algo parecido, mas não consigo imaginá-lo dizendo: "Depois de matar você, pretendo colocar uma abotoadura monogramadas em sua boca." Não consigo imaginar ninguém dizendo isso, e sou um homem com uma excelente imaginação! E, perdão, uma última observação, Mademoiselle. Seja qual for a sua culpa no destino trágico de Patrick e Frances Ive, três pessoas eram tão culpadas quanto a senhorita, se não mais: Harriet Sippel, Ida Gransbury e Richard Negus. Foram elas que acreditaram na sua mentira e colocaram a cidade inteira contra o reverendo Ive e sua esposa. Agora, no Pleasant's, a senhorita me disse, "Quando eu estiver morta, a justiça será feita, finalmente", e enfatizou o "eu": "Quando *eu* estiver morta." Isso indica que sabia que Harriet Sippel, Ida Gransbury e Richard Negus já estavam mortos. Mas, se eu olhar para todas as evidências que me foram apresentadas, *os três assassinatos do Bloxham Hotel podiam ainda não ter sido cometidos.*

— Pare, por favor, *pare*! — implorou Jennie.

— Com prazer, em um instante. Deixe-me dizer apenas que eram cerca de quinze para as oito quando a senhorita me disse as seguintes palavras: "Quando *eu* estiver morta, a justiça será feita, finalmente", e, no entanto, sabemos que os três assassinatos do Bloxham só foram descobertos pelos funcionários do hotel às 20h10. Mas, de alguma maneira, a senhorita, Jennie Hobbs, tinha conhecimento prévio desses crimes. Como?

— Se o senhor parar de me fazer acusações, vou contar tudo! Andei tão desesperada. Manter tudo em segredo e mentir sem parar... Foi um tormento. Não suporto mais!

— *Bon* — disse Poirot em voz baixa. De repente ele pareceu mais gentil. — A senhorita sofreu um choque tanto hoje, não foi? Talvez agora tenha entendido que não pode enganar Poirot?

— Entendi. Deixe-me contar a história, desde o começo. Será um alívio muito grande poder finalmente dizer a verdade.

Então, Jennie começou a falar e continuou por um longo tempo, e nem eu, nem Poirot interrompemos sua fala até que ela indicasse que tinha acabado. O que se segue são as palavras dela e, espero, um relato completo e fidedigno do que foi dito.

Capítulo 19
Finalmente a verdade

Destruí a vida do único homem que amei e a minha vida junto.

Eu não queria que as coisas tomassem o rumo que tomaram. Nunca imaginei que algumas palavras cruéis e tolas ditas por mim pudessem causar um desastre tão grande. Eu devia ter pensado melhor e ficado de boca fechada, mas estava magoada e, em um momento de fraqueza, deixei o rancor falar mais alto.

Eu amava Patrick Ive com cada célula do meu corpo. Tentei não amar. Eu estava noiva de Sam Kidd quando comecei a trabalhar para Patrick como camareira, na Saviour College de Cambridge, onde ele estudava. Sempre gostei muito de Sam, mas meu coração passou a pertencer a Patrick poucas semanas depois de conhecê-lo, e eu sabia que não importava quanto tentasse, não conseguiria mudar isso. Patrick tinha tudo de bom que uma pessoa poderia ter. Ele gostava de mim, mas, para ele, eu era apenas uma empregada. Mesmo depois de aprender a falar como a filha de um professor de Cambridge — como Frances Ive —, continuei sendo, aos olhos de Patrick, uma criada leal e nada mais.

Claro que eu sabia sobre ele e Nancy Ducane. Ouvi algumas conversas dos dois que não devia ter ouvido. Sabia quanto ele a amava e não consegui suportar. Eu aceitara havia muito tempo que Patrick pertencia a Frances, e não a mim, mas foi intolerável descobrir que ele tinha se apaixonado por alguém que não sua esposa, e não era por mim.

Por um breve momento — não mais do que isso —, desejei puni-lo. Fazê-lo sentir a mesma dor profunda que ele havia me causado. Então inventei uma mentira maldosa e, Deus me perdoe, contei-a para Harriet

Sippel. O conforto só durou o tempo de contar que as palavras de amor que Patrick sussurrava para Nancy — palavras que ouvi sem querer mais de uma vez — não eram dele, mas do finado William Ducane, vindas do além-túmulo. Ah, eu sabia que era absurdo, mas, quando contei a Harriet Sippel, por alguns segundos senti como se pudesse ser verdade.

Então Harriet entrou em ação, espalhando coisas horríveis e imperdoáveis sobre Patrick para a cidade inteira — e Ida e Richard a ajudaram, o que nunca entendi. Os dois deviam saber que ela se tornara aquela criatura venenosa; tudo mundo ali sabia. Como puderam se aliar a ela contra Patrick? Ah, eu sei a resposta: era culpa minha. Richard e Ida sabiam que o boato não tinha sido inventado por Harriet, mas por uma empregada que sempre fora leal a Patrick e, aos olhos de todos, não tinha motivo para mentir.

Vi no mesmo instante que meu ciúme tinha me levado a fazer uma coisa terrível, abominável. Fui testemunha do sofrimento de Patrick e queria desesperadamente ajudá-lo, e a Frances... Mas não sabia como! Harriet, assim como Richard Negus, tinha *visto* Nancy entrar e sair da casa paroquial à noite. Se eu confessasse a mentira, teria que dar outra explicação para as visitas noturnas dela e não demoraria muito para Harriet deduzir corretamente o que estava acontecendo.

A terrível verdade é que sou uma covarde abominável. Gente como Richard Negus e Ida Gransbury não se importa com o que outras pessoas pensam deles se acham que estão certos, mas *eu* me importo. Sempre me importei em causar uma boa impressão. Se eu tivesse confessado a mentira, teria sido odiada por todos na cidade, e com razão. Não sou uma pessoa forte, Monsieur Poirot. Eu não fiz nada, não disse nada, porque estava com medo. Então Nancy, horrorizada pela mentira e pelo fato de que as pessoas tinham acreditado, contou a todos a verdade: ela e Patrick estavam apaixonados e vinham se encontrando em segredo, ainda que nada de natureza carnal tivesse acontecido entre os dois.

Os esforços de Nancy em defesa de Patrick só pioraram as coisas para ele. "Não apenas um charlatão que engana os párocos e zomba da Igreja, mas também um adúltero", foi o que começaram a dizer. Foi demais para Frances, que se matou. Quando a encontrou, Patrick soube que não seria capaz de viver com a culpa — afinal, fora seu amor por Nancy que dera início à confusão. Ele falhara com Frances. Então também se matou.

O médico da vila disse que as mortes foram acidentais, mas não é verdade. Foram suicídio — outro pecado aos olhos daqueles tão santos quanto Ida Gransbury, e daqueles com sanha de punição como Harriet Sippel. Tanto Patrick quanto Frances deixaram bilhetes, sabe? Eu os encontrei e entreguei ao médico, Ambrose Flowerday, que deve tê-los queimado, imagino. Ele disse que não daria a ninguém mais motivos para condenar Patrick e Frances. O dr. Flowerday ficou enojado pela maneira como a cidade toda se voltou contra eles.

A morte de Patrick partiu meu coração, que continua assim desde aquele dia, Monsieur Poirot. Eu queria morrer, mas, sem Patrick, senti que precisava ficar viva, amando-o e pensando coisas boas sobre ele — como se fazer isso pudesse compensar as suspeitas que todos em Great Holling tinham que ele era algum tipo de demônio!

Meu único consolo era que eu não estava sozinha em minha infelicidade. Richard Negus sentiu-se envergonhado pelo papel que assumiu. Ele foi o único entre os detratores de Patrick que mudou de ideia; quando Nancy contou sua história, Richard viu imediatamente que era improvável que a mentira bizarra contada por mim fosse verdadeira.

Antes de se mudar para a casa do irmão, em Devon, Richard me procurou e me perguntou diretamente. Eu queria dizer a ele que não havia nenhum pingo de verdade no rumor que eu havia começado, mas não tive coragem, então não falei nada. Fiquei sentada em silêncio, como se tivesse perdido a língua, e Richard entendeu meu silêncio como uma confissão.

Fui embora de Great Holling pouco depois dele. Primeiro pedi ajuda a Sammy, mas não podia ficar em Cambridge — havia lembranças demais de Patrick lá —, então vim para Londres. Foi ideia de Sammy, que conseguiu um trabalho aqui e, graças a algumas pessoas a quem ele me apresentou, eu também comecei a trabalhar. Sammy é tão devotado a mim quanto eu era a Patrick, e devo agradecer por isso. Ele me pediu em casamento, mas não consegui aceitar, ainda que eu o considere um amigo muito querido.

Um novo capítulo da minha vida começou depois da mudança para Londres. Não fui capaz de aproveitar, pensava em Patrick todo santo dia, na agonia de nunca mais vê-lo. Então, setembro passado recebi uma carta de Richard Negus. Quinze anos tinham se passado, mas não era como se o passado tivesse me encontrado... Porque eu nunca o deixei para trás!

Richard conseguira meu endereço em Londres com a única pessoa de Great Holling que sabia onde eu morava: o dr. Ambrose Flowerday. Não sei por quê, mas eu queria que alguém de lá soubesse aonde eu tinha ido. Lembro-me de pensar na época que não queria desaparecer completamente sem deixar vestígio. Eu sentia que...

Não, não vou dizer isso. Não é verdade que eu vislumbrara que Richard Negus me procuraria de novo e me pediria ajuda para reparar um erro antigo. Em vez disso, vou dizer que eu tinha uma premonição poderosa, ainda que não fosse algo que pudesse descrever com palavras. Eu sabia que Great Holling não tinha acabado para mim para sempre, nem eu para ela. É por isso que fiz questão de mandar meu endereço de Londres para o dr. Flowerday.

Em sua carta, Richard dizia que precisava me ver, e não me ocorreu recusar. Ele veio a Londres na semana seguinte. Sem preâmbulos, perguntou se eu o ajudaria a consertar as acusações imperdoáveis que tínhamos feito muitos anos atrás.

Eu lhe disse que não acreditava que era possível corrigir nada. Patrick estava morto. Não havia como desfazer aquilo. Richard disse:

— Sim. Patrick e Frances estão mortos, e você e eu nunca mais seremos felizes de novo. Mas e se fizéssemos um sacrifício à altura?

Não entendi. E perguntei o que queria dizer com aquilo.

Ele explicou:

— Se nós matamos Patrick e Frances Ive, e acredito que foi o que fizemos, o certo não é pagarmos com a nossa vida? Não estamos incapazes de desfrutar das alegrias que a vida oferece aos demais? Por quê? Por que o tempo não cura nossa ferida, como deveria ser? Não poderia ser porque não merecemos viver, já que os pobres Patrick e Frances estão embaixo da terra? — Enquanto falava, Richard ficou com os olhos sombrios, passando do castanho de sempre para se tornarem quase pretos. — A lei terrena pune com a morte aqueles que tiram a vida de um inocente — disse. — Nós burlamos essa lei.

Eu poderia ter dito que nem ele, nem eu pegamos uma arma e assassinamos Patrick e Frances, o que seria a verdade factual. No entanto, suas palavras soaram tão poderosas que vi que Richard estava certo, ainda que muitos dissessem que não. Enquanto ele falava, meu coração se encheu de algo parecido com esperança pela primeira vez em 15 anos. Eu podia não trazer Patrick de volta, mas garantiria que não escaparia à justiça pelo que tinha feito a ele.

— Está propondo que eu tire minha própria vida? — perguntei, porque Richard não tinha sido explícito.

— Não. Nem que eu tire a minha. O que tenho em mente não é suicídio, mas execução, para a qual vamos nos voluntariar. Ou pelo menos eu vou. Não desejo forçá-la a nada.

— Não somos os únicos culpados — eu o fiz lembrar.

— Não, não somos — concordou ele. E o que disse em seguida quase fez meu coração parar. — Você se surpreenderia muito, Jennie, de saber que Harriet Sippel e Ida Gransbury passaram a concordar comigo?

Eu disse que não acreditava. Harriet e Ida jamais admitiriam ter feito algo cruel e imperdoável, pensei. Richard comentou que também dera isso como certo em determinado momento. E disse:

— Eu as convenci. As pessoas me ouvem, Jennie. Sempre ouviram. Eu conversei com Harriet e Ida, não usando condenações duras, mas expressando, sem parar, meu profundo arrependimento e meu desejo de compensar o mal que fiz. Levou anos, desde a última vez em que nós dois nos falamos, mas, pouco a pouco, Harriet e Ida passaram a ver as coisas como eu. Ambas são mulheres profundamente infelizes, sabe? Harriet, desde que o marido morreu, e Ida, desde que eu lhe disse que não desejava mais me casar com ela.

Tentei falar algo para expressar minha descrença, mas Richard continuou. Ele assegurou que tanto Harriet quanto Ida tinham aceitado sua responsabilidade pela morte de Patrick e Frances Ive e queriam corrigir o que tinham feito de errado.

— A psicologia da questão é fascinante — disse ele. — Harriet está feliz contanto que exista alguém para punir. No momento, essa pessoa é ela mesma. Não esqueça que ela está ansiosa para reencontrar o marido no céu, e não consegue cogitar a possibilidade de que vá parar em outro lugar.

Fiquei sem palavras, em choque. Acabei dizendo que nunca acreditaria naquilo. Richard respondeu que eu acreditaria assim que falasse com Harriet e Ida, e elas confirmassem. Eu precisava encontrá-las, ele disse, para ver com meus próprios olhos como tinham mudado.

Eu não conseguia imaginar nenhuma das duas mudada, e tive medo de matar uma delas se tivéssemos que respirar o mesmo ar.

Richard disse:

— Você precisa entender, Jennie. Ofereci às duas uma maneira de dar cabo do sofrimento, e, não se engane, elas *estavam* sofrendo. Não se pode fazer tanto mal e não ferir a própria alma no processo. Durante anos, Harriet e Ida acreditaram que tudo o que precisavam fazer era se apegar a suas convicções de que tinham agido corretamente em relação a Patrick, mas com o tempo conseguiram ver que eu estava oferecendo algo melhor: o verdadeiro perdão de Deus. A alma pecadora anseia pela redenção, Jennie. Quanto mais negamos a chance de encontrar a redenção, mais a ânsia cresce. Graças aos meus incansáveis esforços, Harriet e Ida conseguiram enxergar que a repugnância que se tornava cada vez maior dentro delas era o horror diante do próprio comportamento, diante da perversidade que as duas tentaram com tanto empenho envolver em uma capa de virtude, e não tinha nada a ver com os pecados imaginários de Patrick Ive.

Ao ouvi-lo, comecei a entender que até a pessoa mais intransigente — até mesmo Harriet Sippel — podia ser persuadida por ele. Richard tinha uma habilidade de explicar as coisas que fazia você ver o mundo de outra maneira.

Ele pediu minha permissão para trazer Harriet e Ida ao nosso próximo encontro e, insegura e com medo no coração, concordei.

Apesar de acreditar em tudo o que Richard havia me dito, ainda hesitei, chocada, quando, dois dias depois, fui parar na mesma sala que Harriet Sippel e Ida Gransbury e vi com meus próprios olhos que as duas tinham mudado, exatamente como ele dissera. Ou melhor, eram as mesmas de sempre, mas agora estavam empenhadas em impor sua rigidez implacável em si próprias. Fui tomada por um novo ódio inflamado quando falaram do "pobre e bom Patrick" e da "pobre e inocente Frances". Elas não tinham o direito de usar essas palavras.

Nós quatro concordamos que precisávamos fazer algo para endireitar as coisas. Éramos assassinos, não de acordo com a lei, mas de acordo com a verdade, e assassinos devem pagar com a vida. Apenas depois da morte Deus nos perdoaria.

— Nós quatro somos juiz, júri e algoz — disse Richard. — Vamos executar um ao outro.

— Como vamos fazer isso? — perguntou Ida, olhando-o cheia de adoração.

— Pensei numa maneira — informou ele. — Vou cuidar dos detalhes.

Assim, sem barulho nem reclamação, assinamos nossa ordem de execução. Não senti nada além de um imenso alívio. Lembro-me de pensar que não teria medo de matar contanto que minha vítima não tivesse medo de morrer. Vítima é a palavra errada. Não sei qual é a certa.

Então Harriet disse:

— Esperem. E Nancy Ducane?

★

Eu entendi o que ela queria dizer antes que Harriet explicasse. "Ah, sim", pensei comigo mesma, "essa é a boa e velha Harriet Sippel". Quatro mortes por uma boa causa não eram suficientes; ela desejava uma quinta.

Richard e Ida pediram esclarecimentos.

— Nancy Ducane também deve morrer — anunciou Harriet, com os olhos duros como pedra. — Ela levou o pobre Patrick à tentação, anunciou a vergonha deles para a cidade inteira e partiu o coração da pobre Frances.

— Ah, não — disse eu, assustada. — Nancy nunca concordaria em tirar a própria vida. E... Patrick a amava!

— Ela é tão culpada quanto nós — insistiu Harriet. — E deve morrer. *Todos nós* devemos, todos os culpados, ou então não vai valer de nada. Se vamos levar isso adiante, precisamos fazer direito. Lembrem que foi a revelação de Nancy que instigou Frances Ive a tirar a própria vida. E, além disso, sei uma coisa que vocês não sabem.

Richard exigiu que Harriet nos contasse imediatamente. Com um brilho malicioso nos olhos, ela disse:

— Nancy queria que Frances soubesse que o coração de Patrick pertencia a ela. E disse o que disse por ciúme e despeito. Ela admitiu para mim. É tão culpada quanto nós... Mais ainda, se querem saber minha opinião de verdade. E se não concordar em morrer, bom, então...

Richard ficou sentado com a cabeça apoiada nas mãos por um bom tempo. Harriet, Ida e eu esperamos em silêncio. Percebi naquele momento que Richard era o nosso líder. O que quer que ele dissesse, quando finalmente se pronunciasse, seria nossa palavra final.

Rezei por Nancy. Não a culpo pela morte de Patrick, nunca culpei e nunca vou culpar.

— Certo — disse Richard, apesar de não parecer feliz. — Não gosto de admitir, mas, sim. Nancy Ducane não devia ter se envolvido com o marido de outra mulher. Não devia ter anunciado sua relação com Patrick para a cidade como fez. Não sabemos se Frances Ive teria se matado se isso não tivesse acontecido. Infelizmente, Nancy Ducane também deve morrer.

— Não! — gritei. Só pensava em como Patrick teria se sentido se tivesse ouvido aquelas palavras.

— Sinto muito, Jennie, mas Harriet tem razão — disse Richard. — O que pretendemos fazer é ousado e difícil. Não podemos exigir de nós mesmos um sacrifício tão grande e deixar que uma pessoa que compartilha conosco a culpa pelo que ocorreu continue viva. Não podemos isentar Nancy.

Eu quis gritar e sair correndo, mas me forcei a ficar sentada. Tinha certeza de que Harriet havia mentido sobre a razão de Nancy fazer sua declaração no King's Head, não acreditei que Nancy tivesse admitido ter sido movida pelo ciúme e por um desejo de ferir Frances Ive, mas, na frente de Harriet, fiquei com medo de falar e, além disso, eu não tinha provas. Richard disse que precisaria pensar um pouco sobre como colocar nosso plano em ação.

Duas semanas depois, ele me procurou de novo, sozinho. E disse que tinha decidido o que precisava ser feito. Ele e eu seríamos os únicos a saber toda a verdade... E Sammy, claro. Conto tudo a ele.

Diríamos a Harriet e a Ida que o plano era matarmos um ao outro, como combinado, e incriminar Nancy Ducane pelos assassinatos. Como Nancy mora em Londres, isso precisaria acontecer em Londres, em um hotel, Richard sugeriu. Ele garantiu que pagaria por tudo.

Uma vez no hotel, seria simples: Ida mataria Harriet, Richard mataria Ida, e eu mataria Richard. Cada executor, quando chegasse sua vez, colocaria uma abotoadura com as iniciais de Patrick Ive na boca da vítima e arrumaria a cena do crime para que ficasse idêntica às outras duas, de modo que a polícia não tivesse dúvidas de que se tratava de um mesmo criminoso para as três... mortes. Eu ia dizer assassinatos, mas não eram isso. Eram execuções. Sabe, ocorreu a nós que depois que as pessoas são executadas, deve haver um procedimento, não é? Os funcionários da prisão devem fazer a mesma coisa com o corpo de todos os criminosos executados, pensamos. Foi ideia de Richard que os cadáveres fossem dispostos como estavam, com respeito e dignidade. Com *cerimônia*, foi o termo que ele usou.

Como duas das vítimas, Ida e Harriet, informariam Great Holling como seu endereço para o hotel, nós sabíamos que não demoraria muito até que a polícia fosse à cidade, fizesse perguntas e começasse a suspeitar de Nancy. Quem mais seria um suspeito tão óbvio? Sammy podia fingir tê-la visto fugindo do hotel depois do terceiro assassinato e deixando cair as três chaves no chão. Isso mesmo: as *três* chaves. A chave de Richard também fazia parte do plano. Ida levaria a chave de Harriet para o próprio quarto depois de matá-la e trancar a porta. Richard deveria fazer o mesmo: levar a chave de Harriet *e* Ida quando saísse e trancar o quarto de Ida depois de matá-la. E então eu mataria Richard, trancaria o quarto dele, levaria as três chaves, encontraria Sammy do lado de fora do Bloxham e as entregaria para ele. Sammy daria um jeito de colocá-las na casa de Nancy Ducane ou, como acabou acontecendo, no bolso do casaco dela um dia na rua, para incriminá-la.

Acho que não importa, mas Patrick Ive nunca usou abotoaduras monogramadas. Ele não possuía um par até onde eu sabia. Richard Negus as encomendou especialmente, para colocar a polícia na direção certa. Deixar o sangue e o meu chapéu no quarto também fazia parte do plano, elaborado para fazê-los acreditar que eu havia sido assassinada naquele quarto, que Nancy Ducane tinha vingado a morte de seu amor matando os quatro. Richard achou ótimo que Sammy ficasse responsável por fornecer o sangue. Só para constar, veio de um gato vira-lata. Também foi tarefa de Sammy deixar o bilhete na recepção do hotel na noite do crime com os dizeres: "Nunca descansem em paz" e o número dos três quartos. Ele deveria deixá-lo no balcão da recepção quando ninguém estivesse olhando, pouco depois das oito. Minha função nisso tudo era ficar viva e garantir que Nancy Ducane fosse enforcada pelos três assassinatos, talvez quatro se a polícia acreditasse que eu também estava morta.

Como eu faria isso? Bem, sendo a quarta pessoa que Nancy desejava matar — a quarta responsável pelo que aconteceu com Patrick —, eu precisava fazer a polícia acreditar que eu temia pela minha vida. Foi o que fiz no Pleasant's Coffee House, e o senhor foi minha plateia, Monsieur Poirot. O senhor tem toda a razão: eu o enganei. E também acertou quando disse que ouvi as garçonetes no Pleasant's comentando sobre o detetive europeu que aparece toda quinta-feira à noite exatamente às 19h30, e que às vezes jantava com um amigo muito mais jovem da Scotland Yard. Assim que ouvi as garotas falando do senhor, soube que seria perfeito.

Mas, Monsieur Poirot, uma das conclusões que o senhor tirou está incorreta. O senhor comentou que, ao dizer "Quando *eu* estiver morta, a justiça será feita, finalmente", quis dizer que sabia que os outros três já estavam mortos, mas eu não tinha como saber se Richard, Harriet e Ida estavam vivos ou mortos, porque a essa altura eu tinha estragado tudo. Estava apenas pensando, quando falei isso, que, de acordo com o plano que Richard e eu elaboramos, eu permaneceria viva depois de tudo isso. Então, veja, eles podiam muito bem estar vivos quando falei isso.

Preciso deixar uma coisa clara. Havia dois planos: um com que Harriet e Ida tinham concordado, e um bastante diferente de que só eu e Richard sabíamos. Até onde Harriet e Ida sabiam, aconteceria o seguinte: Ida mataria Harriet, Richard mataria Ida, eu mataria Richard. Então eu forjaria meu próprio assassinato, no Bloxham, usando o sangue que Sammy conseguiria. Eu só viveria o necessário para ver Nancy Ducane ser enforcada, e então me mataria. Se, por acaso, Nancy não fosse enforcada, eu deveria matá-la e então me matar. Eu precisava ser a última a morrer, por causa da atuação envolvida. Sou boa atriz quando quero. Quando conspirei para encontrá-lo no café, Monsieur Poirot... Harriet Sippel não teria feito aquela atuação. Nem Ida, nem Richard. Então, veja, só eu poderia ficar viva.

A versão compartilhada por Harriet e Ida não era o verdadeiro plano de Richard. Quando veio me ver sozinho, duas semanas depois do nosso primeiro encontro em Londres com Harriet e Ida, ele contou que a questão de Nancy o estava preocupando muito. Como eu, ele não acreditava que Nancy tinha admitido para Harriet que sua declaração no King's Head ocorrera por outra razão que não o desejo de defender Patrick daquelas mentiras.

Por outro lado, Richard entendia o argumento de Harriet. A morte de Patrick e Frances Ive fora causada pelo comportamento leviano de diversas pessoas, e era difícil não incluir Nancy Ducane entre os responsáveis.

Eu não poderia ter ficado mais surpresa, ou assustada, quando Richard confessou que não havia conseguido chegar a uma conclusão sobre a questão de Nancy e que, consequentemente, decidira deixar isso ao meu encargo. Depois que ele, Harriet e Ida estivessem mortos, disse Richard, eu estava livre para escolher: fazer o possível para garantir que Nancy fosse enforcada, ou tirar minha própria vida e deixar um bilhete diferente para os funcionários do hotel — não "Nunca descansem em paz", mas um bilhete com a verdade sobre as mortes.

Implorei a Richard para não me forçar a decidir sozinha. "Por que eu?", exigi saber.

— Porque, Jennie — respondeu ele, e nunca vou esquecer isso —, você é a melhor de nós. Você nunca foi inflamada pela ideia de sua própria virtude. Sim, você mentiu, mas percebeu seu erro assim que as palavras saíram de sua boca. Acreditei na mentira por um tempo imperdoável sem ter provas, e ajudei a angariar apoio para uma campanha contra um homem bom e inocente. Um homem com falhas, sim... Não um santo. Mas quem é perfeito?

— Certo — falei a Richard. — Vou tomar a decisão que você confiou a mim. Fiquei lisonjeada de ser tão elogiada, acho.

E então nosso plano foi traçado. Agora, quer que eu conte como tudo deu errado?

Capítulo 20
Como tudo deu errado

— De fato — respondeu Poirot. — Conte. Catchpool e eu estamos ansiosos.

— Foi minha culpa — disse Jennie, e, a essa altura, sua voz já estava rouca. — Sou covarde. Fiquei com medo de morrer. Por mais desolada que eu estivesse sem Patrick, tinha me acostumado com a infelicidade e não queria que minha vida acabasse. Qualquer tipo de vida, mesmo que cheia de tormento, é preferível ao nada! Por favor, não me condene como pouco cristã por dizer isso, mas não sei se acredito na vida após a morte. Fui ficando com cada vez mais medo à medida que se aproximava a data combinada — com medo de matar. Pensei no que estaria envolvido, me imaginei parada em um quarto trancado vendo Richard tomar veneno, e não queria ter de fazer isso. Mas eu havia combinado! Eu havia prometido.

— O plano que parecia tão fácil meses antes começou a parecer impossível — disse Poirot. — E, claro, a senhorita não podia falar dos seus medos com Richard Negus, que a tinha em tão alta conta. Ele poderia respeitá-la menos, caso admitisse suas grandes dúvidas. Talvez a senhorita tivesse medo de que ele tomasse para si a tarefa de executá-la, com ou sem o seu consentimento.

— Sim! Eu estava apavorada com essa possibilidade. Sabe, por nossas discussões sobre o assunto, eu sabia como era importante para ele que nós quatro morrêssemos. Richard me contou em uma ocasião que, se Harriet e Ida não tivessem concordado, ele teria "feito o necessário sem o consentimento das duas". Foram as palavras que ele usou. Sabendo disso, como eu poderia ir contar para ele que tinha mudado de ideia, que não estava preparada nem para morrer, nem para matar?

— Imagino que a senhorita tenha se repreendido pela relutância, Mademoiselle. Acreditava, não é, que essa coisa de morrer e matar era o mais honrado que se tinha a fazer?

— Racionalmente, sim, acreditava — respondeu Jennie. — Eu esperava e rezava para encontrar em mim uma reserva extra de coragem que me permitiria levar aquilo adiante.

— O que a senhorita planejava fazer em relação a Nancy Ducane? — perguntei.

— Eu não sabia. Meu pânico na noite em que nos conhecemos era genuíno, Monsieur Poirot. Eu não conseguia decidir o que fazer em relação a nada! Deixei que Sammy fosse adiante com a história das chaves e com a identificação de Nancy. Deixei tudo acontecer, dizendo a mim mesma que a qualquer momento poderia ir às autoridades, dizer a verdade e salvá-la. Mas... não o fiz. Richard me considerava uma pessoa melhor do que ele, mas estava errado... Tão errado!

"Uma parte de mim ainda inveja Nancy porque Patrick a amava, a mesma parte rancorosa que começou toda a confusão em Great Holling. E... eu sabia que, se admitisse ter conspirado para condenar uma inocente por assassinato, com certeza iria para a prisão. Eu estava assustada."

— Explique, por favor, Mademoiselle: o que a senhorita fez? O que aconteceu no dia dessas... execuções no Bloxham Hotel?

— Eu deveria chegar às seis. Foi quando combinamos de nos encontrar.

— Os quatro conspiradores?

— Sim, e Sammy. Passei o dia todo vendo o relógio avançar até o terrível momento. Quando chegou perto das cinco, eu simplesmente soube que não ia conseguir. Eu não podia! E não fui ao hotel. Em vez disso, corri pelas ruas de Londres, chorando de medo. Eu não fazia ideia de aonde ir ou do que fazer, então fiquei correndo sem parar. Eu sentia como se Richard Negus fosse me procurar, furioso por tê-los decepcionado. Fui ao Pleasant's Coffee House no horário combinado, pensando em pelo menos manter essa parte da promessa, mesmo que não conseguisse matar Richard como deveria.

"Quando cheguei ao café, *estava* temendo pela minha vida. O que o senhor viu não foi uma atuação. Eu achava que *Richard*, não Nancy, fosse me matar — e, além disso, eu estava convencida de que, se ele o fizesse, estaria fazendo a coisa certa. Eu *merecia* morrer! Tudo o que contei ao senhor era verdade, Monsieur Poirot. Por favor, retome agora o que eu disse:

"Que estava com medo de ser assassinada? Eu estava — por Richard. Que eu havia feito algo terrível no passado? Eu tinha — e se Richard me pegasse e me matasse, como eu um dia acreditava que ele faria, eu honestamente não queria que ele fosse punido por isso. Eu sabia que o tinha decepcionado. O senhor consegue entender? Richard podia querer morrer, mas eu queria que ele vivesse. Apesar do mal que fez a Patrick, ele era um homem bom."

— *Oui,* Mademoiselle.

— Eu desejei contar a verdade naquela noite, Monsieur Poirot, mas me faltou coragem.

— Então a senhorita acreditava que Richard Negus encontraria e mataria a senhorita por não ir ao Bloxham Hotel matá-lo?

— Sim. Imaginei que ele não desejaria morrer sem saber por que eu não fui ao hotel como planejado.

— No entanto, ele quis — disse eu, pensando com raiva.

Jennie assentiu.

Eu podia ver então que tudo fazia sentido: o posicionamento idêntico dos três cadáveres, para começo de conversa — em uma linha perfeita, pés virados para a porta, entre uma mesinha e uma poltrona. Como Poirot dissera, era improvável que Harriet Sippel, Ida Gransbury e Richard Negus tivessem caído naturalmente na mesmíssima posição.

Havia uma quantidade suspeita de semelhanças entre as três cenas do crime, e finalmente eu achava que tinha entendido por quê: os conspiradores precisavam que a polícia acreditasse que só havia um assassino. Na verdade, qualquer detetive competente teria presumido isso só pelas abotoaduras na boca e pelo fato de que os três corpos apareceram no mesmo hotel, na mesma noite, mas os executores estavam tomados pela paranoia. *Eles* sabiam que era mais de um assassino, então tiveram medo, como tende a acontecer aos culpados, de que a verdade ficasse aparente para os outros. Então fizeram um grande esforço para criar três cenas do crime que fossem *mais parecidas do que precisavam ser.*

A disposição dos corpos, perfeitamente retos e idênticos, também era consistente com a ideia de que as mortes no Bloxham Hotel não eram assassinatos, mas execuções. Existem procedimentos a seguir após uma execução; formalidades e rituais. Teria atribuído alguma importância, pensei, fazer *alguma coisa* com os corpos, em vez de apenas deixá-los deitados como caíram, como um assassino comum faria.

A imagem de uma Jennie Hobbs muito mais jovem me veio à mente: uma da Saviour College da Universidade de Cambridge, indo de um dormitório ao outro, arrumando as camas. Ela devia arrumar todas da mesma maneira, seguindo um padrão estabelecido... Senti um calafrio, então me perguntei por que a imagem de uma jovem arrumando camas inocentemente em uma faculdade me daria essa sensação.

Camas e leitos de morte...

Padrões e a quebra de padrões...

— Richard Negus cometeu suicídio — eu me ouvi declarar. — Deve ter sido. Deve ter tentado fazer parecer homicídio, o mesmo padrão dos outros dois, para que suspeitássemos do mesmo assassino, mas teve de trancar a porta por *dentro*. Depois escondeu a chave atrás do ladrilho da lareira para parecer que o assassino a tinha levado e abriu toda a janela. Se a chave escondida fosse encontrada, nós nos perguntaríamos, como fizemos, por que o assassino decidira trancar a porta por dentro, esconder a chave no quarto e escapar pela janela, mas *ainda acreditaríamos que havia um assassino*. Era tudo o que importava a Negus. Ao passo que, se a janela estivesse fechada e de alguma maneira a chave fosse encontrada, tiraríamos a única conclusão possível: Richard Negus tinha se matado. Ele não podia correr o risco de que chegássemos a essa conclusão, entendem? Se isso acontecesse, o plano de incriminar Nancy Ducane pelas três mortes fracassaria. Seria mais provável presumir que Negus tinha matado Harriet Sippel e Ida Gransbury antes de se matar.

— Sim — concordou Jennie. — Acho que o senhor tem razão.

— A posição diferente das abotoaduras... — murmurou Poirot antes de levantar as sobrancelhas para mim, indicando que desejava que eu continuasse.

Prossegui:

— A abotoadura estava próxima da garganta de Negus porque as convulsões devidas ao envenenamento fizeram sua boca se abrir. Ele tinha se posicionado com cuidado em uma linha reta e colocado a abotoadura entre os lábios, mas ela foi parar no fundo da boca. Ao contrário de Harriet Sippel e Ida Gransbury, Richard Negus não tinha um executor presente quando morreu, então a abotoadura não podia ser cuidadosamente posicionada no lugar combinado.

— Mademoiselle Jennie, a senhorita acredita que o sr. Negus tomaria o veneno, deitaria e morreria sem antes tentar descobrir o porquê da sua ausência no hotel? — perguntou-lhe Poirot.

— Eu achava que não, até ler sobre a morte dele no jornal.

— Ah. — A expressão de Poirot estava indecifrável.

— Durante muito tempo, Richard planejou morrer naquela quinta-feira à noite, esperando ansiosamente o fim da culpa e do tormento depois de tantos anos — disse Jennie. — Achei que tudo o que ele queria, ao chegar ao Bloxham, era terminar com aquilo tudo, e então, já que não apareci para matá-lo como planejado, ele o fez por conta própria.

— Obrigado, Mademoiselle. — Poirot ficou de pé. Ele cambaleou um pouco até se equilibrar depois de tanto tempo sentado.

— O que vai acontecer comigo, Monsieur Poirot?

— Por favor, espere aqui nesta casa até que eu ou o sr. Catchpool volte com mais informações. Se cometer o erro de fugir uma segunda vez, as coisas ficarão bem ruins para a senhorita.

— Assim como acontecerá se eu ficar esperando — disse Jennie. Havia uma expressão vazia e distante em seus olhos. — Tudo bem, sr. Catchpool, não precisa ficar com pena de mim. Estou preparada.

Aquelas palavras, cuja intenção sem dúvida era me reconfortar, me encheram de temor. Jennie tinha a aparência de alguém que havia visto o futuro e encontrado coisas terríveis. O que quer que fossem, eu sabia que não estava preparado nem queria estar.

Capítulo 21
Todos os demônios estão aqui

Exceto por me dizer duas vezes que precisávamos ir a Great Holling sem demora, Poirot ficou em silêncio durante todo o caminho para casa. Ele parecia preocupado, e estava claro que não queria conversar.

Chegamos à pensão e encontramos o jovem Stanley Beer nos esperando.

— O que houve? — perguntou Poirot. — O senhor está aqui por causa da obra de arte que criei?

— Como, senhor? Ah, o seu emblema? Não, estava ótimo, senhor. Na verdade... — O chefe de polícia retirou um envelope do bolso e o entregou. — O senhor vai encontrar a resposta aqui.

— Obrigado, Beer. Mas então alguma outra coisa deve estar errada? Você parece ansioso, *non*?

— Sim, senhor. A Scotland Yard recebeu notícias de um Ambrose Flowerday, o médico da cidade de Great Holling. Ele pediu que o sr. Catchpool vá para lá imediatamente. Disse que ele está sendo solicitado.

Poirot olhou para mim e então voltou-se para Stanley Beer:

— Era nossa intenção ir para lá imediatamente. O senhor sabe o que incitou o dr. Flowerday a requisitar a presença de Catchpool?

— Infelizmente sei. Não é uma notícia boa, senhor. Uma mulher chamada Margaret Ernst foi atacada. Talvez não resista...

— Ah, não — murmurei.

— ...E ela disse que precisa ver o sr. Catchpool antes de morrer. Depois de falar com o dr. Flowerday, eu os aconselharia a correr, senhor. Tem um carro esperando lá fora para levá-los à estação.

Pensando na natureza metódica de Poirot e no seu incômodo com qualquer agitação, eu disse:

— Podemos ter meia hora para nos arrumar?

Beer olhou para o relógio.

— Cinco, dez minutos no máximo, mas não mais, senhor... Se não quiserem perder o próximo trem.

Devo admitir com um tanto de vergonha que, naquela ocasião, Poirot desceu com sua mala antes de mim.

— Rápido, *mon ami* — ele me apressou.

No carro, decidi que precisava conversar, mesmo que Poirot não estivesse muito disposto.

— Se eu tivesse ficado longe daquela cidade infernal, Margaret Ernst não teria sido atacada — comentei, emburrado. — Alguém deve ter me visto entrar na cabana dela e reparado no tempo que passei lá.

— Você passou tempo suficiente para que ela contasse tudo, ou quase tudo. O que se ganha tentando matar a mulher quando ela já compartilhou todas as informações com a polícia?

— Vingança. Punição. Se bem que, honestamente, não faz sentido. Se Nancy Ducane é inocente, e Jennie Hobbs e Samuel Kidd estão por trás disso tudo... Quero dizer, se são as únicas pessoas ainda vivas que estão por trás de tudo... Bem, por que Jennie e Kidd matariam Margaret Ernst? Ela não me contou nada que os incriminasse, e nunca fez nada contra Patrick nem Frances Ive.

— Concordo. Jennie Hobbs e Samuel Kidd não teriam motivo para matar Margaret Ernst, ao que me parece.

A chuva castigava as janelas do carro. Tornava ainda mais difícil escutar e se concentrar.

— Então quem foi? — perguntei. — E nós aqui, acreditando que tínhamos todas as respostas...

— Você realmente achava isso, Catchpool?

— Achava, sim. Imagino que você esteja prestes a dizer que estou enganado, mas tudo parecia se encaixar, não parecia? Tudo estava bem claro, até ficarmos sabendo do ataque a Margaret Ernst.

— Ele vem dizer que tudo parecia claro! — Poirot sorriu com afetação para a janela toda molhada de chuva.

— Bom, parecia bem simples para mim. Todos os executores estão mortos, Ida matou Harriet, com o consentimento da própria, e então foi morta por Richard Negus... De novo, com total consentimento. Em seguida, Negus, uma vez que Jennie não aparecera para matá-lo como planejado, tirou a própria vida. Jennie Hobbs e Samuel Kidd não mataram ninguém. Claro, conspiraram para provocar três mortes, mas estas não foram exatamente assassinatos, a meu ver. Foram...

— Execuções consentidas?

— Exato.

— Foi um plano muito bem-elaborado, não foi? Harriet Sippel, Ida Gransbury, Richard Negus e Jennie Hobbs. Vamos chamá-los de A, B, C e D por enquanto, e vamos ver a elaboração de seu plano com mais clareza.

— Por que não chamá-los pelo nome? — perguntei.

Poirot me ignorou.

— A, B, C e D, todos atormentados pela culpa e buscando redenção para a alma. Eles concordam que devem pagar com a vida por um pecado do passado, e então criam um plano para matar uns aos outros: B mata A, depois C mata B, depois D mata C.

— Só que D *não* matou C, certo? D é Jennie Hobbs, e ela não matou Richard Negus.

— Talvez não, mas deveria ter matado. Esse era o plano. Além disso, D ficaria viva para garantir que E, Nancy Ducane, fosse enforcada pelo assassinato de A, B e C. Só então D... — Poirot parou. — D — repetiu ele. — Desfecho. Essa é a palavra certa.

— O quê?

— Para suas palavras cruzadas. Uma palavra que pode significar morte e tem oito letras. Lembra? Sugeri "execução", e você disse que só funcionaria se execução começasse com... — Poirot ficou em silêncio, balançando a cabeça.

— Se execução começasse com D. Sim, eu me lembro. Poirot, você está bem?

Os olhos dele adquiriram aquele estranho brilho esverdeado que surgia às vezes.

— *Comment? Mais bien évidemment!* Se execução começasse com D! Claro! É isso! *Mon ami*, você não sabe como me ajudou. Agora eu acho... Sim, é isso. Só pode ser isso. O homem mais novo e a mulher mais velha... Ah, mas está tão claro para mim agora!

— Por favor, explique.

— Sim, sim. Quando eu estiver pronto.

— Por que você não está pronto *agora*? O que está esperando?

—Você precisa me dar mais de vinte segundos para me recompor e organizar minhas ideias, Catchpool. É necessário se vou explicar a você, que não entende nada. Suas palavras mostram que você não compreendeu nada. Você fala sobre ter todas as respostas, mas a história que ouvimos de Jennie Hobbs hoje pela manhã foi uma elaborada teia de mentiras! Você não vê?

— Bem... Quero dizer... Hum...

— Richard Negus e Harriet Sippel concordam em que talvez Nancy Ducane deva ser enforcada pelos assassinatos que ela não cometeu? Estaria ele disposto a deixar que o destino de Nancy fosse decidido por Jennie Hobbs? Richard Negus, o líder, a respeitada figura de autoridade, o mesmo Richard Negus que, por 16 anos, sentiu uma culpa tão terrível por condenar injustamente Patrick Ive? O Richard Negus que percebeu *tarde demais* que era errado perseguir e condenar um homem por uma compreensível fraqueza humana? Que rompeu seu noivado com Ida Gransbury porque ela insistia de maneira dogmática que toda transgressão deve ser punida com total rigidez... *Esse* Richard Negus cogitaria a ideia de permitir que Nancy Ducane, cujo único crime tinha sido amar um homem que nunca poderia ser dela, fosse condenada pela lei e enfrentasse a forca por três homicídios dos quais ela era inocente? Bah! Isso é absurdo! Não tem consistência. É uma fantasia criada por Jennie Hobbs para nos enganar de novo.

Ouvi quase tudo aquilo de boca aberta.

— Tem certeza, Poirot? Devo dizer que acredito nela.

— Claro que tenho. Henry Negus não nos disse que seu irmão Richard tinha passado 16 anos em casa recluso, sem ver nem falar com ninguém? No entanto, de acordo com Jennie Hobbs, ele passou esses mesmos anos persuadindo Harriet Sippel e Ida Gransbury de que eles eram responsáveis pela morte de Patrick e Frances Ive e deviam pagar por isso. Como Richard Negus conseguiu convencê-las sem que seu irmão Henry notasse sua comunicação regular com duas mulheres de Great Holling?

— Talvez você tenha razão aí. Eu não tinha pensado nisso.

— É uma questão menor. Certamente você notou tudo o que havia de mais substancialmente errado na história de Jennie.

— Incriminar uma pessoa inocente por assassinato é, sem sombra de dúvida, errado — respondi.

— Catchpool, não estou falando de algo moralmente errado, e sim de *factualmente impossível*. É assim que você me força a explicar uma coisa antes de eu estar preparado, me irritando? *Bien*, vou chamar sua atenção para um detalhe com a esperança de que ele o leve aos demais. De acordo com Jennie Hobbs, como as chaves dos quartos 121 e 317 do Bloxham Hotel foram parar no casaco azul de Nancy Ducane?

— Samuel Kidd as plantou ali. Para incriminar Nancy.

— Ele as colocou no bolso dela, na rua?

— Imagino que seja algo bem fácil de fazer.

— Sim, mas como o sr. Kidd pegou as duas chaves? Jennie deveria encontrar as duas, junto com a do quarto de Richard Negus, no quarto 238, quando fosse matar Richard Negus. Ela deveria entregar as três chaves para Samuel Kidd depois de trancar o quarto 238. Mas, de acordo com a própria, ela não esteve no quarto de Richard Negus nem no Bloxham Hotel na noite dos assassinatos. O sr. Negus trancou seu quarto por dentro e se matou, depois de esconder a chave atrás de um ladrilho solto na lareira. Então, como Samuel Kidd conseguiu as outras duas chaves?

Esperei alguns instantes para caso a resposta me ocorresse. Não ocorreu.

— Não sei.

— Talvez, depois que Jennie Hobbs não apareceu, Samuel Kidd e Richard Negus tenham improvisado: o primeiro matou o segundo e então pegou as chaves de Harriet Sippel e Ida Gransbury do quarto do sr. Negus. Nesse caso, por que não levar a chave do sr. Negus? Por que escondê-la atrás do ladrilho solto da lareira? A única explicação razoável é que Richard Negus queria que seu suicídio parecesse homicídio. *Mon ami*, isso aconteceria com facilidade se Samuel Kidd tirasse a chave do quarto. Não haveria motivo de haver uma janela aberta para dar a impressão de que o assassino fugira do quarto nesse cenário.

Vi a força do argumento.

— Uma vez que Richard Negus trancou por dentro, como Samuel Kidd entrou no quarto 238 para retirar as chaves dos quartos 121 e 317?

— *Précisément*.

— E se ele tivesse entrado pela janela aberta, subindo por uma árvore?

— Catchpool, pense. Jennie Hobbs diz que não esteve no Bloxham Hotel naquela noite. Então, ou Samuel Kidd cooperou com Richard Negus para fazer o plano funcionar sem ela, ou os dois homens não cooperaram. Neste último caso, por que o sr. Kidd entraria no quarto de hotel do sr. Negus sem ser convidado, por uma janela aberta, e levaria duas chaves? Que razão ele teria para fazer isso? E, se os dois homens estavam trabalhando juntos, com certeza Samuel Kidd teria ficado com as três chaves para colocar no bolso de Nancy Ducane, em vez de duas. Além do mais... Se Richard Negus cometeu suicídio, como você acredita, fazendo a abotoadura ir parar perto da garganta, quem colocou o corpo dele naquela linha reta perfeita? Você acha que um homem toma veneno e consegue se manter naquela posição excepcionalmente alinhada? *Non! Ce n'est pas possible.*

—Vou precisar pensar sobre isso em outro momento — respondi. —Você fez minha cabeça girar. Está cheia de um amontoado de perguntas que não existiam antes.

— Por exemplo?

— Por que nossas três vítimas pediram sanduíches, bolos e bolinhos e não comeram nada? E, se não comeram nada, por que a comida não estava nos pratos do quarto de Ida Gransbury? O que aconteceu?

— Ah! Agora você está pensando como um detetive de verdade. Hercule Poirot está ensinando você a usar suas celulazinhas cinzentas.

—Você pensou nisso, na questão da comida?

— *Bien sûr.* Por que não perguntei nada sobre isso a Jennie Hobbs, quando pedi que ela explicasse muitas outras inconsistências? Não o fiz porque queria que ela achasse que tínhamos acreditado na história quando fomos embora. Sendo assim, eu não podia fazer uma pergunta para a qual ela não teria resposta.

— Poirot! O rosto de Samuel Kidd!

— Onde, *mon ami?*

— Não, não estou dizendo que estou *vendo* o rosto dele, quero dizer... Lembra a primeira vez que você o viu no Pleasant's, e ele tinha se machucado ao se barbear? Havia um corte em uma pequena área barbeada do rosto, enquanto o resto estava coberto por barba?

Poirot assentiu.

— E se o corte não tivesse sido feito quando ele se barbeou, mas por um galho de árvore afiado? E se Samuel Kidd se cortou entrando ou saindo da janela aberta do quarto 238? Ele sabia que nos procuraria com a mentira de ter visto Nancy Ducane fugindo do hotel e não queria que relacionássemos o misterioso ferimento no rosto com a árvore do lado de fora da janela aberta de Richard Negus, então barbeou apenas uma pequena área…

— … sabendo que presumiríamos que ele havia começado a se barbear, se cortado seriamente e parado — completou Poirot. — E então, quando me visitou na pensão, sua barba tinha desaparecido, e seu rosto estava coberto de cortes: *para me lembrar que ele não conseguia se barbear sem se cortar. Eh bien*, se eu acreditasse nisso, presumiria que cada corte que visse em seu rosto tinha sido feito enquanto se barbeava.

— Por que você não está mais animado? — perguntei.

— Porque é demasiado óbvio. Cheguei a essa conclusão mais de duas horas atrás.

— Ah. — Senti um desalento. — Espere um minuto. Se Samuel Kidd arranhou o rosto na árvore em frente à janela aberta do quarto de Richard Negus, significa que ele *deve* ter subido até o quarto e pegado as chaves do 121 e do 317. Não é?

— Não temos tempo de discutir o significado agora — disse Poirot com uma voz severa. — Chegamos à estação. Está claro pela sua pergunta que você não ouviu com atenção.

★

O dr. Ambrose Flowerday era um homem alto e robusto de cerca de cinquenta anos, com cabelos escuros crespos ficando grisalhos perto das têmporas. Sua camisa estava amarrotada e com um botão faltando. Ele tinha nos orientado a ir à casa paroquial, então era onde estávamos, parados em um corredor frio com pé-direito alto e piso de madeira lascado.

O lugar todo parecia ter sido deixado para o sr. Flowerday usar como hospital temporário de um só paciente. A porta fora aberta por uma enfermeira uniformizada. Em outras circunstâncias, esse arranjo teria me deixado intrigado, mas só conseguia pensar na pobre Margaret Ernst.

— Como ela está? — perguntei, depois de feitas as apresentações.

O rosto do médico estava tomado de angústia. Até que ele se recompôs.

— Só estou autorizado a dizer que ela está indo bem, dadas as circunstâncias.

— Autorizado por quem? — perguntou Poirot.

— Margaret. Ela não tolera conversas derrotistas.

— E é verdade o que ela pediu para o senhor nos dizer?

Depois de uma pausa curta, o dr. Flowerday inclinou a cabeça de leve.

— A maioria das pessoas não sobreviveria por muito tempo depois de um ferimento desses. Margaret tem o corpo e a mente fortes. Foi um ataque sério, mas, maldição, vou mantê-la viva nem que isso me mate.

— O que aconteceu com ela?

— Dois marginais da parte alta da cidade vieram até o cemitério no meio da noite e... Bem, fizeram coisas ao túmulo dos Ive que não vale a pena repetir. Margaret ouviu; mesmo dormindo é vigilante. Ela ouviu o barulho de metal em pedra. Quando Margaret saiu correndo para tentar impedi-los, eles a atacaram com uma pá que tinham trazido. Não se importaram de bater nela quase até a morte! Isso ficou óbvio para o policial daqui, quando os prendeu horas depois.

Poirot disse:

— Perdão, doutor. O senhor sabe *quem* fez isso com a sra. Ernst? Os dois marginais... Eles confessaram?

— Com orgulho — respondeu o dr. Flowerday por entre os dentes.

— Então estão presos?

— Ah, sim, estão com a polícia.

— Quem são? — perguntei.

— Frederick e Tobias Clutton, pai e filho. Inúteis bêbados, os dois.

Fiquei pensando se o filho era o inútil que eu tinha visto bebendo com Walter Stoakley no King's Head. (Mais tarde descobri que estava certo: era ele.)

— Margaret ficou no caminho deles, foi o que disseram. Já o túmulo dos Ive... — O dr. Flowerday virou para mim. — Por favor, entenda que não estou culpando o senhor por isso, mas sua visita agitou as coisas. O senhor foi visto entrando na cabana de Margaret. Todos aqui sabem a opinião dela sobre os Ive. Todos sabem que a história que você escutou naquela casa retratava Patrick Ive não como um charlatão promíscuo, mas como a vítima de uma campanha constante de crueldade e difamação... Feita por eles. Isso os fez querer punir Patrick de novo. Ele está morto e fora de alcance, então profanaram seu túmulo. Margaret sempre disse que ia acontecer um dia. Ela fica sentada na janela todo dia, esperando flagrá-los e impedi-los. Sabia que ela nunca conheceu Patrick ou Frances Ive? Ela contou isso? Eles eram *meus* amigos. A tragédia deles era a minha tristeza, a injustiça do caso, minha obsessão. No entanto, desde o início, os dois se tornaram importantes para Margaret. Ela ficou horrorizada que algo assim pudesse acontecer na nova paróquia do marido e fez questão de que ele se importasse também. Foi uma sorte inacreditável Margaret e Charles terem vindo a Great Holling. Não se pode pedir uma aliada melhor. Aliados — corrigiu-se o dr. Flowerday.

— Podemos falar com Margaret? — perguntei.

Se ela estava em seu leito de morte — e eu tinha a sensação de que estava, apesar da determinação do médico em não deixá-la morrer —, eu queria ouvir o que Margaret tinha a dizer enquanto havia tempo.

— Claro — respondeu Ambrose Flowerday. — Ela ficaria furiosa comigo se os impedisse de vê-la.

Poirot, a enfermeira e eu acompanhamos o médico por um lance de escadas de madeira até um dos quartos. Tentei não demonstrar meu choque quando vi as bandagens, o sangue, as lesões e os inchaços roxos e azulados que cobriam o rosto de Margaret Ernst. Meus olhos ficaram marejados.

— Eles estão aqui, Ambrose? — perguntou ela.

— Estão.

— *Bonjour*, Madame Ernst. Sou Hercule Poirot. Não tenho palavras para expressar meus sentimentos...

— Por favor, me chame de Margaret. O sr. Catchpool está com o senhor?

— Sim, estou aqui — consegui dizer. Era incompreensível para mim como um ou mais homens podiam fazer tanto mal a uma mulher. Não eram as ações de seres humanos, mas de bestas. Monstros.

— Os senhores estão tentando pensar em comentários educados para não me assustar? — perguntou Margaret. — Meus olhos não abrem de tão inchados, então não consigo ver seu rosto. Imagino que Ambrose tenha dito que estou à beira da morte.

— *Non,* Madame. Ele não falou isso.

— Não? Bem, é o que ele acha.

— Margaret, querida...

— Ele está enganado. Estou brava demais para morrer.

— A senhora deseja nos contar alguma coisa? — perguntou Poirot.

Um barulho estranho emergiu da garganta de Margaret. Tinha um tom de escárnio.

— Quero, sim, mas eu gostaria que o senhor não me perguntasse tão rápido e com tanta urgência, como se houvesse uma pressa descontrolada... Como se meu próximo suspiro pudesse ser o último! Ambrose passou a impressão errada, se é nisso que acreditam. Agora, preciso descansar. Hoje sem dúvida terei de me defender muitas vezes mais contra acusações injustificadas de minha morte iminente! Ambrose, você vai dizer a eles o que precisam saber, não vai? — Seus olhos se apertaram, como se ela tentasse piscar.

— Sim. Se você prefere assim. — Os olhos do médico se arregalaram alarmados, e ele segurou a mão dela. — Margaret? Margaret!

— Deixe — pediu a enfermeira, falando pela primeira vez. — Deixe-a dormir.

— Dormir — repetiu o dr. Flowerday, confuso. — Sim, claro. Ela precisa dormir.

— O que ela quer que o senhor nos conte, doutor? — perguntou Poirot.

— Talvez seja melhor levar os visitantes para a sala de estar — sugeriu a moça.

— Não — retrucou Flowerday. — Não vou deixá-la. Preciso falar com esses cavalheiros em particular, então você poderia nos dar alguns minutos, enfermeira?

A jovem assentiu e saiu do quarto.

Flowerday se dirigiu a mim.

— Ela lhe contou a maior parte, imagino. Sobre o que esta cidade infernal fez com Patrick e Frances?

— Nós sabemos, talvez, mais da história do que o senhor acha — disse Poirot. — Falei tanto com Nancy Ducane quanto com Jennie Hobbs. Elas disseram que a investigação considerou a morte de Patrick e Frances Ive acidental. No entanto, Margaret Ernst disse a Catchpool que eles ingeriram veneno de propósito para se matar: ela primeiro, e depois ele. Um veneno chamado abrina.

Flowerday assentiu.

— É verdade. Os dois deixaram bilhetes: suas últimas palavras para o mundo. Eu declarei para as autoridades que em minha opinião as mortes tinham sido acidentais. Eu menti.

— Por quê? — perguntou Poirot.

— O suicídio é um pecado aos olhos da Igreja. Depois da devastação ocorrida ao bom Patrick, eu não suportaria mais uma mácula contra ele. E a pobre Frances, que não tinha feito nada de errado e era uma boa cristã...

— *Oui. Je comprends.*

— Eu sabia que muitas pessoas se deleitariam com a conquista, ao saber que suas ações tinham levado os Ive ao suicídio. E não estava disposto a dar a elas essa satisfação. Harriet Sippel em especial.

Então Poirot perguntou:

— Posso perguntar uma coisa, dr. Flowerday? Se eu dissesse que Harriet Sippel se arrependeu da maneira desprezível como tratou Patrick Ive, o senhor acreditaria que isso era possível?

— Arrependimento? — Ambrose Flowerday riu sem alegria. — Ora, Monsieur Poirot, eu acharia que o senhor perdeu o juízo. Harriet não se arrependia de *nada* que havia feito. Nem eu, se quer saber. Fico feliz de ter mentido 16 anos atrás. E faria tudo de novo. Deixe-me dizer uma coisa: a máfia liderada por Harriet Sippel e Ida Gransbury contra Patrick Ive era maligna. Não existe outra palavra. Imagino que, como um homem culto, o senhor conheça *A tempestade*? "O inferno está vazio"?

— "E todos os demônios estão aqui" — completou Poirot.

— Exato. — Então, o dr. Flowerday virou-se para mim. — É por isso que Margaret não queria que você falasse comigo, sr. Catchpool. Ela tem muito orgulho de termos mentido pelo bem de Patrick e Frances, mas é mais prudente do que eu. Ela tinha medo de que eu me gabasse para os senhores da minha ousadia, como acabei de fazer. — Ele sorriu com tristeza. — Sei que agora preciso encarar as consequências. Vou perder meu direito de clinicar, possivelmente minha liberdade, e talvez eu mereça isso. A mentira que contei matou Charles.

— O falecido marido de Margaret? — perguntei.

O médico assentiu.

— Margaret e eu não nos importávamos que as pessoas sussurrassem "Mentiroso!" para nós na rua, mas Charles se importava muito. A saúde dele se deteriorou. Se eu estivesse menos determinado a lutar contra o mal na cidade, é possível que Charles ainda estivesse vivo.

— Onde estão os bilhetes do suicídio dos Ive agora? — perguntou Poirot.

— Não sei. Eu os entreguei a Margaret naquela época. Nunca mais perguntei por eles desde então.

— Eu queimei os dois.

— Margaret. — Ambrose Flowerday correu para o lado dela. — Você está acordada.

— Eu me lembro de cada palavra dos dois. Parecia importante, então fiz questão de decorar.

— Margaret, você precisa descansar. Falar é exaustivo para você.

— O bilhete de Patrick pedia que dissesse a Nancy que ele a amava e a amaria para sempre. Eu não contei a ela. Como eu poderia, sem revelar que Ambrose tinha mentido sobre a causa das mortes no relatório? Mas... agora que a verdade veio à tona, você precisa contar a ela, Ambrose. Conte a ela o que Patrick escreveu.

— Farei isso. Não se preocupe, Margaret. Vou cuidar de tudo.

— Eu me preocupo, *sim*. Você não disse ao Monsieur Poirot e ao sr. Catchpool sobre as ameaças de Harriet depois que Patrick e Frances foram enterrados. Conte agora. — Os olhos dela se apertaram. Segundos depois, ela dormia profundamente de novo.

— De que consistiam essas ameaças, doutor? — perguntou Poirot.

— Harriet Sippel chegou à casa paroquial um dia, trazendo uma máfia de dez ou vinte, e anunciou que a população de Great Holling pretendia desenterrar os corpos de Patrick e Frances Ive. Como suicidas, ela disse, eles não tinham o direito de ser enterrados em terras sagradas: era a lei de Deus. Margaret foi até a porta e disse que ela estava falando bobagens, que essa costumava ser uma lei da igreja cristã, mas não era mais. Não desde a década de 1880, e era o ano de 1913. Com a morte, a alma da pessoa é confiada à misericórdia de Deus e está além do julgamento terreno. A devotada auxiliar de Harriet, Ida Gransbury, insistiu que se era errado um suicida ser enterrado no cemitério da igreja antes de 1880, então ainda devia ser errado. Deus não muda de ideia sobre o que é considerado um comportamento aceitável, ela argumentou. Quando ouviu esse surto irracional da própria noiva, Richard Negus rompeu o noivado com a megera inclemente e foi embora para Devon. Foi a melhor decisão que ele já tomou.

— Onde Frances e Patrick Ive conseguiram abrina para se matar? — perguntou Poirot.

Ambrose Flowerday pareceu surpreso.

— Essa é uma pergunta inesperada. Por que quer saber?

— Porque fico pensando se não veio do senhor.

—Veio. — O médico se encolheu, como se sentisse dor. — Frances roubou o veneno da minha casa. Passei alguns anos trabalhando nos trópicos e trouxe dois frascos de veneno comigo. Eu era jovem na época, mas planejava usá-lo mais tarde, se precisasse... No caso de uma doença dolorosa da qual eu não fosse me recuperar. Depois de acompanhar a agonia enfrentada por alguns dos meus pacientes, eu queria poder me poupar desse suplício. Eu não fazia ideia de que Frances sabia que eu tinha dois frascos de um veneno letal no armário, mas ela deve ter vasculhado um dia, para procurar algo que atendesse a seus propósitos. Como disse antes, talvez eu mereça ser punido. Independente do que Margaret diga, sempre senti que quem matou Frances não foi ela mesma, fui eu.

— *Non*. O senhor não deve se culpar — disse Poirot. — Se ela estava determinada a tirar a própria vida, teria encontrado uma maneira de fazê-lo com ou sem frasco de abrina.

Esperei Poirot perguntar sobre o cianureto, uma vez que um médico com acesso a um veneno podia ter acesso a dois, mas, em vez disso, ele continuou:

— Dr. Flowerday, não pretendo contar a ninguém que a morte de Patrick e Frances Ive não tenha sido acidental. O senhor vai permanecer em liberdade e com direito a exercer a medicina.

— O quê? — O olhar de Flowerday se alternava entre mim e Poirot, em choque. Concordei com um gesto de cabeça, enquanto me ressentia do fato de Poirot não ter pedido a minha opinião. Afinal, era eu que trabalhava para que a lei desta terra fosse cumprida.

Se tivesse me consultado, eu teria pedido que ele não expusesse a mentira de Ambrose Flowerday.

— Obrigado. O senhor é um homem justo e generoso.

— *Pas du tout*. — Poirot se defendeu da gratidão de Flowerday. — Tenho mais uma pergunta: o senhor é casado?

— Não.

— Se me permite dizer, acho que deveria se casar.

Respirei fundo.

— O senhor é solteiro, não é? E Margaret Ernst está viúva há alguns anos. É evidente que o senhor a ama muito, e acredito que ela retribua seu afeto. Por que não a pede em casamento?

O dr. Flowerday pareceu tentar esconder a surpresa, pobre sujeito. Finalmente, respondeu:

— Margaret e eu concordamos há muito tempo que nunca nos casaríamos. Não seria certo. Depois do que fizemos, por mais necessário que achássemos que fosse, e depois do que aconteceu com o pobre Charles... Bem, não seria adequado nos permitirmos ser felizes dessa maneira. Por mais felizes que seríamos juntos. Houve sofrimento demais.

Eu observava Margaret e vi suas pálpebras tremularem para se abrirem.

— Chega de sofrimento — disse ela com uma voz frágil.

Flowerday cobriu a boca com o punho fechado.

— Ah, Margaret — disse. — Sem você, o que me resta?

Poirot se levantou.

— Doutor — anunciou ele em tom rígido —, a sra. Ernst acredita que vai sobreviver. Seria uma grande pena se sua decisão tola de abster--se da verdadeira felicidade também sobrevivesse. Duas pessoas boas que se amam não deveriam ficar separadas quando não há necessidade.

Com isso, ele saiu da sala.

★

Eu queria voltar correndo para Londres, mas Poirot disse que primeiro ele precisava ver o túmulo de Patrick e Frances Ive.

— Eu gostaria de deixar flores, *mon ami*.

— Estamos no inverno, meu amigo. Onde você vai encontrar flores?

Isso deu início a uma longa reclamação sobre o clima inglês.

A lápide estava de lado, coberta de lama. Havia diversas pegadas na terra, sugerindo que os dois selvagens, Frederick e Tobias Clutton, tinham pulado na lápide depois de arrancá-la com a pá.

Poirot tirou as luvas. Ele se abaixou e, usando o indicador da mão direita, fez o desenho de uma flor grande — como um desenho de criança — na terra.

— *Voilà* — exclamou. — Uma flor no inverno, apesar do estarrecedor clima inglês.

— Poirot, você está com lama no dedo!

— *Oui*. Por que a surpresa? Nem o famoso Hercule Poirot conseguiria criar uma flor na lama sem sujar as mãos. Vai sair, não se preocupe. Há sempre o tratamento para as mãos, mais tarde.

— Claro que sim. — Sorri. — Fico feliz em vê-lo tão dedicado a isso.

Poirot havia pegado um lenço. Observei, fascinado, ele usá-lo para limpar as pegadas da lápide, bufando e se balançando de um lado para o outro, quase perdendo o equilíbrio uma ou duas vezes.

— Pronto! — declarou. — *C'est mieux!*

— Sim, está melhor.

Poirot franziu a testa para os próprios pés.

— Existem imagens tão perturbadoras que uma pessoa desejaria não precisar vê-las — comentou ele em voz baixa. — Precisamos acreditar que Patrick e Frances Ive estão descansando em paz juntos.

Foi a palavra "juntos". Ela me trouxe outra palavra: separados. Meu rosto deve ter revelado tudo.

— Catchpool? Algo está se passando com você... O que é?

Juntos. Separados.

Patrick Ive estava apaixonado por Nancy Ducane, mas, ao morrer, em seu túmulo compartilhado, ele estava com a mulher a quem pertencia em vida: sua esposa Frances. Sua alma tinha encontrado a paz, ou estava sofrendo por Nancy? Nancy se perguntava isso? Ela desejaria, amando tanto Patrick, que os mortos pudessem falar com os vivos? Qualquer um que tivesse amado e perdido alguém valioso poderia desejar que...

— Catchpool! No que você está pensando neste momento? Eu preciso saber.

— Poirot, tive uma ideia completamente absurda. Vou contar rápido, para que você possa dizer que estou louco. — Comecei a tagarelar animado, e lhe falei tudo. — Mas estou errado, claro — concluí.

— Ah, não, não, não. Não, *mon ami*, você não está errado. — Ele ficou surpreso. — *Claro!* Como, *como* não vi isso? *Mon Dieu!* Sabe o que isso significa, a que conclusão chegamos?

— Não, acho que não.

— Ah. *Dommage*.

— Pelo amor de Deus, Poirot! Não é justo me fazer compartilhar minha ideia e omitir a sua.

— Não temos tempo de discutir agora. Precisamos voltar logo para Londres, onde você vai empacotar as roupas e os objetos pessoais de Harriet Sippel e Ida Gransbury.

— O quê? — Franzi a testa, confuso, perguntando-me se meus ouvidos haviam escutado bem.

— *Oui*. Os pertences do sr. Negus já foram levados pelo irmão dele, lembra?

— Sim, mas...

— Não discuta, Catchpool. Não vai demorar nada para colocar as roupas das duas senhoras, que estão nos quartos, nas malas. Ah, agora estou vendo, estou vendo *tudo*, finalmente. Todas as soluções para os muitos e pequenos quebra-cabeças, elas estão prontas! Sabe, é como as palavras cruzadas.

— Por favor, não compare — pedi. — Você vai estragar meu passatempo favorito se o comparar com este caso.

— É apenas quando alguém vê todas as respostas juntas que pode saber que está certo — continuou Poirot, me ignorando. — Até lá, enquanto algumas respostas estão faltando, esse alguém pode descobrir que aquele detalhe que parecia funcionar simplesmente não se encaixa.

— Nesse caso, pense em mim como uma página de palavras cruzadas vazia, sem nenhuma palavra preenchida — respondi.

— Não por muito tempo, meu amigo... Não por muito tempo. Poirot... Ele vai precisar do salão de jantar do Bloxham Hotel uma última vez!

Capítulo 22
Os crimes do monograma

Na tarde seguinte, às 16h15, Poirot e eu estávamos em uma extremidade do salão de jantar do Bloxham Hotel esperando as pessoas se sentarem nas muitas mesas. Os funcionários do hotel chegaram pontualmente às quatro como Luca Lazzari tinha prometido. Sorri para os rostos familiares: John Goode, Thomas Brignell, Rafal Bobak. Eles me cumprimentaram com acenos de cabeça nervosos.

Lazzari estava parado na porta, gesticulando amplamente enquanto conversava com Stanley Beer. O policial ficava desviando e recuando para evitar ser atingido no rosto. Eu estava longe demais para entender a maior parte do que Lazzari dizia, e o recinto estava barulhento demais, mas consegui ouvir "esses crimes do monograma" mais de uma vez.

Era assim que Lazzari tinha decidido chamá-los? O país inteiro estava usando o nome que os jornais tinham escolhido desde o primeiro dia: os assassinatos do Bloxham Hotel. Evidentemente, Lazzari inventara uma alternativa mais criativa, com a esperança de que o nome de seu amado estabelecimento não ficasse para sempre manchado pela associação. Achei isso tão óbvio que chegou a me irritar, mas eu sabia que meu humor tinha sido afetado pelo fracasso com as malas. Acho muito fácil fazer as malas para mim mesmo antes de uma viagem, mas é porque levo o mínimo possível. As roupas de Ida Gransbury devem ter se multiplicado durante sua curta estadia no Bloxham; eu tinha passado um tempo enervante dobrando e apertando a mala com todo o meu peso, mas mesmo assim não tinha conseguido colocar tudo lá dentro. Sem dúvida existe uma habilidade feminina para essas coisas que um desajeitado como eu nunca vai dominar. Eu estava exageradamente aliviado quando Poirot me disse para interromper as tentativas e ir ao salão do hotel às quatro horas.

Samuel Kidd, em um elegante terno de lã cinza, tinha chegado de braço dado com Jennie Hobbs, que estava muito pálida, às 16h05. Dois minutos depois foi a vez de Henry Negus, irmão de Richard, e aos dez minutos, de um grupo de quatro pessoas, um homem e três mulheres, sendo uma Nancy Ducane. Seus olhos estavam marejados e vermelhos. Ao entrar no salão, ela tentou sem sucesso esconder o rosto com um lenço transparente e delicado.

Murmurei para Poirot:

— Ela não quer que as pessoas vejam que estava chorando.

— Não — disse ele. — Ela está usando esse lenço para tentar não ser reconhecida, não porque tem vergonha de suas lágrimas. Não há nada de condenável em demonstrar sentimentos, ao contrário do que vocês, ingleses, parecem acreditar.

Eu não tinha intenção de deixar o assunto ser desviado para mim quando estávamos falando sobre Nancy Ducane, em quem estava muito mais interessado.

— Imagino que a última coisa que ela queira seja ser abordada por fãs ávidos, todos aos pés dela, adorando-a.

Poirot, ele mesmo um desses casos de famosos que gostariam muito de uma multidão de admiradores ao seu redor, pareceu prestes a implicar com essa questão também.

Eu o distraí com uma pergunta:

— Quem são as três pessoas que vieram com Nancy Ducane?

— Lord St. John Wallace, Lady Louisa Wallace e a empregada deles, Dorcas. — Ele olhou para o relógio e emitiu um som de desaprovação. — Vamos começar com 15 minutos de atraso! Por que as pessoas não conseguem ser pontuais?

Notei que tanto Thomas Brignell quanto Rafal Bobak tinham ficado de pé, ambos aparentemente querendo falar, ainda que os procedimentos não estivessem em andamento oficialmente.

— Por favor, cavalheiros, sentem-se! — instruiu Poirot.

— Mas, sr. Poirot, eu preciso...

— Mas eu...

— Não fiquem agitados, Messieurs. Essas coisas que vocês estão tão determinados a contar a Poirot... Podem ter certeza de que ele já sabe e está prestes a explicá-las a vocês e a todos aqui reunidos. Tenham paciência, por favor.

Mais calmos, Bobak e Brignell se sentaram. Fiquei surpreso de ver a mulher de cabelos pretos ao lado de Brignell segurar a mão dele. Ele apertou a mão dela, e os dois deixaram os dedos se entrelaçarem. Vi o olhar que trocavam, que me disse tudo o que eu precisava saber: eram um casal. No entanto essa definitivamente não era a mulher que eu tinha visto Brignell abraçar nos jardins do hotel.

Poirot sussurrou no meu ouvido.

— A mulher que Brignell estava beijando no jardim, ao lado do carrinho... Ela tinha cabelo loiro, *non*? A mulher de casaco marrom? — E abriu um sorriso enigmático.

Para a multidão, ele disse:

— Agora que todos chegaram, por favor, peço silêncio e sua total atenção. Obrigado. Agradeço a todos!

Enquanto Poirot falava, passei os olhos pelos rostos naquele salão. Era... Ah, meu Deus! Era, sim! Fee Spring, a garçonete do Pleasant's, estava sentada nos fundos. Assim como Nancy Ducane, ela tentava cobrir o rosto — com um chapéu elegante — e, assim como Nancy, não tinha conseguido. Ela piscou para mim, como se dissesse que era culpa minha e de Poirot, por passar lá para tomar alguma coisa e revelar a ela aonde íamos em seguida. Diabos, por que essa atrevida não podia ter ficado no café, onde era o seu lugar?

— Vou pedir a paciência de todos hoje — anunciou Poirot. — São muitas as coisas que os senhores precisam ouvir e entender e que, no momento, não sabem.

Sim, pensei, isso resumia a minha situação perfeitamente. Eu sabia pouco mais que as camareiras e os cozinheiros do Bloxham. Talvez até Fee Spring tivesse uma compreensão mais profunda dos fatos do que eu; Poirot provavelmente a tinha convidado para o grande evento organizado por ele. Devo dizer, eu não entedia e nunca entenderia por que ele precisava de uma plateia tão grande. Não era uma produção teatral. Quando solucionava um crime — e tivera a sorte de solucionar vários sem a ajuda de Poirot —, eu apenas apresentava minhas conclusões ao meu chefe e depois prendia o canalha em questão.

Eu me perguntei, tarde demais, se devia ter exigido que Poirot me contasse tudo antes de organizar seu espetáculo. Lá estava eu, supostamente no comando da investigação, sem fazer ideia de qual era a solução do mistério que ele estava prestes a revelar.

"O que quer que ele esteja prestes a dizer, por favor, que seja brilhante", rezei. "Se ele acertar, e eu estiver ao seu lado, ninguém vai suspeitar que eu estava, e por tanto tempo, tão desinformado quanto estou agora."

— A história é longa demais para que eu conte sem ajuda — declarou Poirot para a sala. — Minha voz, ela se esgotaria. Sendo assim, peço que você escutem outras duas pessoas. Primeiro, a sra. Nancy Ducane, a famosa retratista que nos deu a honra de se juntar a nós hoje, vai se pronunciar.

Isso foi uma surpresa — ainda que tenha notado que não para a própria Nancy. Por sua expressão, ficou claro que ela sabia que Poirot a chamaria. Os dois tinham combinado com antecedência.

Murmúrios surpresos encheram a sala enquanto Nancy, com o lenço envolvendo o rosto, se levantou e ficou ao meu lado, onde todos podiam vê-la.

— Você acabou com o disfarce dela para os fãs apaixonados — sussurrei para Poirot.

— *Oui*. — Ele sorriu. — Ainda assim, ela continua com o lenço no rosto enquanto fala.

Todos ouviram, absortos, Nancy Ducane contar a história de Patrick Ive: seu amor proibido por ele, as visitas ilícitas à casa paroquial à noite, as mentiras horríveis sobre ele tirar dinheiro dos paroquianos para, em troca, transmitir mensagens para os entes queridos falecidos. Ela não mencionou Jennie Hobbs nominalmente quando comentou sobre o rumor que havia começado toda a confusão.

Nancy relatou que, quando finalmente se manifestou, no King's Head Inn, e contou aos moradores de Great Holling sobre seu caso com Patrick Ive, descreveu-o como casto, ainda que não o fosse. Sua voz fraquejou quando falou sobre a morte trágica por envenenamento de Patrick e Frances Ive. Notei que foi tudo o que ela disse sobre as mortes: envenenamento. Não especificou se foi um acidente ou suicídio. Fiquei pensando se Poirot tinha pedido para ela não contar, por causa de Ambrose Flowerday e Margaret Ernst.

Antes de se sentar, Nancy disse:

— Sou tão leal a Patrick agora quanto era no passado. Nunca vou deixar de amá-lo. Um dia, vamos nos reencontrar.

— Obrigado, Madame Ducane. — Poirot fez uma reverência. — Deixem-me contar algo que descobri recentemente, porque acredito que vai reconfortá-la. Antes de morrer, Patrick deixou... um bilhete. Nele, pedia que dissessem à senhora que ele a amava e a amaria para sempre.

— Ah! — Nancy cobriu a boca com as mãos e piscou muitas vezes. — Monsieur Poirot, o senhor não sabe como isso me faz feliz.

— *Au contraire,* Madame. Posso imaginar perfeitamente. Uma mensagem de amor, transmitida depois da morte da pessoa amada... É um eco, não é? Um eco dos rumores falsos sobre Patrick Ive: de que ele transmitia mensagens do além-túmulo? E quem, eu pergunto aos senhores, não gostaria de receber uma mensagem de alguém muito amado que se foi?

Nancy Ducane voltou para sua cadeira. Louisa Wallace a tocou no braço.

— E agora — declarou Poirot — outra mulher que conhecia e amava Patrick Ive vai falar: sua antiga empregada, Jennie Hobbs. Mademoiselle Hobbs?

Jennie se levantou e foi até o lugar onde Nancy estava. Ela também não pareceu surpresa ao ser chamada. Com a voz trêmula, começou:

— Eu amava Patrick Ive tanto quanto Nancy, mas meu amor por ele não era correspondido. Para ele, eu não passava de uma fiel empregada. Fui eu que dei início aos horríveis boatos sobre ele. Contei uma mentira imperdoável. Eu estava com ciúmes porque Patrick amava Nancy, e não a mim. Apesar de não tê-lo matado com as minhas próprias mãos, acredito que, ao caluniá-lo como fiz, provoquei sua morte. Eu e outras três pessoas: Harriet Sippel, Richard Negus e Ida Gransbury, as três pessoas que morreram neste hotel. Nós quatro, mais tarde, nos arrependemos profundamente do que havíamos feito. E então elaboramos um plano para acertar as coisas.

Vi os rostos estupefatos dos funcionários do Bloxham Hotel enquanto Jennie descrevia o mesmo plano que havia contado a mim e a Poirot na casa de Samuel Kidd, bem como a maneira e o porquê de ele ter dado errado. Louisa Wallace gritou horrorizada ao ouvir a parte da história na qual Nancy Ducane deveria ser incriminada pelos três assassinatos e enforcada.

— Planejar que uma mulher inocente seja sentenciada à morte por três assassinatos que não cometeu não é acertar as coisas! — gritou St. John Wallace. — É imoral!

Ninguém discordou dele, pelo menos não em voz alta. Fee Spring, pelo que notei, não pareceu tão chocada quanto a maioria. Ela parecia estar ouvindo com atenção.

— Eu nunca quis incriminar Nancy — disse Jennie. — Nunca! Acreditem se quiserem.

— Sr. Negus — disse Poirot —, o sr. *Henry* Negus... O senhor acha possível que seu irmão Richard tramaria um plano como o que acabou de ouvir?

Henry Negus se levantou.

— Eu não saberia dizer, Monsieur Poirot. O Richard que eu conhecia não sonharia em matar ninguém, claro, mas o Richard que veio morar comigo em Devon 16 anos atrás *não era o Richard que eu conhecia*. Ah, a aparência física dele era a mesma, mas ele não era mais o mesmo homem por dentro. Lamento dizer que não consegui conhecer o homem que ele se tornou. Sendo assim, não sei dizer quais eram as chances de ele se comportar de uma ou outra maneira.

— Obrigado, sr. Negus. E obrigado, srta. Hobbs — acrescentou Poirot, com uma pronunciada ausência de entusiasmo. — Pode se sentar.

E se voltou para a multidão.

— Percebam, senhoras e senhores, que a história da srta. Hobbs, se for verdadeira, nos deixa sem um assassino para prender e condenar. Ida Gransbury matou Harriet Sippel, com a permissão dela. Richard Negus matou Ida Gransbury, mais uma vez, com a permissão dela; e então se matou, uma vez que Jennie Hobbs não apareceu para matá-lo como tinha sido combinado. Ele tirou a própria vida e fez parecer um assassinato, primeiro trancando a porta e escondendo a chave atrás de um ladrilho solto na lareira, depois abrindo a janela. A polícia deveria pensar que a assassina, Nancy Ducane, tinha levado a chave, fugido pela janela aberta e descido por uma árvore. *Mas não houve assassinato*, de acordo com Jennie Hobbs... Ninguém matou sem a permissão da vítima!

Poirot olhou em volta na sala.

— Nenhum assassinato — repetiu. — No entanto, mesmo que isso fosse verdade, ainda assim haveria dois criminosos vivos e merecedores de punição: Jennie Hobbs e Samuel Kidd, que conspiraram para incriminar Nancy Ducane.

— Espero que o senhor prenda os dois, Monsieur Poirot! — disse Louisa Wallace.

— Eu não abro nem fecho os portões da prisão, Madame. Esse é o trabalho do meu amigo Catchpool e de seus colegas. Apenas abro as portas para os segredos e a verdade. Sr. Samuel Kidd, por favor, levante-se.

Kidd, parecendo desconfortável, ficou de pé.

— Sua participação no plano era deixar o bilhete na recepção do hotel, não era? "Nunca descansem em paz. 121.238.317."

— Sim, senhor. Foi isso, como Jennie disse.

— O senhor recebeu o bilhete de Jennie a tempo de fazer isso?

— Sim. Ela me entregou o bilhete mais cedo. De manhã.

— E quando o senhor deveria deixá-lo na recepção?

— Pouco depois das oito da noite, como Jennie disse. Assim que eu conseguisse, mas depois de me certificar de que ninguém estivesse perto o bastante para me ver.

— E o senhor recebeu instruções de quem? — perguntou Poirot.

— Jennie.

— E também veio de Jennie a orientação para colocar as chaves no bolso de Nancy Ducane?

— Isso mesmo — respondeu Kidd com a voz taciturna. — Não sei por que o senhor está me perguntando essas coisas, já que ela acabou de contar tudo.

— Vou explicar. *Bon*. De acordo com o plano original, como ouvimos Jennie Hobbs contar, as chaves dos três quartos, 121, 238 e 317, seriam retiradas do quarto de Richard Negus por Jennie depois que ela o matasse e seriam entregues a Samuel Kidd, que as colocaria em algum lugar que comprometesse Nancy Ducane: o bolso de seu casaco, como aconteceu. *Mas Jennie Hobbs não apareceu no Bloxham Hotel na noite dos assassinatos, de acordo com sua versão da história. Ela não teve coragem.* Portanto, eu pergunto, sr. Kidd: como o senhor conseguiu as chaves dos quartos 121 e 317?

— Como eu... Como eu consegui as duas chaves?

— Sim. Essa foi a pergunta que fiz. Por favor, responda.

— Eu... Bem, se quer saber, eu consegui as chaves graças à minha própria esperteza. Abordei um funcionário do hotel e perguntei se ele faria a gentileza de me emprestar a chave mestra. E ele concordou. Eu a devolvi, depois de usá-la. Tudo com muita discrição, sabe.

Eu estava perto o bastante de Poirot para ouvir o som de desaprovação que ele fez.

— Que funcionário do hotel, Monsieur? Estão todos aqui nesta sala. Aponte para a pessoa que lhe entregou a chave mestra.

— Não lembro quem foi. Um homem... É tudo o que posso dizer. Tenho péssima memória para rostos. — Ao dizer isso, Kidd esfregou os machucados vermelhos do rosto com o polegar e o indicador.

— Então, com a chave mestra, o senhor entrou nos três quartos?

— Não, só no quarto 238. Era onde todas as chaves deveriam estar, esperando por Jennie, mas só encontrei duas. Como o senhor disse, uma estava escondida atrás de um ladrilho da lareira. Não quis ficar e revirar o quarto em busca da terceira chave, com o corpo do sr. Negus lá.

— O senhor está mentindo — disse Poirot a ele. — Não importa. Vai entender, quando a hora chegar, que não tem como se safar dessa situação com mentiras. Mas vamos continuar. Não, não sente. Tenho outra pergunta para o senhor e para Jennie Hobbs. Fazia parte do plano que Jennie me contasse sua história de pânico e morte no Pleasant's Coffee House logo depois das sete e meia na noite dos assassinatos, não fazia?

— Sim — respondeu Jennie, olhando não para Poirot, mas para Samuel Kidd.

— Então me desculpem, mas não consigo entender algo importante. A senhorita estava com medo demais para levar o plano adiante, como diz, por isso não foi ao hotel às seis. No entanto, o plano seguiu em frente sem sua participação, ao que parece. A única diferença foi que Richard Negus se matou, certo? Ele colocou veneno na própria bebida, em vez de a senhorita fazê-lo. Tudo o que eu disse até agora está correto, Mademoiselle?

— Está, sim.

— Nesse caso, se o único detalhe modificado foi o suicídio de Richard Negus, em vez da execução, podemos presumir que as mortes ocorreram como planejado: depois de pedir sanduíches e bolinhos, entre 19h15 e vinte horas. Certo, srta. Hobbs?

— Isso mesmo — respondeu Jennie. Ela não parecia tão certa quanto um instante atrás.

— Então como, se posso perguntar, pode ter sido parte do plano que a senhorita matasse Richard Negus? A senhorita disse que pretendia me encontrar no Pleasant's Coffee House pouco depois das sete naquela mesma noite, sabendo que eu estaria lá para o meu habitual jantar de quinta-feira. É impossível ir do Bloxham Hotel ao Pleasant's Coffee House em menos de meia hora. Não há como, não importa o meio de transporte. Então, mesmo que Ida Gransbury tivesse matado Harriet Sippel, e Richard Negus tivesse matado Ida Gransbury o mais rápido possível a partir das 19h15, não haveria tempo de a senhorita matar Richard Negus no quarto 238 depois disso e ainda chegar ao Pleasant's quando chegou. Devemos acreditar que, com todo esse planejamento meticuloso, ninguém cogitou essa impossibilidade prática?

O rosto de Jennie tinha ficado pálido. Imagino que o meu também, ainda que eu não conseguisse me ver.

Poirot havia apontado uma falha tão óbvia no relato dela, e eu não tinha reparado. Simplesmente aquilo não me ocorrera.

Capítulo 23
A verdadeira Ida Gransbury

Samuel Kidd riu e se virou, para que mais pessoas pudessem vê-lo.

— Sr. Poirot, para um homem que se orgulha do seu poder de dedução, o senhor não é dos mais espertos, não é? Ouvi Jennie falar disso mais vezes do que o senhor, acho que posso afirmar sem sombra de dúvida. O plano não era que as mortes acontecessem depois das 19h15. Não sei de onde o senhor tirou essa ideia. O plano era que acontecessem logo depois das seis. O pedido da comida às 19h15 também não fazia parte dele.

— Isso mesmo — concordou Jennie. Quando uma saída para a armadilha foi oferecida pelo raciocínio rápido de seu ex-noivo, ela pareceu recuperar a compostura. — Só posso concluir que meu não comparecimento às seis, como combinado, provocou um atraso. Os outros devem ter discutido minha ausência. É o que eu teria feito no lugar deles. A discussão sobre o que fazer deve ter levado algum tempo.

— Ah, *bien sûr*. No entanto, a senhorita não me corrigiu alguns instantes atrás, quando afirmei que as mortes ocorreram como planejado: entre 19h15 e vinte horas. E não disse que o chá da tarde pedido à noite tampouco era parte do plano.

— Sinto muito. Eu devia tê-lo corrigido — disse Jennie. — Eu... quero dizer, tudo isso é muito desgastante.

— Agora a senhorita está dizendo que o plano era que as três mortes acontecessem às seis?

— Sim, e terem terminado às 18h45, para que eu chegasse ao Pleasant's até sete e meia.

— Nesse caso, tenho outra pergunta, Mademoiselle. Por que era necessário que o sr. Kidd esperasse *uma hora* depois que Harriet, Ida e Richard já estivessem mortos, e depois que a senhorita tivesse ido embora do hotel, antes de deixar o bilhete na recepção? Por que não foi combinado que o sr. Kidd fizesse isso, por exemplo, às 19h15 ou mesmo às sete e meia? Por que às oito?

Jennie recuou como se tivesse recebido um golpe.

— Por que *não* às oito? — respondeu, desafiadora. — Que mal há em esperar um pouco?

— O senhor faz cada pergunta idiota, sr. Poirot — retrucou Sam Kidd.

— Não há nenhum problema em esperar, Mademoiselle, concordo plenamente. Logo, precisamos nos perguntar: por que deixar um bilhete? Por que não esperar que as camareiras do hotel encontrassem os corpos na manhã seguinte? Jennie? Não olhe para Samuel Kidd. Olhe para Hercule Poirot! Responda.

— Eu... Eu não sei! Acho que talvez Richard...

— Não! Nada de talvez Richard! — Poirot interrompeu-a. — Se a senhorita não vai responder minha pergunta, permita-me fazê-lo. A senhorita disse ao sr. Kidd para deixar o bilhete na recepção logo depois das vinte horas porque *sempre foi parte do plano que os assassinatos parecessem ter sido cometidos entre 19h15 e 20h*!

Poirot se virou de novo para a multidão, que estava quieta e de olhos arregalados.

— Vamos voltar ao chá da tarde que foi pedido e servido no quarto 317, o quarto de Ida Gransbury, para três pessoas. Vamos imaginar que nossas três vítimas voluntárias, perplexas com a ausência de Jennie Hobbs, não sabiam o que fazer, então foram ao quarto de Ida Gransbury para discutir a questão. Catchpool, se você estivesse prestes a se deixar ser executado por um pecado do passado, pediria, logo antes, bolinhos e bolos?

— Não. Eu estaria nervoso demais para comer ou beber qualquer coisa.

— Talvez o nosso trio de executores achasse importante conservar as forças para a importante tarefa que tinha pela frente — especulou Poirot. — Mas, então, quando a refeição chegou, não conseguiram comer. Mas onde foi parar toda aquela comida?

— O senhor está perguntando para mim? — disse Jennie. — Infelizmente não sei, porque eu não estava lá.

— Voltando ao horário das mortes. — Poirot retomou o raciocínio. — A avaliação do médico-legista é de que as mortes aconteceram entre quatro da tarde e oito e meia da noite. Evidências circunstanciais mais tarde restringiram esse período para entre 19h15 e 20h10. *Eh bien*, vamos examinar as evidências circunstanciais. O garçom Rafal Bobak viu as três vítimas vivas às 19h15, quando foi servir a refeição no quarto 317, e Thomas Brignell viu Richard Negus vivo às sete e meia no lobby do hotel, quando Negus elogiou Brignell por sua eficiência, pediu que o chá e os bolos fossem colocados na sua conta e pediu um xerez. Então, parece que nenhuma das mortes pode ter acontecido antes das 19h15, e que o assassinato de Richard Negus não pode ter acontecido antes das sete e meia.

— No entanto, existem alguns detalhes que não se encaixam nesse belo cenário. Primeiro, o desaparecimento da refeição, que sabemos não ter sido ingerida por Harriet Sippel, Ida Gransbury e Richard Negus. Não acredito que alguém prestes a matar pela primeira vez pensaria em comer um bolinho antes. Então, por que pedir algo que ninguém tem a intenção de consumir, *a menos que seja para garantir aos olhos de uma testemunha que você estava vivo às 19h15?* E por que seria necessário nossas três vítimas serem vistas vivas nesse horário específico? Só consigo pensar em uma explicação possível que seja consistente com a história de Jennie Hobbs: se nossos conspiradores sabiam, de alguma maneira, que Nancy Ducane não tinha um álibi consistente para o período entre 19h15 e 20h15, podem ter desejado fazer parecer que as mortes aconteceram nesse intervalo. Mas Nancy Ducane tem um álibi muito sólido para esse horário, não tem, Lady Wallace?

Louisa Wallace ficou de pé.

— Tem, sim. Ela estava comigo e com meu marido até as dez naquela noite, jantando em nossa casa.

— *Merci beaucoup,* Madame. *Alors,* posso pensar em apenas um motivo por que seria tão importante criar a aparência de que as três mortes aconteceram entre 19h15 e 20h10: nesse período, Jennie Hobbs tinha um álibi incontestável. Eu, Hercule Poirot, sei perfeitamente bem que ela não podia estar no Bloxham Hotel. Ela estava comigo no Pleasant's Coffee House entre 19h35 e 19h50, e já expliquei o tempo de deslocamento envolvido.

"Considerando tudo isso, assim como a minha convicção de que as três mortes não aconteceram entre 19h15 e 20h10, e começo a me perguntar: por que ter todo esse trabalho para fazer parecer que Jennie Hobbs não poderia ter cometido esses assassinatos, *a menos que ela os tivesse cometido?*"

Jennie levantou da cadeira de um salto.

— Eu não matei ninguém! Juro que não! Claro que eles morreram entre 19h15 e oito horas... Está óbvio para todo mundo, menos para o senhor!

— Sente-se e fique quieta, srta. Hobbs, a menos que eu lhe faça uma pergunta — instruiu Poirot com frieza.

O rosto de Samuel Kidd estava contorcido pela raiva.

— O senhor está inventando tudo isso, sr. Poirot! Como sabe que eles não pediram a comida porque estavam morrendo de fome? Só porque o senhor não estaria ou eu não estaria, não significa que eles não estivessem.

— Então por que não comeram, sr. Kidd? — perguntei. — Para onde todos aqueles sanduíches e bolos foram?

— O melhor chá da tarde de toda Londres! — murmurou Luca Lazzari.

— Vou dizer onde tudo foi parar, Catchpool — disse Poirot. — Nosso assassino cometeu um erro em relação ao chá da tarde... Um de muitos. Se a comida tivesse sido deixada nos pratos no quarto 317 e a polícia a encontrasse, não haveria mistério. A polícia teria presumido que o criminoso chegou e interrompeu uma ocasião feliz, antes que o banquete pudesse começar. Mas o assassino acha que vai levantar suspeitas, toda aquela comida intacta. Ele não quer que ninguém faça a pergunta: "Por que pedir a refeição e não comer?"

— Então o que aconteceu com a comida? — perguntei. — Onde ela foi parar?

— Os conspiradores a retiraram da cena do crime. Ah, sim, senhoras e senhores, certamente houve uma conspiração para cometer esses três assassinatos! Caso eu ainda não tenha deixado claro: Harriet Sippel, Ida Gransbury e Richard Negus estavam mortos muito antes das 19h15 na quinta-feira em questão.

Luca Lazzari deu um passo à frente.

— Monsieur Poirot, por favor, perdoe a minha intrusão, mas preciso dizer que Rafal Bobak, o mais fiel dos meus garçons, não mentiria. Ele viu as três vítimas vivas e bem quando serviu a refeição às 19h15. Vivas e bem! O senhor deve estar enganado.

— Não estou enganado. Mas em um aspecto o senhor tem razão: seu garçom Rafal Bobak de fato é uma testemunha exemplar. Ele, com certeza, viu três pessoas no quarto 317 quando serviu o chá da tarde... *Mas essas pessoas não eram Harriet Sippel, Ida Gransbury e Richard Negus.*

Por toda a sala houve suspiros de choque. Eu mesmo levei um susto, fundindo meu cérebro para pensar quem poderiam ser os três. Não era Jennie Hobbs, que estaria a caminho do Pleasant's Coffee House naquele momento. Então quem?

— Poirot — disse eu, nervoso. — Sua alegação é de que três pessoas *se fizeram passar* pelas vítimas para fazer parecer que ainda estavam vivas quando a comida foi servida?

— Não exatamente, não. Na verdade, *duas* pessoas se fizeram passar por *duas* vítimas. A terceira pessoa, Ida Gransbury... Ela não estava representando, lamento informar. Não, infelizmente ela era a verdadeira Ida Gransbury. Sr. Bobak, o senhor lembra o que me contou sobre o que ouviu e o que testemunhou quando levou o chá da tarde para o quarto 317? Eu me lembro de cada palavra, porque ouvi seu relato duas vezes. O senhor se importaria se eu o reproduzisse agora, para todos?

— Não, senhor, não me importaria.

— *Merci.* O senhor chegou e encontrou as três vítimas aparentemente vivas e conversando sobre conhecidos. Ouviu Harriet Sippel, ou a mulher que foi chamada de "Harriet" pelo homem do quarto, dizer: "Ela não tinha escolha, tinha? Não é mais a pessoa em quem ele confia. Ele não teria mais interesse nela agora: ela se descuidou e tem idade para ser mãe dele. Não, se ela quisesse descobrir o que se passa na cabeça dele, não teria outra opção que não receber a mulher em quem ele *de fato* confia e conversar com ela." Foi quando o homem parou de dar atenção ao senhor e à comida e disse: "Ah, Harriet, isso não é justo. Ida se impressiona com facilidade. Devagar com ela." Estou certo até agora, sr. Bobak?

— Sim, senhor.

— Então o senhor contou que *Ida ou Harriet* disse algo que o senhor não lembrava, e que o homem que supunha ser Richard Negus disse: "Na cabeça dele? Eu diria que não tem nada. E discordo da parte de ela ter idade para ser mãe dele. Discordo completamente." Nesse momento, a mulher usando o nome Harriet riu e respondeu: "Bem, nenhum de nós pode provar que está certo, então vamos concordar em discordar!" Correto?

Rafal Bobak confirmou que, mais uma vez, Poirot estava certo.

— *Bon*. Posso sugerir, sr. Bobak, que o comentário feito por *Ida ou Harriet* que o senhor não lembra foi feito por Harriet? Estou convencido, totalmente convencido!, de que o senhor não ouviu Ida Gransbury dizer *uma única palavra* enquanto esteve no quarto, e que não viu seu rosto porque ela estava sentada de costas para a porta.

Bobak franziu o cenho, concentrado. Por fim, ele disse:

— Acho que o senhor está certo, sr. Poirot. Não, eu não vi o rosto da srta. Ida Gransbury. E... acho que não a ouvi falar, agora que o senhor comentou.

— O senhor não a ouviu falar, Monsieur... Pela simples razão de que Ida Gransbury, sentada em uma poltrona de costas para a porta, *já estava morta às 19h15. A terceira pessoa no quarto 317, no momento em que o senhor servia o chá da tarde, era um cadáver*!

Capítulo 24
O jarro e a bacia azuis

Algumas pessoas gritaram alarmadas. Existe uma grande chance de que eu tenha sido uma delas. É estranho: já vi muitos cadáveres, graças ao meu trabalho na Scotland Yard, e ocasionalmente achei a imagem perturbadora, mas, nenhum cadáver comum poderia ser tão aterrorizante quanto a perspectiva de uma mulher morta sentada como se estivesse viva e participando de um alegre chá da tarde com amigos.

O pobre Rafal Bobak parecia bastante assustado e vacilante, sem dúvida uma decorrência de ter estado mais perto da monstruosidade do que qualquer outra pessoa sã gostaria de estar.

— É por isso que a comida tinha de ser servida no quarto de Ida Gransbury — continuou Poirot. — O de Richard Negus, o quarto 238, teria sido o ponto de encontro mais conveniente para as três vítimas, porque ficava no segundo andar, entre os outros dois. O chá da tarde teria sido colocado na conta do sr. Negus sem que ele precisasse pedir. Mas, claro, o quarto 238 não poderia ser o local onde as três vítimas seriam vistas vivas por Rafal Bobak às 19h15! Isso exigiria transportar o corpo de Ida Gransbury do quarto 317, onde ela havia sido morta algumas horas antes, pelos corredores do hotel até o quarto de Richard Negus. Teria sido um grande risco. Com quase toda certeza, alguém veria.

A expressão de choque da multidão perplexa era uma imagem e tanto. Fiquei imaginando se Luca Lazzari não estaria em breve procurando novos funcionários. Eu definitivamente não tinha a intenção de voltar ao Bloxham depois que aquele caso desagradável fosse concluído e imaginei que muitos na sala deviam sentir o mesmo.

Poirot deu prosseguimento às suas explicações.

— Reflitam, senhoras e senhores, sobre a munificência, a *largesse*, do sr. Richard Negus. Ah, como ele era generoso, insistindo em pagar pela comida e pelo chá, além do transporte para Harriet e Ida, que foram separadamente ao hotel de carro. Por que elas não vieram de trem juntas e dividiram um carro até o hotel? E por que Richard Negus se empenharia tanto em receber a conta da comida e das bebidas, quando sabia que ele, Harriet Sippel e Ida Gransbury estavam prestes a morrer?

Era uma boa pergunta. Todas as questões que Poirot estava levantando eram pertinentes e, além do mais, eram perguntas que eu mesmo deveria ter feito. Por alguma razão, eu não conseguira notar que tantos aspectos da história de Jennie Hobbs não se encaixavam com os fatos do caso. Como eu podia ter deixado passar inconsistências tão gritantes?

Poirot disse:

— O homem que se fez passar por Richard Negus às 19h15 para Rafal Bobak, e de novo às sete e meia para o sr. Thomas Brignell, não se importava com a conta! Ele sabia que nem ele, nem seus cúmplices teriam de pagar. Ele tinha saído para se livrar da comida. Como foi que a transportou? Em uma mala! Catchpool, você se lembra do vagabundo que viu perto do hotel, quando fizemos nosso passeio de ônibus? Um mendigo comendo algo que estava em uma mala, *non*? Você o descreveu como sendo sua "loja móvel de guloseimas". Diga, você o viu comendo que guloseimas especificamente?

— Ah, meu Deus. Sim, eu vi! Ele comia um... um bolo com creme inglês.

Poirot assentiu.

— Da mala que encontrou jogada perto do Bloxham Hotel, cheia de um delicioso chá da tarde para três! Agora, aqui vai mais um teste para a sua memória, *mon ami*: você se lembra de me dizer, na minha primeira visita ao Bloxham, que Ida Gransbury tinha trazido roupas suficientes para encher um guarda-roupa inteiro? E, no entanto, só havia uma mala no quarto dela, a mesma quantidade que no de Richard Negus e Harriet Sippel, que tinham trazido consideravelmente menos roupas. Hoje à tarde, pedi que você fizesse as malas com os pertences da srta. Gransbury, e o que você descobriu?

— Que não cabiam — respondi, me sentindo um imbecil. Parecia que eu estava fadado a me sentir idiota em relação à bagagem de Ida Gransbury, mas cada vez por um motivo diferente.

—Você se culpou — disse Poirot. — É o que você sempre prefere fazer, mas na verdade era impossível que todas as roupas coubessem, porque foram trazidas ao Bloxham em duas malas. Nem mesmo Hercule Poirot teria conseguido guardá-las em uma só!

Para os funcionários do hotel reunidos, ele disse:

— No caminho de volta, depois de se desfazer da mala cheia de comida, esse homem encontrou o atendente júnior do Bloxham, Thomas Brignell, perto da porta do salão onde estamos reunidos. Por que ele conversou com Brignell sobre a conta? Por uma razão apenas: *para deixar em Brignell a impressão de que Richard Negus ainda estava vivo às 19h30*. No papel do sr. Negus, ele cometeu uma inexatidão: de que Negus podia pagar a conta, ao passo que Harriet Sippel e Ida Gransbury não. Isso não é verdade! Henry Negus, irmão de Richard, pôde confirmar que este não tinha renda, e que restava muito pouco de sua herança. Mas o homem se fazendo passar por Richard Negus não sabia disso e presumiu que Negus, um cavalheiro, outrora advogado de carreira, devia ter muito dinheiro.

"Quando Henry Negus conversou comigo e com Catchpool pela primeira vez, ele contou que, desde a mudança para Devon, seu irmão Richard tinha se tornado taciturno e pessimista. Vivia recluso e sem ânimo... Certo, sr. Negus?"

— Sim, infelizmente — confirmou Henry Negus.

— Recluso! Eu pergunto aos senhores, isso soa como um homem que se daria ao luxo de xerez e bolo, e de fofocar soberbamente com duas mulheres em um hotel chique de Londres? Não! O homem que recebeu o chá da tarde entregue por Rafal Bobak, e para quem Thomas Brignell serviu o xerez, não era Richard Negus. Esse homem elogiou a eficiência do sr. Brignell e falou algo como: "Sei que posso contar com você em relação a isso, por causa da sua eficiência: mande a conta da comida e da bebida para mim, Richard Negus, quarto 238." Suas palavras foram pensadas para fazer Thomas Brignell acreditar que aquele homem, aquele Richard Negus, conhecia seu nível de eficiência, e que, *logo, os dois já deviam ter se encontrado*. O sr. Brignell podia ter se sentido um pouco culpado, talvez, porque não se lembrava de ter tratado antes com o sr. Negus, e fez questão de nunca mais esquecê-lo. Dali em diante ele iria se lembrar do homem que encontrou duas vezes. Naturalmente, trabalhando em um grande hotel londrino, ele encontra pessoas o tempo todo, centenas por dia! Acontece muitas vezes, tenho certeza, de hóspedes se lembrarem do seu nome e de seu rosto, enquanto Brignell esquece o deles... Afinal, são apenas, *en masse*, "os hóspedes"!

— Com licença, Monsieur Poirot, por favor. — Luca Lazzari se adiantou. — Em linhas gerais, o senhor está coberto de razão, mas não, por acaso, em se tratando de Thomas Brignell. Ele tem uma memória excepcional para rostos e nomes. Excepcional!

Poirot sorriu, satisfeito.

— É mesmo? *Bon*. Então estou certo.

— Em relação a quê? — perguntei.

—Tenha paciência e escute, Catchpool. Vou explicar a sequência de acontecimentos. O homem se fazendo passar por Richard Negus estava no lobby do hotel quando o sr. Negus fez o check-in na quarta, um dia antes dos assassinatos. Provavelmente ele queria inspecionar o terreno em preparação para o papel que iria desempenhar mais tarde. Em todo caso, ele viu Richard Negus chegar. Como sabia que era Richard Negus? Vou voltar a essa questão mais tarde; por enquanto basta dizer que sabia. Ele viu *Thomas Brignell* cuidar da papelada necessária e entregar a chave do quarto ao sr. Negus. Na noite seguinte, depois de se fazer passar pelo sr. Negus para receber o chá da tarde e sair para se livrar dele, esse homem retornava ao quarto 317 quando passou por Thomas Brignell. Sujeito de raciocínio rápido, viu uma oportunidade excelente para consolidar a farsa para a polícia. Ele se aproximou de Brignell e falou como se ele, o impostor, fosse Richard Negus. Ele fez Brignell recordar seu nome e aludiu a um encontro prévio.

"Na verdade, Thomas Brignell nunca tinha visto aquele homem antes, mas se lembra do nome, por conta do momento em que entregou a chave ao verdadeiro Richard Negus. Ali, de repente, havia um homem conversando com ele de maneira confiante, amistosa e inteligente, usando o mesmo nome. Thomas Brignell *presume que deve ser Richard Negus*. Ele não se lembra do rosto, mas culpa a si mesmo pelo lapso."

O rosto de Thomas Brignell estava vermelho como um tomate. Poirot continuou:

— O homem se fazendo passar por Richard Negus pediu uma taça de xerez. Por quê? Para prolongar seu contato com Brignell, fixando-o um pouco mais na memória do funcionário do hotel? Para acalmar os nervos agitados com um pouco de álcool? Talvez um pouco dos dois.

"Agora, se me permitem uma pequena digressão: nos vestígios de xerez na taça, foi encontrado o cianureto, assim como nas xícaras de chá de Harriet Sippel e Ida Gransbury. Mas não foram o chá nem o xerez que mataram as três vítimas. Não podem ter sido. As bebidas chegaram tarde demais para matar, muito depois de os assassinatos terem sido cometidos. A taça de xerez e as duas xícaras de chá nas mesinhas ao lado dos três corpos eram fundamentais para montar a cena do crime, para dar a falsa impressão de que as mortes só poderiam ter ocorrido *depois* de 19h15. Na verdade, o cianureto que matou Harriet Sippel, Ida Gransbury e Richard Negus foi ministrado muito antes, por outros meios. Não há um copo d'água ao lado da bacia em todos os quartos, Signor Lazzari?"

— *Si*, Monsieur Poirot. Há, sim.

— Então imagino que o veneno tenha sido consumido assim: na água. Cada copo foi cuidadosamente lavado e recolocado ao lado da bacia. Sr. Brignell — chamou Poirot inesperadamente, fazendo o homem se erguer na cadeira como se tivesse levado um tiro. — O senhor não gosta de falar em público, mas criou coragem para fazê-lo da primeira vez que nos reunimos neste salão. O senhor nos contou sobre seu encontro com o sr. Negus no corredor, mas *não mencionou o xerez, mesmo quando perguntei sobre isso especificamente*. Mais tarde, o senhor me procurou e acrescentou o detalhe do xerez à sua história. Quando perguntei por que tinha omitido essa parte da primeira vez, o senhor não respondeu. Não entendi por quê, mas meu amigo aqui, Catchpool, disse uma coisa demasiado perspicaz e esclarecedora. Ele disse que o senhor é um homem consciencioso, que *só omitiria alguma coisa em um interrogatório de assassinato se fosse motivo de grande constrangimento pessoal, e se não tivesse nada a ver com o caso*. Ele acertou em cheio em sua avaliação, não foi?

Brignell fez um leve aceno de cabeça, assentindo.

— Permita que eu explique. — Poirot elevou a voz, que já estava bem alta. — Quando nos encontramos neste salão antes, perguntei se alguém havia servido xerez ao sr. Negus no quarto. Ninguém se manifestou. Por que Thomas Brignell não disse: "Não o levei ao quarto, mas servi uma taça de xerez a ele"? Poirot vai dizer! Ele não o fez porque tinha dúvidas e não queria correr o risco de dizer algo que não fosse verdade.

"O sr. Brignell foi o único funcionário do hotel a ver alguma das vítimas mais de uma vez, ou, para ser mais exato, *foi levado a acreditar* que tinha visto Richard Negus mais de uma vez. Ele sabia que tinha servido uma taça de xerez a um homem dizendo se chamar Richard Negus, que agia como se o tivesse encontrado antes, *mas aquele homem* não parecia o *Richard Negus que Thomas Brignell tinha visto*. Lembrem-se, o sr. Lazzari disse aqui que o sr. Brignell tem uma memória excelente para rostos e nomes. Foi por *isso* que ele não se manifestou quando perguntei sobre o xerez! Ele foi distraído pelos próprios pensamentos. Uma voz em sua cabeça disse: 'Devia ser ele, o mesmo homem. Mas não era ele... Eu o teria reconhecido.'

"Alguns instantes depois, o sr. Brignell disse a si mesmo: 'Como posso ser tão tolo? Claro que era Richard Negus, ele disse seu nome! Pela primeira vez minha memória falhou. E, além disso, o homem falava exatamente como o sr. Negus, com seu jeito de falar sofisticado.' Deve ter parecido *incroyable* para o escrupulosamente honesto Thomas Brignell que alguém quisesse se fazer passar por outra pessoa para enganá-lo.

"Depois de chegar à conclusão de que o homem devia ser Richard Negus, o sr. Brignell decidiu se levantar e contar que encontrou o sr. Negus no corredor às 19h30 na noite dos assassinatos, mas estava muito envergonhado para mencionar o xerez, porque temia parecer um imbecil por ficar quieto quando eu havia perguntado sobre a bebida antes. Certamente eu perguntaria, diante de todos: 'Por que não me disse isso antes?', e o sr. Brignell teria morrido de vergonha de dizer: 'Porque eu estava ocupado demais me perguntando como o sr. Negus podia ter um rosto diferente na segunda vez que o encontrei'. Sr. Brignell, o senhor pode confirmar se o que estou dizendo é verdade? Não se preocupe em parecer tolo. O senhor é o oposto de um tolo. *Era* um rosto diferente. Era um homem diferente."

— Ainda bem! — exclamou Brignell. — Tudo o que o senhor disse está absolutamente correto, sr. Poirot.

— *Bien sûr* — disse Poirot sem modéstia. — Não se esqueçam, senhoras e senhores, de que o mesmo nome não necessariamente significa a mesma pessoa. Quando o Signor Lazzari descreveu a mulher que ocupou um quarto deste hotel usando o nome Jennie Hobbs, pensei que provavelmente fosse a mesma mulher que encontrei no Pleasant's Coffee House. Eram parecidas: cabelos louros, chapéu marrom-escuro, casaco marrom-claro. Mas dois homens que viram uma mulher com a mesma descrição apenas uma vez não podem ter certeza de que viram a mesma mulher.

"Isso me fez ruminar. Eu já suspeitava que o Richard Negus morto, cujo corpo eu tinha visto, e o Richard Negus vivo visto por Rafal Bobak e Thomas Brignell na noite dos assassinatos eram dois homens diferentes. Então lembrei que fui informado de que, ao chegar ao Bloxham na quarta-feira, Richard Negus foi atendido por Thomas Brignell. Se minhas suposições estivessem certas, esse era um Richard Negus diferente, o verdadeiro. De repente, entendi a situação de Thomas Brignell. Como ele podia dizer em público que um homem tinha dois rostos? Todos o achariam maluco!"

— É o senhor que parece louco, sr. Poirot — disse Samuel Kidd com escárnio.

Poirot continuou como se ninguém tivesse falado nada.

— O impostor podia não ter a aparência de Richard Negus, mas não tenho dúvidas de que a voz foi uma imitação perfeita. Ele é um excelente imitador... Não é verdade, sr. Kidd?

— Não deem ouvidos a esse homem! Ele é um mentiroso!

— Não, sr. Kidd. O senhor que é um mentiroso. E já me imitou mais de uma vez.

Fee Spring se levantou no fundo do salão.

— Podem acreditar no sr. Poirot — disse ela. — Ele está dizendo a verdade, sem dúvida. Eu ouvi o sr. Samuel Kidd falar com o sotaque dele. De olhos fechados, eu não saberia a diferença.

— Não é só com a voz que Samuel Kidd mente — disse Poirot. — A primeira vez que o encontrei, ele se apresentou como um homem de inteligência inferior e aparência descuidada: a camisa estava manchada e com um botão faltando. Além da barba malfeita: ele tinha barbeado apenas uma pequena parte do rosto. Sr. Kidd, por favor, conte a todos por que teve tanto trabalho para parecer desmazelado da primeira vez que nos encontramos.

Samuel Kidd olhava com convicção para a frente. Sem dizer nada. Seus olhos emanavam ódio.

— Muito bem, se não quer falar, vou explicar eu mesmo. O sr. Kidd cortou o rosto enquanto descia pela árvore do lado de fora do quarto 238, o de Richard Negus. Um corte no rosto de um homem bem-vestido poderia se destacar e levantar questões, não é? Alguém cuidadoso com a própria aparência com certeza não permitiria uma lâmina deixar uma marca tão feia no rosto. O sr. Kidd não queria que eu me perguntasse essas coisas, não queria que eu imaginasse que ele saiu por uma janela e desceu por uma árvore. Foi por isso que forjou uma aparência descuidada. Ele se arrumou como o tipo de homem que seria descuidado a ponto de se cortar enquanto se barbeia e então, para evitar mais cortes, andar por aí com apenas metade da barba! É claro que um homem tão caótico usaria a lâmina sem cuidado e se machucaria, era o que Poirot deveria acreditar, e foi no que acreditou a princípio.

— Espere um minuto, Poirot — disse eu. — Se está dizendo que Samuel Kidd saiu do quarto de Richard pela janela...

— Se estou sugerindo que ele assassinou o sr. Negus? *Non*. Não foi ele. Ele ajudou o assassino de Richard Negus. Agora, quem é essa pessoa... Eu ainda não revelei o nome. — Poirot sorriu.

— Não, não revelou — falei bruscamente. — Assim como não me contou quem eram as três pessoas no quarto 317 quando Rafal Bobak serviu o chá da tarde. Você falou que as vítimas já estavam mortas a essa altura...

— De fato estavam. Uma das três pessoas no quarto 317 às 19h15 era Ida Gransbury: morta, mas sentada em uma poltrona para parecer viva, contanto que ninguém visse seu rosto. A outra era Samuel Kidd, fazendo-se passar por Richard Negus.

— Sim, isso eu entendo, mas quem era a terceira? — perguntei quase desesperado. — Quem era a mulher se fazendo passar por Harriet Sippel, fofocando maliciosamente? Não pode ter sido Jennie Hobbs.

Como você disse, Jennie estaria a caminho do Pleasant's Coffee House nesse horário.

— Ah, sim, a mulher fofocando maliciosamente — disse Poirot. — Vou contar quem ela era, meu amigo. Essa mulher era Nancy Ducane.

★

Gritos de choque encheram a sala.

— Ah, não, Monsieur Poirot — disse Luca Lazzari. — A Signora Ducane é uma das artistas mais talentosas do país. Ela é uma amiga leal deste hotel. O senhor deve estar enganado!

— Não estou enganado, *mon ami*.

Olhei para Nancy Ducane, que estava sentada com um ar de resignação silenciosa. Ela não negou nada do que Poirot dissera.

A famosa artista Nancy Ducane conspirando com Samuel Kidd, ex-noivo de Jennie Hobbs? Nunca me senti tão confuso na vida quanto naquele momento. O que aquilo significava?

— Não falei, Catchpool, que Madame Ducane está usando o lenço em volta do rosto *porque não quer ser reconhecida*? Você presumiu que eu queria dizer "reconhecida como a famosa retratista". Não! Ela não queria ser reconhecida por Rafal Bobak como a Harriet que estava no quarto 317 na noite dos assassinatos! Por favor, levante-se e retire o lenço, sra. Ducane.

Foi o que Nancy fez.

— Sr. Bobak, foi essa a mulher que o senhor viu?

— Sim, sr. Poirot. Foi.

Foi baixo, mas ainda assim audível: um inspirar repentino e o silêncio quando todos prenderam a respiração. Ele preencheu o salão.

— O senhor não a reconheceu como a famosa pintora Nancy Ducane?

— Não, senhor. Não sei nada sobre arte e só a vi de perfil. O rosto dela estava virado.

— Tenho certeza de que ela optou assim, para o caso de o senhor ser um entusiasta de arte capaz de identificá-la.

— Mas eu a reconheci assim que ela entrou aqui hoje... Ela e o tal sr. Kidd. Tentei avisá-lo, mas o senhor não me deixou falar.

— Sim, assim como Thomas Brignell tentou avisar que reconheceu Samuel Kidd — disse Poirot.

— Duas das três pessoas que eu achava que tinham sido assassinadas... Vivas e bem, e entrando nesta sala! — Pelo seu tom de voz, era evidente que Rafal Bobak ainda não se recuperara do choque.

— E o álibi de Nancy Ducane, Lord e Lady Wallace? — perguntei a Poirot.

— Infelizmente não era verdadeiro — disse Nancy. — A culpa é minha. Por favor, não os culpe. São amigos queridos e estavam tentando me ajudar. Nem St. John, nem Louisa sabiam que eu estava no Bloxham Hotel na noite dos assassinatos. Jurei que não estava, e eles acreditaram. São pessoas boas e corajosas que não queriam que eu fosse condenada por três assassinatos que não cometi. Monsieur Poirot, acredito que o senhor tenha entendido tudo, então deve saber que eu não assassinei ninguém.

— Mentir para a polícia em uma investigação de assassinato não é corajoso, Madame. É indesculpável. Quando saí de sua casa, Lady Wallace, eu sabia que a senhora era uma mentirosa!

— Como o senhor se atreve a falar assim com a minha esposa? — interveio St. John Wallace.

— Sinto muito se a verdade o desagrada, Lord Wallace.

— Como o senhor descobriu, Monsieur Poirot? — perguntou Lady Wallace.

— Por causa da sua nova empregada, Dorcas, que está aqui hoje de acordo com o meu pedido aos senhores. Ela é importante para a história. A senhora disse que Dorcas tinha chegado fazia poucos dias, e vi por conta própria que ela é um pouco desastrada. Dorcas me trouxe uma xícara de café e derrubou quase tudo. Por sorte, nem tudo, então consegui beber um pouco. *E imediatamente o reconheci como o café do Pleasant's Coffee House.* O gosto é inconfundível; não existe café igual, em nenhum lugar.

— Surpresa! — exclamou Fee Spring.

— De fato, Mademoiselle. O efeito na minha mente foi profundo: naquele instante, juntei diversas peças do quebra-cabeça que se encaixaram perfeitamente. O café forte, ele é muito bom para o cérebro. — Poirot, ao dizer isso, olhou diretamente para Fee, que apertou os lábios em sinal de desaprovação. — Essa empregada não muito habilidosa... Perdão, Mademoiselle Dorcas, tenho certeza de que a senhorita vai melhorar com o tempo... Ela era *recente*! Juntei esse fato com o café do Pleasant's e tive uma ideia: e se Jennie Hobbs tivesse sido a empregada de Louisa Wallace, antes de Dorcas? Eu sabia pelas garçonetes do Pleasant's que Jennie costumava ir buscar coisas para sua patroa, que fazia parte da alta sociedade. Jennie falava dela como "sua senhoria". Seria interessante, não seria, se Jennie, até poucos dias atrás, trabalhasse para a mulher que serviu de álibi para Nancy Ducane? Uma coincidência extraordinária... *Ou coincidência nenhuma!* A princípio, meus pensamentos sobre essa questão seguiram um rumo equivocado. Pensei: "Nancy Ducane e Louisa Wallace são amigas que conspiraram para matar *la pauvre* Jennie."

— Que ideia! — disse Louisa Wallace, indignada.

— Uma mentira absurda! — concordou seu marido.

— Não uma mentira, *pas du tout*. Um erro. Jennie, como estamos vendo, não está morta. No entanto, eu não estava enganado em acreditar que ela era a empregada da casa de St. John e Louisa Wallace, recém-substituída pela Mademoiselle Dorcas. Depois de conversar comigo no Pleasant's na noite dos assassinatos, Jennie *teve* que deixar a casa dos Wallace, e rápido. Ela sabia que logo eu chegaria para pedir confirmação sobre o álibi de Nancy Ducane. Se a tivesse encontrado lá, trabalhando para a mulher que serviu de álibi, imediatamente ficaria desconfiado. Catchpool, me diga, diga para todos nós, do que exatamente eu desconfiaria?

Respirei fundo, rezando para não ter entendido tudo errado, e falei:

— Você suspeitaria que Jennie Hobbs e Nancy Ducane estavam tramando para nos enganar.

— Exato, *mon ami*. — Poirot abriu um largo sorriso para mim. Para a nossa plateia, ele disse: — Pouco antes de provar o café e estabelecer a conexão com o Pleasant's, eu estava olhando para uma pintura de St. John Wallace que tinha sido um presente de casamento para a esposa. Era a pintura de uma doce-amarga e estava com data: 4 de agosto do ano passado. Lady Wallace comentou sobre isso. Foi quando Poirot se deu conta de uma coisa: o retrato que Nancy Ducane fez de Louisa Wallace, que ele vira alguns minutos antes, *não tinha data*. Como um apreciador de arte, já estive em incontáveis *vernissages* em Londres. Já vi o trabalho da sra. Ducane antes, muitas vezes. Em suas pinturas, sempre há a data no canto inferior direito, junto com as iniciais: NAED.

— O senhor presta mais atenção do que a maioria dos frequentadores de exposições — disse Nancy.

— Hercule Poirot sempre presta atenção... a tudo. Acredito, Madame, que seu retrato de Louisa Wallace *tinha* data, até a senhora cobri-la. Por quê? Porque não era recente. A senhora precisava que eu acreditasse que tinha entregado o retrato de Lady Wallace na noite dos assassinatos e, sendo assim, que era uma pintura totalmente nova. Eu me perguntei por que não pintou uma data falsa, e a resposta era óbvia: se seu trabalho sobreviver por centenas de anos, e se historiadores da arte se interessarem por ele, como sem dúvida vai acontecer, a senhora não quer enganá-los especificamente, pois serão pessoas que se importam com o seu trabalho. Não, os únicos que a senhora quer enganar são Hercule Poirot e a polícia!

Nancy Ducane inclinou a cabeça para o lado. Com uma voz amável, ela comentou:

— Como o senhor é perceptivo, Monsieur Poirot. O senhor realmente *entende*, não é?

— *Oui,* Madame. Entendo que a senhora conseguiu um emprego para Jennie Hobbs na casa de sua amiga Louisa Wallace, para ajudar Jennie, quando ela veio para Londres e precisava de trabalho. Entendo que Jennie nunca fez parte de nenhum plano para incriminá-la por assassinato, ainda que tenha feito Richard Negus acreditar nisso. Aliás, senhoras e senhores, *Jennie Hobbs e Nancy Ducane são amigas e aliadas desde os tempos de Great Holling.* Foram as duas mulheres que amavam Patrick Ive louca e incondicionalmente que elaboraram um plano quase inteligente o bastante para enganar a mim, Hercule Poirot... Mas não o suficiente!

— Mentira, é tudo mentira! — choramingou Jennie.

Nancy não disse nada.

Poirot continuou:

— Deixem-se voltar um instante para a casa dos Wallace. No retrato de Lady Louisa feito por Nancy Ducane que inspecionei com bastante cuidado e por um longo tempo, há um jogo de jarro e bacia azuis.

Quando fui de um lado ao outro da sala olhando para ele de diferentes ângulos, o azul do jarro e da bacia permaneceu um bloco sólido de tinta, insosso e desinteressante. Todas as outras cores da tela mudavam sutilmente conforme eu me movia, dependendo da luz. Nancy Ducane é uma artista sofisticada. É um gênio quando o assunto é cor... Menos quando está com pressa e pensando, não em arte, mas em proteger a si mesma e à sua amiga Jennie Hobbs. Para omitir uma informação, Nancy rapidamente pintou um jarro e uma bacia de azul que não eram azuis. Por que ela fez isso?

— Para cobrir a data? — sugeri.

— *Non*. O jarro e a bacia estavam na parte superior, e Nancy Ducane sempre coloca a data no canto inferior direito — explicou Poirot. — Lady Wallace, a senhora não esperava ter de me mostrar sua casa inteira. Achou que, assim que conversássemos e eu visse o retrato feito por Nancy Ducane, ficaria satisfeito e iria embora. Mas eu queria ver se ia encontrar o jarro e a bacia da pintura, registrados com muito menos sutileza que o restante da obra. E os encontrei! Lady Wallace pareceu confusa porque eles haviam desaparecido, mas sua confusão era um fingimento. Em um dos quartos do andar superior, havia um jogo de jarro e bacia *brancos* com um emblema. Esses, pensei, devem ser os objetos do retrato... Mas não são azuis. Mademoiselle Dorcas, Lady Wallace disse-me que a senhorita devia ter quebrado ou roubado o jarro e a bacia azuis.

— Nunca! — exclamou Dorcas, ofendida. — Nunca vi nenhum jarro e nenhuma bacia azuis na casa!

— Porque, minha jovem, eles nunca existiram! — respondeu Poirot. — Por que, eu me perguntei, Nancy Ducane cobriria a bacia e o jarro brancos às pressas com tinta azul? O que queria esconder? Com certeza, tinha de ser o emblema, concluí. Emblemas não são apenas decorativos; eles pertencem a famílias, às vezes, ou, em outras situações, a faculdades de universidades famosas.

— Saviour College, Cambridge — disparei, sem conseguir me conter. Lembrei que pouco antes de Poirot e eu irmos para Great Holling, Stanley Beer tinha mencionado um emblema.

— *Oui*, Catchpool. Quando saí da casa dos Wallace, fiz um desenho para não esquecer. Não sou nenhum artista, mas foi preciso o suficiente. Pedi ao policial Stanley Beer para descobrir de onde ele vinha. Como vocês ouviram meu amigo Catchpool dizer, o emblema no jarro e na bacia na casa dos Wallace pertencia à Saviour College, Cambridge, onde Jennie Hobbs trabalhava como camareira para o reverendo Patrick Ive. Foi um presente de despedida, não foi, srta. Hobbs, quando foi embora da Saviour College e se mudou para Great Holling com Patrick e Frances Ive? Então, quando a senhorita foi para a casa de Lord e Lady Wallace, levou-os junto. Quando saiu de lá correndo e foi se esconder na casa do sr. Kidd, a senhorita se esqueceu deles, porque não estava em condições de pensar nisso. Imagino que foi então que Louisa Wallace tirou o belo conjunto do quarto de empregada que a senhorita ocupava e os levou para o quarto de hóspedes.

Jennie não respondeu. Seu rosto estava pálido e sem expressão.

— Nancy Ducane não queria correr o menor risco — disse Poirot. — Ela sabia que, depois dos assassinatos no hotel, Catchpool e eu faríamos perguntas em Great Holling. E se o velho bêbado Walter Stoakley, antigo professor da Saviour College, comentasse que deu a Jennie Hobbs um jarro e uma bacia com o emblema como presente de despedida? E se depois reconhecêssemos o emblema no retrato de Lady Louisa Wallace, poderíamos encontrar a ligação com Jennie Hobbs e, por extensão, o elo entre Nancy Ducane e Jennie Hobbs, que não era de inimizade e inveja, como nos foi dito pelas duas, mas de amizade e parceria? Madame Ducane não podia correr o risco de levantarmos essa suspeita por causa do emblema do retrato, então o jarro e a bacia brancos foram pintados de azul... Às pressas, com pouco cuidado.

— Nem toda obra pode ser a melhor, Monsieur Poirot — disse Nancy.

Fiquei impressionado de ouvir como ela soava razoável. Ver alguém que tinha conspirado para cometer três assassinatos imorais sendo tão educada e racional em uma conversa.

— Talvez o senhor concorde com a sra. Ducane, Lord Wallace? — perguntou Poirot. — O senhor também é um pintor, ainda que de um estilo muito diferente. Senhoras e senhores, St. John Wallace é um artista botânico. Vi obras dele em todos os cômodos de sua casa quando a visitei: Lady Louisa foi gentil o bastante para me mostrar sua residência, assim como foi generosa o bastante para fornecer um álibi falso para Nancy Ducane. Lady Louisa, vejam, é uma mulher boa. Do tipo mais perigoso de bondade: tão distanciada do mal que não nota quando ele está bem diante dos seus olhos! Lady Wallace acreditou na inocência de Nancy Ducane e forneceu um álibi para protegê-la. Ah, a adorável e talentosa Nancy, ela é muito convincente! E convenceu St. John Wallace de que estava interessada em experimentar o tipo de pintura dele. Lord Wallace é bem-relacionado e bastante conhecido, então é fácil para ele obter as plantas de que precisa para seu trabalho. Nancy Ducane pediu-lhe algumas mandiocas-bravas... De onde vem o cianureto!

— Como diabos o senhor sabe disso?! — St. John Wallace exigiu saber.

— Um palpite, Monsieur. Nancy Ducane disse ao senhor que queria essas plantas para fins artísticos, não foi? E o senhor acreditou. — Para o mar de bocas abertas, Poirot disse: — A verdade é que nem Lord nem Lady Wallace acreditariam que uma boa amiga como Nancy seria capaz de assassinato. Teria um impacto negativo na reputação deles. Sua posição social... Imaginem! Mesmo agora, quando tudo o que estou dizendo se encaixa perfeitamente com o que sabem ser verdade, St. John e Louisa Wallace dizem a si mesmos que ele deve estar errado, esse convincente detetive europeu. Tamanha é a perversidade da mente humana, em especial no que diz respeito a esnobes *idées fixes*!

— Monsieur Poirot, eu não matei ninguém — disse Nancy Ducane. — Sei que o senhor sabe que estou dizendo a verdade. Por favor, esclareça para todos nesta sala que não sou uma assassina.

— Não posso fazer isso, Madame. *Je suis désolé*. A senhora não administrou pessoalmente o veneno, mas conspirou para tirar três vidas.

— Sim, mas apenas para salvar outra — respondeu Nancy com franqueza. — Não sou culpada de *nada*! Vamos, Jennie, vamos contar nossa história: a *verdadeira* história. Quando ouvi-la, ele vai ter de concordar que só fizemos o necessário para salvar nossa vida.

A sala ficou completamente paralisada. Todos sentados em silêncio. Não achei que Jennie fosse se mexer, mas, finalmente, devagar, ela ficou de pé. Segurando a bolsa com as duas mãos, atravessou o salão e foi até Nancy.

— Nossa vida não merecia ser salva — disse ela.

— Jennie! — gritou Sam Kidd e, de repente, ele também se levantou da cadeira e foi na direção dela. Enquanto o observava, tive a sensação peculiar de que o tempo tinha desacelerado. Por que Kidd estava correndo? Qual era o perigo? Sem dúvida ele via algum, e, apesar de não entender por quê, meu coração começou a bater forte e rápido. Algo terrível estava prestes a acontecer. Comecei a correr na direção de Jennie.

Ela abriu a bolsa.

— Então você quer reencontrar Patrick, não quer? — perguntou ela a Nancy. A voz parecia a dela, mas, ao mesmo tempo, não era. Era a escuridão implacável transformada em palavras. Espero nunca mais ouvir nada assim enquanto estiver vivo.

Poirot também tinha começado a se mover, mas nós dois estávamos longe demais.

— Poirot! — gritei. — Alguém a detenha! — Vi algo metálico, e uma luz dançando no objeto. Dois homens na mesa ao lado da de Nancy se levantaram, mas não foram velozes o bastante. — Não! — gritei. Houve um movimento rápido da mão de Jennie e um jato de sangue, escorrendo pelo vestido de Nancy e no chão. Nancy caiu. Em algum lugar no fundo do salão, uma mulher começou a gritar.

Poirot tinha parado e agora estava totalmente imóvel.

— *Mon Dieu* — exclamou ele, e fechou os olhos.

Samuel Kidd alcançou Nancy antes de mim.

— Ela está morta — disse ele, olhando para o corpo no chão.

— Sim, está — confirmou Jennie. — Eu a apunhalei no coração. Bem no coração.

Capítulo 25
Se execução começasse com D

Descobri hoje que não tenho medo da morte. É um estado que não contém energia, que não exerce nenhuma força. Vejo corpos mortos por causa do meu trabalho, e nunca me incomodou sem necessidade. Não, o que me apavora sobremaneira é a *proximidade da morte na vida*: a voz de Jennie Hobbs quando o desejo de matar a consumiu; o estado de espírito de um assassino que colocaria, com uma meticulosidade fria, três abotoaduras monogramadas na boca de suas vítimas e se daria ao trabalho de deitá-las no chão: estendendo os braços, as pernas e os dedos, virando a palma das mãos sem vida para o chão.

"*Segure a mão dele, Edward.*"

Como os vivos podem segurar a mão dos mortos sem sentir medo de serem, eles mesmos, atraídos para a morte?

Se as coisas fossem do meu jeito, ninguém, enquanto vivo e cheio de vida, teria nenhum envolvimento com a morte. Sei que é um desejo irreal.

Depois que ela apunhalou Nancy, eu não quis chegar perto de Jennie Hobbs. Eu não estava curioso para saber por que ela tinha feito aquilo, queria apenas ir para casa, sentar perto de uma das lareiras de Blanche Unsworth, fazer minhas palavras cruzadas e esquecer tudo sobre os "assassinatos do Bloxham Hotel" ou os "crimes do monograma", ou como quisessem chamá-los.

Poirot, no entanto, tinha curiosidade suficiente por nós dois, e a vontade dele era mais forte do que a minha. Ele insistiu para que eu ficasse. Era o meu caso, ele disse — eu precisava arrematar tudo. Fez um gesto com as mãos que sugeria um embrulho delicado, como se uma investigação de assassinato fosse um pacote.

Então foram só muitas horas depois que nós dois sentamos em uma salinha quadrada da Scotland Yard, com Jennie Hobbs do outro lado da mesa. Samuel Kidd também tinha sido preso e estava sendo interrogado por Stanley Beer. Eu teria dado tudo para ter ficado com Kidd, que era um malandro e um canalha, sem dúvida, mas em cuja voz eu nunca tinha ouvido o fim de toda a esperança.

No tópico das vozes, fiquei surpreso com a gentileza no tom de Poirot ao falar.

— Por que fez isso, Mademoiselle? Por que matar Nancy Ducane, se vocês duas foram amigas e aliadas por tanto tempo?

— Nancy e Patrick eram amantes em todos os sentidos do termo. Eu não sabia disso até ouvi-la hoje. Sempre achei que eu e ela éramos iguais: nós duas amávamos Patrick, mas sabíamos que ele não era nosso... Que ele *nunca tinha sido nosso dessa maneira*. Por todos esses anos, eu acreditei que o amor deles era casto, mas era mentira. Se Nancy realmente amasse Patrick, não teria feito dele um adúltero nem maculado seu caráter.

Jennie enxugou uma lágrima.

— Acredito que fiz um favor a ela. Você a ouviu expressar o desejo de se reencontrar com Patrick. Eu a ajudei com isso, não ajudei?

— Catchpool — disse Poirot. — Você se lembra do que eu disse, depois de encontrarmos sangue no quarto 402 do Bloxham Hotel, que era tarde demais para salvar a Mademoiselle Jennie?

— Sim.

— Você achou que eu estava declarando-a morta, mas entendeu errado. Sabe, eu já sabia que Jennie estava além de qualquer ajuda. Eu temia que ela já tivesse feito coisas tão terríveis que sua morte já estava garantida. Foi o que quis dizer.

— De todas as maneiras que importam, estou morta desde que Patrick morreu — declarou Jennie com o mesmo tom de profunda desesperança.

Eu sabia que só havia uma maneira de enfrentar aquela situação, que era concentrar toda a minha atenção em questões lógicas. Poirot tinha solucionado o quebra-cabeça? Ele parecia achar que sim, mas eu ainda estava no escuro. Quem, por exemplo, tinha matado Harriet Sippel, Ida Gransbury e Richard Negus, e por quê? Fiz essas perguntas a Poirot.

— Ah — exclamou ele, sorrindo afetuosamente, como se eu o tivesse feito recordar uma piada compartilhada por nós. — Estou vendo seu dilema, *mon ami*. Você ouviu Poirot discursar longamente e então, alguns minutos antes de concluir, houve a interrupção com outro assassinato, e você, no fim, não ouviu as respostas que esperava. *Dommage*.

— Por favor, me conte de uma vez e deixe a *dommage* terminar aqui — pedi com o máximo de firmeza que consegui.

— É bastante simples. Jennie Hobbs e Nancy Ducane, com a ajuda de Samuel Kidd, conspiraram para matar Harriet Sippel, Ida Gransbury e Richard Negus. No entanto, enquanto colaborava com Nancy, Jennie *fingiu fazer parte de uma conspiração bastante diferente*, e permitiu que Richard Negus acreditasse que era com ele que conspirava.

— Isso não me parece "bastante simples" — respondi. — Parece extraordinariamente complicado.

— Não, não, meu amigo. *Vraiment*, não é mesmo. Você está tendo dificuldades de conciliar diferentes versões da história que ouviu, mas precisa esquecer tudo o que Jennie disse quando a visitamos na casa de Samuel Kidd: tire tudo isso da sua cabeça completamente. Foi uma mentira do começo ao fim, ainda que eu não duvide de que tivesse alguns elementos de verdade. As melhores mentiras sempre têm. Em algum momento, Jennie vai nos contar toda a verdade, agora que não tem mais nada a perder; mas, primeiro, meu amigo, preciso fazer o elogio que você merece. Foi *você*, afinal, que me ajudou a enxergar com clareza, a partir de sua sugestão no cemitério da Holy Saints Church.

Poirot se virou para Jennie e disse:

— A mentira que você contou a Harriet Sippel: que Patrick Ive tirava dinheiro dos paroquianos e, em troca, transmitia mensagens dos entes mortos; que por essa razão Nancy Ducane o visitava na casa paroquial à noite: com a esperança de se comunicar com seu finado marido William. Ah, quantas vezes Poirot ouviu essa mentira terrível e cruel? Muitas, muitas vezes. A senhorita mesmo admitiu para nós outro dia que a havia contado em um momento de fraqueza, movida pelo ciúme, srta. Hobbs. Mas isso não é verdade.

"Parado ao lado do túmulo profanado de Patrick e Frances Ive, Catchpool comentou: 'E se Jennie Hobbs mentiu sobre Patrick Ive, não para feri-lo, mas para ajudá-lo?' Catchpool tinha compreendido a importância de algo que eu havia menosprezado, um fato que nunca foi contestado, então deixei de examiná-lo: o *amor apaixonado de Harriet Sippel por seu finado marido George, que morreu tragicamente jovem*. Poirot não ouviu como Harriet amava George? Ou como a morte dele a transformou de uma mulher feliz e generosa em um monstro amargo e rancoroso? É muito difícil imaginar uma perda tão terrível, tão devastadora, que acaba com toda a alegria e destrói tudo o que é bom em alguém. *Oui, bien sûr*, eu sabia que Harriet Sippel tinha sofrido essa perda. E sabia tanto que não pensei mais no assunto!

"Eu também sabia que Jennie Hobbs amava Patrick Ive o suficiente para abandonar Samuel Kidd, seu noivo, e continuar a serviço do reverendo e sua esposa. É um amor muito abnegado: contente em servir e receber muito pouco em troca. No entanto, a história contada tanto por Jennie quanto por Nancy oferecia o ciúme da primeira como motivação para a terrível mentira contada, ciúme do amor de Patrick pela segunda. Mas isso não pode ser verdade! Não é coerente! Precisamos pensar não só nos dados factuais, mas também nos psicológicos. Jennie não fez nada para punir Patrick Ive por seu casamento com Frances. Ela aceitou de bom grado que ele pertencesse a outra mulher e continuou sendo sua fiel empregada, sendo de grande ajuda para ele e para a esposa na casa paroquial, e o casal, por sua vez, era devotado a ela. Por que então, de repente, depois de muitos anos de amor e trabalho abnegados, o amor de Patrick Ive por Nancy Ducane levaria Jennie a caluniá-lo, e dar início a uma cadeia de eventos que o destruiria? A resposta é que isso não aconteceria, e não *aconteceu*.

"Não foi a erupção da inveja e do desejo guardado por tanto tempo que fez Jennie mentir. Foi algo totalmente diferente. A senhorita estava tentando ajudar o homem que amava, não estava, srta. Hobbs? Salvá-lo, até. Assim que ouvi a teoria do meu inteligente amigo Catchpool, soube que era verdadeira. Era tão óbvio, e Poirot, ele foi um *imbécile* de não ver!"

Jennie olhou para mim e perguntou:
— Que teoria?
Abri a boca para responder, mas Poirot foi mais rápido.
— Quando Harriet Sippel contou que tinha visto Nancy Ducane visitando a casa paroquial tarde da noite, a senhorita logo ficou alerta

do perigo. Como sabia desses encontros amorosos... Como podia não saber, vivendo na casa paroquial?... E ficou angustiada para proteger o nome de Patrick Ive. Como fazer isso? Harriet Sippel, quando farejava um escândalo, deleitava-se com a oportunidade de trazer vergonha pública a um pecador. Como explicar a presença de Nancy Ducane na casa paroquial nas noites em que Frances Ive *não* estava, se não com a verdade? Que outra história passaria pela revista? E então, como se por mágica, quando tinha quase perdido as esperanças, a senhorita pensou em algo que poderia funcionar. E decidiu usar tentação e falsas esperanças para eliminar a ameaça que Harriet representava.

Jennie olhava para frente inexpressiva, sem dizer nada.

— Harriet Sippel e Nancy Ducane tinham uma coisa em comum — continuou Poirot. — Ambas tinham perdido o marido em uma morte prematura e trágica. Então a senhorita contou a Harriet que, com a ajuda de Patrick Ive, Nancy tinha conseguido se comunicar com o finado William Ducane, por dinheiro. Claro, isso teria de ser mantido em segredo da Igreja e de todos na cidade, mas sua sugestão foi de que, se Harriet quisesse, Patrick poderia fazer por ela o que estava fazendo por Nancy. Ela e George poderiam... Bem, não se encontrar de novo, mas pelo menos estabelecer algum tipo de comunicação. Diga, como Harriet reagiu quando a senhorita disse isso?

Um longo silêncio se seguiu. Então Jennie disse:

— Ela ficou espumando pela boca, louca para que o encontro acontecesse o mais rápido possível. Ela disse que pagaria o preço que fosse para conseguir falar com George de novo. O senhor não pode imaginar como ela amava aquele homem, Monsieur Poirot. Observar o rosto dela enquanto eu falava... foi como ver uma mulher morta voltar à vida. Tentei explicar tudo a Patrick: que tinha havido um problema, mas que eu havia resolvido. Sabe, eu fiz a proposta para Harriet sem perguntar a ele antes. Ah, acho que, no fundo, eu sabia que Patrick nunca aceitaria aquilo, mas eu estava desesperada! E eu não queria dar a ele a chance de me impedir. O senhor entende isso?

— *Oui,* Mademoiselle.

— Eu esperava ser capaz de persuadi-lo a concordar. Ele era um homem de princípios, mas eu sabia que queria proteger Frances de um escândalo, assim como a Nancy, e essa era uma maneira de garantir o silêncio de Harriet. Era a única maneira! Tudo o que Patrick precisaria fazer era dizer algumas palavras de conforto para Harriet de vez em quando e fingir que essas palavras vinham de George Sippel. Não era necessário nem que ele aceitasse o dinheiro dela. Expliquei-lhe tudo isso, mas Patrick não quis ouvir. Ele ficou horrorizado.

— Ele tinha todo o direito de ficar — disse Poirot em voz baixa. — Continue, por favor.

— Patrick disse que seria imoral e injusto fazer com Harriet o que eu estava propondo; preferia enfrentar a ruína. Implorei que ele reconsiderasse. Que mal faria, deixar Harriet feliz? Mas Patrick estava decidido. E pediu que eu transmitisse a ela a mensagem de que o que eu tinha proposto não seria, afinal, possível. Foi muito específico. "Não diga que você mentiu, Jennie, ou ela vai começar a suspeitar da verdade", disse. Minhas instruções eram dizer a Harriet apenas que ela não podia ter o que queria.

— Então você não teve escolha e foi falar com ela — disse eu.

— Nenhuma escolha. — Jennie começou a chorar. — E a partir do momento que contei a Harriet que Patrick tinha recusado seu pedido, ela o transformou em inimigo, espalhando minha mentira para a cidade inteira. Patrick poderia ter arruinado a reputação dela, revelando que Harriet estava ávida para usufruir de seus serviços perniciosos e que só tinha começado a chamá-los de blasfemos e não cristãos quando foi contrariada em seus desejos, mas ele se recusou. E disse que não importava quão malicioso tivesse sido o ataque de Harriet, ele não denegriria o nome dela. Tolo! Ele poderia ter feito Harriet se calar em um estalar de dedos, mas era nobre a ponto de se prejudicar por isso!

— Foi quando a senhorita foi pedir conselhos a Nancy Ducane? — perguntou Poirot.

— Sim. Eu não entendia por que Patrick e eu deveríamos ser os únicos a nos afligir. Nancy também fazia parte disso. Perguntei a ela se eu devia admitir minha mentira publicamente, mas ela me aconselhou a não fazer isso. E disse: "Sinto que Patrick terá problemas de um jeito ou de outro, assim como eu. Seria melhor você recuar para os bastidores e não dizer nada, Jennie. Não se sacrifique. Não sei se você seria forte o bastante para enfrentar o vilipêndio de Harriet." Ela me subestimou. Fiquei chateada, sabem... Acho que me descontrolei um pouco, porque fiquei com muito medo por Patrick, com Harriet determinada a destruí-lo... Mas não sou fraca, Monsieur Poirot.

— Vejo que a senhorita não está com medo.

— Não. Minhas forças vêm de saber que Harriet Sippel, aquela hipócrita detestável, está morta. Quem a matou fez um grande bem para o mundo.

— O que nos leva à questão da identidade do assassino, Mademoiselle. Quem matou Harriet Sippel? A senhorita tinha dito que foi Ida Gransbury, mas era mentira.

— Praticamente não preciso lhe dizer a verdade, Monsieur Poirot, uma vez que o senhor a conhece tão bem quanto eu.

— Então preciso pedir que a senhorita tenha dó do pobre sr. Catchpool aqui. Ele ainda não sabe a história toda.

— É melhor o senhor contar tudo então, não é? — Jennie abriu uma espécie de sorriso distante, e de repente senti como se houvesse menos dela na sala do que momentos antes; ela havia se afastado.

— *Très bien* — concordou Poirot. — Vou começar com Harriet Sippel e Ida Gransbury: duas mulheres intransigentes tão convencidas da própria retidão que estavam dispostas a perseguir um homem bom e levá-lo a um fim prematuro. Elas manifestaram alguma tristeza depois da morte dele? Não; em vez disso, as duas se opuseram a enterrá-lo em terras sagradas. Essas mulheres, depois de muita persuasão por parte de Richard Negus, se arrependeram do tratamento dispensado a Patrick Ive? Não, claro que não. Isso não é plausível. Foi aí, Mademoiselle Jennie, que me dei conta de que a senhorita estava mentindo: nesse ponto da história.

Jennie deu de ombros e disse:

— Tudo é possível.

— *Non*. Apenas a verdade é possível. Eu sabia que Harriet Sippel e Ida Gransbury nunca concordariam com o plano de execução voluntária que a senhorita descreveu. Logo, elas foram assassinadas. Que conveniente, fazer dos assassinatos uma espécie de suicídio delegado! A senhorita esperava que Poirot dispensasse suas células cinzentas quando ouvisse que os mortos estavam dispostos a morrer. Era a grande oportunidade de redenção para eles! Que história criativa e extraordinária... Do tipo que se ouve e se imagina ser verdadeira, porque quem pensaria em inventar algo assim?

— Era minha salvaguarda, para ser usada se necessário — disse Jennie. — Torci para o senhor nunca me encontrar, mas temi que pudesse acontecer.

— E, se eu a encontrasse, a senhorita esperava que seu álibi de 19h15 e 20h10 funcionasse, assim como o de Nancy Ducane. A senhorita e Samuel Kidd seriam acusados da tentativa de incriminar uma inocente, mas não de assassinato nem de conspiração para cometer assassinato. Foi sagaz: confessar ter cometido um crime mais leve para evitar a punição por crimes muito mais graves. Seus inimigos são assassinados, e ninguém é enforcado porque acreditamos na sua história: Ida Gransbury matou Harriet Sippel, e Richard Negus matou Ida Gransbury e então se suicidou. Seu plano foi engenhoso, Mademoiselle... Mas não tão engenhoso quanto Hercule Poirot!

— Richard queria morrer — disse Jennie, com raiva. — Ele não foi assassinado. Ele estava *determinado* a morrer.

— Sim — disse Poirot. — Essa era a verdade na mentira.

— Foi culpa dele, toda essa confusão terrível. Eu nunca teria matado ninguém se não fosse por Richard.

— Mas a senhorita matou... Diversas vezes. Foi Catchpool que, mais uma vez, me colocou no caminho certo, através de suas palavras inocentes.

— Que palavras? — perguntou Jennie.

— Ele disse: "Se execução começasse com D..."

★

Foi desconcertante ouvir o apreço de Poirot pela minha assistência. Eu não entendia como algumas palavras descuidadas minhas poderiam ter sido tão significativas.

Poirot estava com força total.

— Depois que ouvimos sua história, Mademoiselle, saímos da casa de Samuel Kidd e, naturalmente, discutimos o que a senhorita havia relatado: seu suposto plano, elaborado com Richard Negus... Se me permite dizer, foi uma ideia envolvente. Havia esmero nela. Era como peças de dominó caindo, só que, quando pensei com calma, não tinha sido assim porque a ordem das peças estava diferente. D não cai, depois

C, então B, seguido de A; em vez disso, B derruba A, depois C derruba B... Mas essa não é a questão.

De que diabos ele estava falando? Jennie parecia estar se perguntando a mesma coisa.

— Ah, preciso ser mais claro em minha explicação — disse Poirot. — Para poder imaginar a sequência de acontecimentos, Mademoiselle, substituí os nomes por letras. Seu plano, como foi relatado na casa de Samuel Kidd, era assim: B mata A, C mata B, D em seguida mata C. Depois, D espera que E seja culpada e enforcada pelo assassinato de A, B e C, e depois D se mata. Está vendo, srta. Hobbs, que a senhorita é o D nesse diagrama, de acordo com a história que nos contou?

Jennie assentiu.

— *Bon*. Agora, por acaso, Catchpool aqui é um entusiasta de palavras cruzadas, e foi por causa do seu passatempo que ele pediu que eu pensasse em uma palavra de oito letras que significasse "morte". Sugeri "execução". Não, disse Catchpool, minha sugestão só funcionaria "se execução começasse com D". Pensei nessas palavras algum tempo depois e fiquei conjecturando de uma maneira meio à toa: e se execução *de fato* começasse com D? E se a primeira pessoa a matar não tivesse sido Ida Gransbury, mas a senhorita, srta. Hobbs?

"Com o tempo, essa conjectura se transformou em certeza. Entendi por que devia ter sido a senhorita quem matou Harriet Sippel. Ela e Ida Gransbury não compartilharam nem o trem, nem o carro na viagem de Great Holling até o Bloxham Hotel. Sendo assim, uma não sabia da presença da outra, e não havia um grande plano elaborado por todos para que os quatro se matassem. Tinha de ser mentira."

— Qual é a verdade? — perguntei quase desesperado.

— Harriet Sippel acreditava, assim como Ida Gransbury, que estava indo para Londres sozinha, por uma razão bastante particular. Jennie havia entrado em contato com ela e dito que as duas precisavam se encontrar com urgência. Era necessário que isso acontecesse em segredo absoluto. Jennie disse a Harriet que um quarto no Bloxham Hotel tinha sido reservado e pago, e que ela, Jennie, iria ao hotel na quinta-feira à tarde, talvez depois de 15h30 ou 16h, para as duas discutirem uma questão importante. Harriet aceitou o convite *porque Jennie havia escrito nele algo a que Harriet não poderia resistir.*

"A senhorita lhe ofereceu o que Patrick Ive tinha recusado todos aqueles anos atrás, *n'est-ce pas,* Mademoiselle? Comunicação com seu amado marido morto. Disse que George Sippel tentara entrar em contato pela senhorita, que havia tentado ajudá-lo a falar com ela 16 anos antes e falhara. E então, mais uma vez, George tentava mandar uma mensagem para sua amada esposa, usando-a como canal. Ele tinha falado, com a senhorita, do além-túmulo! Ah, não tenho dúvidas de que foi muito convincente! Harriet não conseguiu resistir. Ela acreditou porque queria muito que fosse verdade. A mentira contada tanto tempo atrás, sobre a alma dos entes queridos mortos fazendo contato com os vivos... Ela acreditou na época e nunca deixou de acreditar."

— Muito esperto o senhor, Monsieur Poirot — disse Jennie. — Na mosca.

— Catchpool, diga: você agora entende a parte da mulher apaixonada por um homem jovem o bastante para ser filho dela? Essas pessoas por quem você ficou tão obcecado, que apareceram na fofoca entre Nancy Ducane e Samuel Kidd no quarto 317?

— Eu não diria que fiquei obcecado. E, não, não entendo.

— Vamos recordar *précisément* o que Rafal Bobak nos disse. Ele ouviu Nancy Ducane, se fazendo passar por Harriet Sippel, afirmar: "Ela não é mais a pessoa em quem ele confia. Ele não teria mais interesse nela agora: ela se descuidou e tem idade para ser mãe dele." Pense nessas palavras "ele não teria mais interesse nela *agora*": o fato é afirmado primeiro, antes que as duas razões pela falta de interesse sejam dadas. Uma é ela ter idade suficiente para ser mãe dele. *Agora*, ela tem idade para ser mãe dele. Não está vendo, Catchpool? *Se ela tem idade suficiente para ser mãe dele agora, sempre deve ter tido idade suficiente para ser mãe dele.* Nenhuma outra opção é possível!

— Não é forçar um pouco as palavras? — perguntei. — Quero dizer, sem a palavra "agora" faz todo sentido: ele não teria interesse nela; ela se descuidou e tem idade para ser mãe dele.

— Mas, *mon ami*, o que você está dizendo é ridículo — disparou Poirot. — Não é lógico. O "agora" estava lá, na frase. Não podemos fingir que não. Não podemos ignorar um "agora" que está bem diante dos nossos ouvidos!

— Acho que discordo de você — retruquei com hesitação. — Se eu tivesse que adivinhar, diria que o sentido pretendido era algo como: antes de se descuidar, esse sujeito não se importava ou não notava a diferença de idade. Talvez não fosse tão visível. No entanto, agora que ela não está em plena forma, o sujeito escolheu uma companhia mais jovem e atraente, alguém em quem ele confia...

Poirot me interrompeu, vermelho e impaciente.

— Não há razão para *adivinhar*, Catchpool, quando eu *sei*! Escute o Poirot! Escute mais uma vez exatamente o que foi dito, e em que ordem: "Ele não teria mais interesse nela *agora*: ela se descuidou e tem idade para ser mãe dele." A razão número 1 por que ele não teria mais interesse nela, seguida pela razão número 2! A construção das frases deixa claro que as *duas* circunstâncias infelizes *agora nem sempre* ocorreram.

— Não precisa gritar comigo, Poirot. Entendi seu argumento, e continuo discordando. Nem todo mundo fala com tanta precisão quanto você. Minha interpretação deve ser a correta, e a sua, a errada, porque, como você apontou, não faria sentido de outra maneira. Você mesmo disse: se ela tem idade suficiente para ser mãe dele agora, sempre teve idade suficiente para ser mãe dele.

— Catchpool, Catchpool. Estou começando a perder as esperanças em você! Pense em como essa mesma conversa prosseguiu. Rafal Bobak ouviu Samuel Kidd, se fazendo passar por Richard Negus, dizer: "Discordo da parte de ela ter idade para ser mãe dele. Discordo completamente." Ao que Nancy, se fazendo passar por Harriet, respondeu: "Bem, nenhum de nós pode provar que está certo, então vamos concordar em discordar!" Mas por que nenhum dos dois podia provar que estava certo? Com certeza é uma questão simples e biológica se uma mulher tem idade suficiente para ser mãe de um homem ou não. Se ela tem quatro anos a mais do que ele, não tem idade suficiente. Ninguém discordaria disso! Se tem vinte anos a mais, então tem idade suficiente para ser mãe dele, isso é igualmente certo.

— E se ela tiver 13 anos a mais? — disse Jennie Hobbs, que tinha fechado os olhos. — Ou 12? Ouve-se falar desses casos raros... O que não se aplica aqui, claro.

Então Jennie sabia aonde Poirot queria chegar. Eu era o único perdido na sala.

—Treze, 12... É irrelevante! Se alguém perguntar a um médico, a um especialista, se é teoricamente possível uma mulher de 13, ou 12, anos, dar à luz uma criança, a resposta será sim ou não. Por favor, não vamos debater os casos extremos de idade para uma gravidez! Vocês esqueceram a outra declaração intrigante feita por Samuel Kidd em relação a esse suposto homem mais novo: "Na cabeça dele? Eu diria que não tem nada." Com certeza você vai afirmar que o sr. Kidd quis dizer apenas que o homem em questão era um imbecil.

— Com certeza — disse eu, irritado. — Como você é muito mais inteligente do que eu, por que não me diz o que não estou entendendo?

Poirot fez um barulho de descaso.

— *Sacré tonnerre*. O casal em questão no quarto 317 eram Harriet Sippel e seu marido, George. A conversa não era um debate sério, era uma brincadeira. George Sippel morreu quando ele e Harriet eram muito jovens. Samuel Kidd disse que não havia nada na cabeça dele porque, se George Sippel existe de alguma forma após a morte, não é na forma humana. Ele é um fantasma, *n'est-ce pas*? Como a cabeça faz parte do corpo humano, e a alma não tem órgãos, o fantasma de George Sippel não pode ter cabeça.

— Eu... Ah, meu Deus. Sim, agora eu entendo.

— Samuel Kidd apresentou seu ponto de vista como sempre faz, "eu diria", porque espera que Nancy Ducane discorde. Ela poderia ter dito: "Claro que um fantasma tem cabeça. Fantasmas têm modos de agir, não têm, e livre-arbítrio? De onde vêm essas coisas senão da cabeça?"

Filosoficamente, era uma questão interessante. Em circunstâncias diferentes, eu mesmo me imaginaria pensando sobre o assunto.

Poirot continuou:

— O comentário de Nancy de "ela ter idade para ser mãe dele" se baseava no fato de que, quando um homem morre, *a idade dele não muda mais*. Na vida eterna, ele não envelhece. George Sippel, se fosse voltar como um espírito para visitar sua viúva, seria um jovem na casa dos vinte, a idade que tinha quando morreu. E ela, como uma mulher na casa dos quarenta, *agora* tem idade suficiente para ser mãe dele.

— Bravo — disse Jennie com um tom de voz resoluto. — Eu não estava lá, mas a conversa continuou depois, na minha presença. O

Monsieur Poirot de fato é excepcionalmente perspicaz, sr. Catchpool. Espero que o senhor lhe dê valor. — Para Poirot, ela disse: — A discussão continuou... Ah, sem fim! Nancy insistia que tinha razão, mas Sam não queria ceder. Ele disse que fantasmas não existem na dimensão da idade, são eternos, então é errado dizer que *qualquer pessoa* teria idade suficiente para ser mãe de um fantasma.

Poirot voltou-se para mim:

— É de mau gosto, não é, Catchpool? Quando Rafal Bobak serviu a comida, Nancy Ducane, com o cadáver de Ida Gransbury em uma poltrona a seu lado, estava zombando de uma mulher que ela tinha conspirado para matar mais cedo naquele mesmo dia. Pobre e estúpida Harriet: seu marido não tem interesse em falar com ela do além-túmulo. Não, ele só quer falar com Jennie Hobbs, deixando Harriet sem opção se quiser receber uma mensagem dele: é preciso que vá se encontrar com Jennie no Bloxham e, ao fazer isso, encontrar a própria morte.

— Ninguém nunca mereceu ser assassinada tanto quanto Harriet Sippel — afirmou Jennie. — Eu me arrependo de muitas coisas. Matar Harriet não é uma delas.

★

— E quanto a Ida Gransbury? — perguntei. — Por que ela foi ao Bloxham Hotel?

— Ah! — disse Poirot, que nunca se cansa de compartilhar os vastos conhecimentos que apenas ele parece possuir. — Ida também aceitou um convite irresistível de Richard Negus. Não para se comunicar com um ente querido morto, mas para encontrar, depois de 16 anos, seu antigo noivo. Não é difícil imaginar o apelo. Richard Negus deixou Ida e, sem dúvida, partiu seu coração. Ela nunca se casou. Imagino que ele tenha aludido em uma carta a possibilidade de uma reconciliação, talvez um casamento. Um final feliz. Ida concordou; quem, em sua solidão, escolheria não dar uma segunda chance ao amor verdadeiro? E Richard disse a ela que iria ao seu quarto no Bloxham Hotel entre 15h30 e 16h na quinta-feira. Lembra-se do seu comentário, Catchpool, sobre chegar ao hotel na quarta-feira, para que a quinta inteira pudesse ser dedicada aos assassinatos? Faz sentido agora, não é?

Assenti.

— Negus sabia que na quinta ele teria de cometer um assassinato, além de se matar. É natural que ele quisesse chegar um dia antes para se preparar mentalmente para uma provação como essa.

— E também para evitar um atraso do trem, ou algo assim, que pudesse interferir em seus planos — completou Poirot.

— Então Jennie Hobbs assassinou Harriet Sippel, e Richard Negus assassinou Ida Gransbury? — perguntei.

— *Oui, mon ami.* — Poirot olhou para Jennie, que assentiu. — Mais ou menos no mesmo horário, nos quartos 121 e 317, respectivamente. Em ambos os quartos, imagino que o mesmo método tenha sido usado: veneno. Jennie disse a Harriet, e Richard Negus, a Ida: "Você vai precisar de um copo d'água antes de ouvir o que tenho a dizer. Aqui, deixe que lhe sirvo um. Sente-se." Enquanto providenciavam a água, usando o copo ao lado da bacia, Jennie e Negus colocaram o veneno. Os copos foram servidos para as duas vítimas. As mortes devem ter ocorrido pouco depois.

— E quanto à morte de Richard Negus? — perguntei.

— Jennie o matou, de acordo com o plano elaborado pelos dois.

— Boa parte do que contei na casa de Sam é verdade — confirmou Jennie. — Richard *de fato* me escreveu depois de anos de silêncio. Ele *foi* consumido pela culpa por conta do que fez com Patrick e Frances, e não viu escolha... Nenhuma possibilidade de justiça nem paz de espírito... A menos que todos pagássemos com a vida, todos nós, os responsáveis.

— Ele pediu a você... que ajudasse a matar Harriet e Ida? — perguntei, processando as informações conforme eu falava.

— Sim. As duas, Richard e eu. Ele insistiu que fôssemos todos nós, ou não faria sentido. Ele não queria ser um assassino, mas um executor (Richard usou muito essa palavra), e isso significava que nós não podíamos evitar a punição. Concordei com ele que Harriet e Ida mereciam morrer. Eram malignas. Mas... eu não queria morrer e nem queria que Richard morresse. Era suficiente para mim que ele estivesse arrependido de verdade por sua participação na morte de Patrick. Eu... Eu sabia que teria sido o bastante para Patrick também, e para qualquer autoridade superior que possa ou não existir. Mas não havia como convencer Richard disso. Vi imediatamente que não valia a pena tentar. Ele era tão inteligente quanto sempre fora, mas algo em sua mente tinha mudado e o transformado em alguém peculiar, com ideias perversas. Todos aqueles anos sofrendo, a culpa... Ele tinha se tornado uma espécie estranha de fanático. Eu sabia, sem sombra de dúvida, que Richard me mataria também se não aceitasse o que estava propondo. Ele não falou explicitamente. Não houve ameaça, entendem? Ele foi gentil comigo. Falou o que queria e que precisava de um aliado. Alguém que pensasse como ele. Richard acreditava de verdade que eu concordaria com seu plano porque, ao contrário de Harriet e Ida, eu era razoável. E tinha tanta certeza de que ele estava certo... de que sua solução era a única possibilidade para todos nós. Achei que talvez ele *estivesse* certo, mas tive medo. Não tenho mais. Não sei o que mudou em mim. Talvez naquele momento, mesmo com a minha infelicidade, eu ainda cogitasse a ideia de que minha vida pudesse melhorar. Tristeza é diferente de desespero.

— A senhorita sabia que teria de fingir para salvar sua vida — disse Poirot. — Mentir de maneira convincente para Richard Negus era sua única saída para não morrer. A senhorita não sabia o que fazer, então foi pedir ajuda a Nancy Ducane.

— Fui, sim. E ela resolveu meu problema, ou foi o que pensei. O plano dela era brilhante. Seguindo seus conselhos, propus um único desvio do plano. A ideia dele era que, quando Harriet e Ida estivessem mortas, ele me mataria e então tiraria a própria vida. Naturalmente, como um homem autoritário, acostumado a estar no comando de tudo o que era importante para ele, Richard queria manter o controle até o fim.

"Nancy me disse para convencer Richard de que eu deveria matá-lo, e não o contrário. 'Impossível!', respondi. 'Ele nunca concordaria.' Mas Nancy disse que ele aceitaria se eu o abordasse da maneira certa. Eu precisava fingir estar mais comprometida com o nosso objetivo do que ele. Ela estava certa. Funcionou. Falei para Richard que não era suficiente que nós quatro morrêssemos: eu, ele, Harriet e Ida. Nancy também precisava ser punida. Fingi que só ficaria feliz em morrer quando ela estivesse morta. E disse que Nancy era pior que Harriet. Contei uma história elaborada sobre como Nancy planejou friamente seduzir

Patrick para afastá-lo da esposa, e não aceitou 'não' como resposta. Disse que ela tinha confessado a mim que sua real motivação para fazer aquela declaração no King's Head não era ajudar Patrick, mas ferir Frances. Ela *esperava* que Frances tirasse a própria vida, ou pelo menos deixasse Patrick, e voltasse para seu pai em Cambridge, deixando o caminho livre."

— Mais mentiras — disse Poirot.

— Sim, claro, mais mentiras... Mas mentiras que me foram sugeridas pela própria Nancy e que funcionaram! Richard concordou em morrer antes de mim.

— E ele não sabia que Samuel Kidd estava envolvido, não é? — perguntou Poirot.

— Não. Nancy e eu trouxemos Sam. Ele fazia parte do *nosso* plano. Nós duas não queríamos sair pela janela e descer pela árvore: ficamos com medo de cair e quebrar o pescoço. E, depois, trancar o quarto por dentro e esconder a chave atrás do ladrilho era a única maneira de sair do quarto 238. Essa era a função de Sam: isso e fingir ser Richard.

— E a chave *precisava ser escondida atrás do ladrilho* — murmurei para mim mesmo, para confirmar se tudo estava certo na minha cabeça — para que, quando a senhorita fosse nos contar sua história, a que ouvimos na casa do sr. Kidd, tudo parecesse se encaixar: Richard Negus tinha escondido a chave para fazer parecer um caso de assassinato, porque estava envolvido no planos de incriminar Nancy Ducane.

— E ele estava — disse Poirot. — Ou melhor, achou que estava. Quando Jennie entregou a ele a água envenenada, como combinado, Richard acreditou que ela ficaria viva e faria de tudo para garantir que Nancy fosse condenada pelos três assassinatos do Bloxham Hotel. E acreditou que ela falaria com a polícia de modo a garantir que suspeitassem de Nancy. Mas não sabia que Nancy tinha providenciado um álibi incontestável com Lord e Lady St. John Wallace! Ou que, depois de morrer, a abotoadura seria colocada no fundo de sua boca, a chave, atrás do ladrilho, e janela seria aberta... Não sabia que Jennie Hobbs, Nancy Ducane e Samuel Kidd organizariam tudo para fazer parecer para a polícia que as mortes tinham ocorrido entre 19h15 e 20h10!

— Não, Richard não estava a par desses detalhes — concordou Jennie. — Agora o senhor entende por que descrevi o plano de Nancy como brilhante, Monsieur Poirot.

— Ela era uma artista talentosa, Mademoiselle. Os melhores artistas são os que prestam mais atenção aos detalhes e à estrutura: como todos os componentes se encaixam.

Jennie virou para mim.

— Nancy e eu não queríamos nada disso. O senhor precisa acreditar, sr. Catchpool. Richard teria me matado se eu tivesse resistido. — Ela suspirou. — Tínhamos pensado em tudo. Nancy sairia impune, e Sam e eu seríamos punidos por tentar incriminá-la, mas não por assassinato. Um curto encarceramento seria o bastante, esperávamos. Depois disso, nós pretendíamos nos casar. — Ao ver nossas expressões de surpresa, ela acrescentou: — Ah, eu não amo Sam como amava Patrick, mas gosto muito dele. Ele teria sido um bom companheiro, se eu não tivesse estragado tudo ao apunhalar Nancy.

— Já estava arruinado, Mademoiselle. Eu sabia que a senhorita tinha assassinado Harriet Sippel e Richard Negus.

— Eu não matei Richard, Monsieur Poirot. É a única coisa sobre a qual o senhor se engana. Richard queria morrer. Dei o veneno com total consentimento dele.

— Sim, mas sob um falso pretexto. Richard Negus concordou em morrer porque *a senhorita* aceitou o plano de que os quatro morreriam. Depois se tornaram cinco quando Nancy Ducane foi envolvida. Mas a senhorita não concordou *de verdade*. Traiu e conspirou pelas costas dele. Quem poderia dizer que Richard Negus teria escolhido morrer naquele momento e daquela maneira se a senhorita tivesse revelado a verdade do seu pacto secreto com Nancy Ducane?

A expressão de Jennie endureceu.

— Eu não assassinei Richard Negus. Eu o matei como um ato de legítima defesa. Ele teria me matado.

— A senhorita disse que ele não fez nenhuma ameaça explícita.

— Não... Mas eu *sabia*. O que o senhor acha, sr. Catchpool? Eu assassinei Richard Negus ou não?

— Não sei — respondi, confuso.

— Catchpool, *mon ami,* não fale absurdos.

— Ele não está falando absurdos — disse Jennie. — Está usando o cérebro quando o senhor se recusa a fazê-lo, Monsieur Poirot. Por favor, pense, eu imploro. Antes que eu seja enforcada, tenho a esperança de ouvi-lo dizer que não assassinei Richard Negus.

Eu me levantei.

— Vamos embora, Poirot. — Eu queria terminar o interrogatório enquanto a palavra "esperança" ainda pairava no ar.

Epílogo

Quatro dias depois eu estava sentado diante de uma das lareiras de Blanche Unsworth, tomando um cálice de conhaque e fazendo palavras cruzadas, quando Poirot entrou na sala. Ele ficou parado em silêncio ao meu lado por vários minutos. Não olhei para cima.

Finalmente, ele limpou a garganta.

— *Ainda assim*, Catchpool — disse. — Ainda assim, você continua evitando a questão de Richard Negus ter ou não sido assassinado, se recebeu ajuda para tirar a própria vida ou se morreu em ato de legítima defesa.

— Não entendo como isso seria um debate proveitoso — respondi, enquanto sentia um aperto no estômago. Eu nunca mais queria falar sobre os assassinatos do Bloxham. O que queria, do que precisava, era escrever sobre eles, colocar no papel cada detalhe do que havia acontecido. O fato de estar tão ansioso para escrever e tão relutante em falar me deixava confuso. Por que escrever sobre algo era tão diferente de falar?

— Não se preocupe, *mon ami* — disse Poirot. — Não vou mais tocar no assunto. Vamos falar de outras coisas. Por exemplo, fui ao Pleasant's hoje pela manhã. Fee Spring me pediu que lhe transmitisse uma mensagem: ela gostaria de conversar com você assim que possível. Ela não estava feliz.

— Comigo?

— Sim. Ela disse que num momento estava sentada no salão de jantar do Bloxham Hotel ouvindo a explicação sobre o caso, e no outro tudo se acabou. Um assassinato aconteceu diante dos nossos olhos, e a plateia ficou sem saber o restante da história. Mademoiselle Fee quer que você conte a história por inteiro.

— Não é exatamente culpa minha que tenha havido outro assassinato — sussurrei. — Ela não pode ler a história nos jornais como todo mundo?

— *Non*. Ela quer falar com você em particular. Para uma garçonete, a inteligência dela é impressionante. Ela é uma jovem extraordinária. Você não acha, *mon ami*?

— Conheço o seu jogo, Poirot — respondi, cansado. — De verdade, você precisa desistir. Está perdendo seu tempo, assim como Fee Spring, ao presumir... Escute, me deixe em paz, está bem?

—Você está bravo comigo.

— Estou um pouco, sim — admiti. — Henry Negus e a mala, Rafal Bobak e o carrinho da lavanderia, Thomas Brignell e a mulher no jardim do hotel, que por acaso estava usando um casaco marrom-claro como metade das mulheres da Inglaterra. O carrinho de mão...

— Ah!

— Pois é, "ah". Você sabia perfeitamente que Jennie Hobbs não estava morta, então por que se dar ao trabalho de me fazer suspeitar que o corpo dela tinha sido removido do quarto 402 por três meios tão improváveis?

— Porque, meu amigo, eu queria encorajá-lo a imaginar. Se você não considerar a mais improvável das possibilidades, não vai ser o melhor detetive que puder. É a formação das células cinzentas, forçá-las a seguir direções incomuns. Daí vem a inspiração.

— Se você acha... — disse eu, incrédulo.

— Poirot... Ele vai longe demais, você está pensando... Além do necessário. Talvez.

— Todo aquele exagero sobre a trilha de sangue do quarto 402 vinda da poça do centro do quarto indo em direção à porta, todas as exclamações sobre a largura da porta... O que foi aquilo? Você sabia que Jennie Hobbs não tinha sido assassinada e arrastada para lugar algum!

— Eu sabia, mas você não. Você acreditava, assim como nosso amigo Signor Lazzari, que Mademoiselle Jennie estava morta e que era o sangue dela no chão. *Alors*, eu queria que você se perguntasse: uma mala, um carrinho de lavanderia, são dois objetos que poderiam ter sido levados ao quarto 402, onde o cadáver estava. Por que, então, um assassino arrastaria o corpo em direção à porta? Ele não faria isso! *Ela* não faria isso! A trilha de sangue que ia em direção à porta era um embuste; o objetivo era sugerir que o corpo tinha sido retirado do quarto, uma vez que não estava *no* quarto. Era o pequeno detalhe de verossimilhança, muito importante para dar credibilidade à cena do crime.

"Mas, para Hercule Poirot, foi um detalhe que permitiu que ele tivesse certeza do que já suspeitava fortemente: que nem Jennie Hobbs, nem ninguém tinha sido assassinado naquele quarto. Eu não conseguia imaginar nenhum método de remoção de um cadáver que exigisse a trilha de sangue indo na direção da porta. Nenhum assassino levaria o corpo de sua vítima para um corredor público sem antes escondê-lo dentro de algum tipo de recipiente ou contêiner. Todo objeto do tipo em que eu pensei poderia facilmente ser levado para dentro do quarto, até o corpo, em vez de exigir que este fosse em direção a ele. Era uma lógica bastante simples, Catchpool. Fiquei surpreso que você não tenha se dado conta disso imediatamente.

— Uma dica para você, Poirot — falei. — Da próxima vez que quiser que eu me dê conta de algo imediatamente, abra a boca e me conte o que é, seja o que for. Seja direto. Vai descobrir que poupa muito incômodo.

Ele sorriu.

— *Bien*. Pelo meu bom amigo Catchpool, vou tentar aprender o *comportement* direto. Vou começar imediatamente! — Ele tirou um envelope do bolso. — Isso chegou para mim uma hora atrás. Você pode não gostar da minha interferência em seus assuntos pessoais, Catchpool, pode pensar: "Poirot... Ele se mete onde não é chamado", mas esta carta expressa gratidão exatamente por esse meu vício que você considera tão intolerável.

— Se estiver se referindo a Fee Spring, ela não é um "assunto pessoal" meu nem nunca será — expliquei, olhando para o envelope nas mãos dele. — Nos assuntos pessoais de qual pobre incauto você está metido agora? E gratidão pelo quê?

— Por unir duas pessoas que se amam muito.

— De quem é a carta?

Poirot sorriu.

— Do dr. e da sra. Ambrose Flowerday — respondeu ele. E me entregou a carta.

FIM

Agradecimentos

Sou imensamente grata às seguintes pessoas: o inigualável Peter Straus, que é para os agentes literários o que Poirot é para os detetives; Mathew e James Prichard, que foram tão inspiradores, gentis, solícitos e solidários durante todo este processo; a brilhante Hilary Strong, com quem é um prazer trabalhar e se divertir; as maravilhosas equipes da HarperCollins do Reino Unido e dos Estados Unidos, em especial Kate Elton e Natasha Hughes (pelas contribuições editoriais entusiasmadas e pertinentes), David Brawn (idem, mas também pelas muitas conversas sobre cachorros e por aguentar um ou outro telefonema enigmático e quase histórico! Como David lida com patrimônios literários, é raro que um autor que não está morto tenha a chance de trabalhar com ele; mas vou dizer uma coisa: todos vocês, escritores vivos, estão perdendo). Obrigada a Lou Swannell, Jennifer Hart, Anne O'Brien, Heike Schüssler, Danielle Bartlett, Damon Greeney, Margaux Weisman, Kaitlin Harri, Josh Marwell, Charlie Redmayne, Virginia Stanley, Laura Di Giuseppe, Liate Stehlik, Kathryn Gordon e a todas as pessoas fantásticas envolvidas — todas tornaram esta experiência algo incrivelmente maravilhoso. (Não existe essa história de adjetivos demais nos agradecimentos.) E obrigada a Four Colman Getty, que fez um trabalho excelente no marketing do livro.

Um agradecimento daqueles, para sair por aí cantando bem alto, que exigem até um parágrafo próprio, ao inspirador Dan Mallory, que me fez lembrar de tudo o que amo em escrever e nos livros.

Obrigada a Tamsen Harward por fazer uma sugestão fundamental para a trama bem na hora certa, a John Curran pelos comentários imensamente úteis para o texto e a todos na Agatha Christie Ltd. Obrigada a todas as editoras que estão publicando este romance em outros países e ajudando Poirot a viajar pelo mundo em grande estilo. Obrigada a Stephen Heard por responder perguntas sobre o clero e o Cristianismo.

Como sempre, sou grata ao meu especialista em medicina, o dr. Guy Martland, pelas informações relacionadas a envenenamentos, e à minha família — Dan, Phoebe e Guy — que foram incríveis, como sempre, diante da minha eterna promessa de trabalhar menos, mas acabar trabalhando mais. Obrigada à minha mãe, que leu o projeto do livro e disse, como sempre faz com meu trabalho, "Adorei! Nenhuma crítica!" — a reação favorita de todo autor. Obrigada, Chris Gribble, por sugerir *Slander's Mark*, ainda que esse tenha acabado não sendo o título.

Hodder & Stoughton, que publicam meus thrillers psicológicos, ficaram excepcionalmente felizes e empolgados com meu caso de amor temporário com Poirot e só me pediram que não aparecesse na Hodder com um bigodão chamativo. Sou muito grata a eles.

Obrigada a todos que têm sido tão amáveis a respeito deste livro no Twitter e na vida real — Jamie Bernthal e Scott Wallace Baker logo me vêm à mente, e sou muito grata aos dois por me receberem no mundo dos fãs de Agatha Christie.

PUBLISHER
Kaíke Nanne

EDITORA EXECUTIVA
Carolina Chagas

EDITORA DE AQUISIÇÃO
Renata Sturm

EDITORA DE CONTEÚDO
Giuliana Alonso

PRODUÇÃO
Thalita Aragão Ramalho

PRODUÇÃO EDITORIAL
Mônica Surrage

REVISÃO DE TRADUÇÃO
Mariana Elia

REVISÃO
Guilherme Bernardo
Marina Sant'Ana

PROJETO GRÁFICO DE CAPA
Maquinaria Studio

PROJETO GRÁFICO DE MIOLO
Lúcio Nöthlich Pimentel

DIAGRAMAÇÃO
Filigrana

Esse livro foi impresso no Rio de Janeiro, em 2014,
pela Edigráfica para a Editora Nova Fronteira.
O papel do miolo é avena 80g/m² e o da capa é cartão 250g/m².